바람결에 흩날리고
강을 따라 떠도는

바람결에 흩날리고
강을따라 떠도는

박애진 장편소설

담

으슬으슬 춥고 몸이 떨렸다. 기다시피 움직여 방문을 열고 일꾼을 찾아 불을 더 지펴 달라 청했다. 열 살 남짓한 아이가 들어와 화로에 숯을 넣고 기다렸다. 주섬주섬 몸을 뒤졌다. 주머니를 찾아 돈을 꺼내는 단순한 동작이 이렇게 힘들 줄 몰랐다. 아이는 인내심을 가지고 기다렸다.

일하는 아이들의 태도는 처음 길을 떠날 무렵과 많이 달라졌다. 여관에서 손님의 잔심부름을 하거나 청소 따위를 하는 아이들은 대체로 없는 집에서 굶지나 말라고 보낸 어린 자식들이었다. 여관 주인은 숙식을 제공할 뿐 따로 돈을 주지 않았다. 객들이 마음 씀씀이가 곱거나 똘똘한 아이들에게 순전히 호의로 몇 푼 쥐어 주곤 했다. 나도 그랬다. 아이들은 대체로 순수하게 기뻐하거나 어쩔 줄 몰라 사양했다.

어느 순간부터 달라고 요구하는 아이들이 생기더니 이제는 당연해져 돈을 주지 않으면 시중도 들지 않았다.

"의원 불러 드려요?"

아이가 물었다. 무슨 소리인가 싶어 멀뚱히 보다가 얼결에 고개를 끄덕였다. 아이는 돈을 받아 나갔다.

그러고 보니 같은 방에 머물던 객들이 어느 틈에 슬금슬금 옆방으로 사라졌다. 혹시 몹쓸 병이라도 옮을까 겁났나 보다. 자리에 눕는데 앓는 소리가 절로 나왔다. 스물아홉 해를 살아오며 한 번도 아픈 적이 없었다. 있는 대로 옷을 껴입고 이불 속에 몸을 말았다.

아무도 없는 휑한 방에서 화로만 타닥타닥 불을 피웠다. 갑자기 울컥 눈물이 맺혔다. 내 신세가 어쩌다 이 모양이 됐단 말인가?

나는 나면서부터 제자리에 있질 못했다. 머리도 못 가눌 갓난아이 때부터 사방으로 눈을 굴리더니 마침내 기기 시작한 후로는 온 집 안을 헤집으며 뭐라도 잡고 일어서려다 밥상이며 찬장을 엎었고, 수없이 넘어져 무릎이 성할 날이 없었다.

마침내 제대로 걷고 뛰게 되자 집에 붙어 있지를 않았다. 세 살 이후로 삼일이 멀다 하고 바깥에서 잠을 자 부모 속을 무던히 태웠다. 들판을 헤매고, 겁도 없이 혼자 산에 올랐다.

엄마는 그때마다 매를 들며 정 쏘다녀야겠으면, 집에 보탬이 되는 거라도 가져오라 했다. 나도 그러려 해 봤다. 버섯을 캐거나 머루 따위를 따 모으기도 했지만 들고 다니기 성가셨다. 몸이 가벼워야 멀리 갈 수 있었다.

나는 한두 끼 먹을거리, 아빠의 낡은 겉옷 외에는 지니지 않았다. 아빠 겉옷은 가볍고 따뜻해 저녁이면 걸쳐 입고, 밤에는 잠자리로 하기 딱 좋았다.

그렇게 온 사방을 돌아다니다 집에 가면 엄마가 빗자루를 들고 쫓아왔다. 나는 이리 피하고, 저리 피했다. 누나가 옆에서 발을 동동 굴렀다.

"이놈 자식! 밤마다 들개가 물어갔나, 호랑이한테 먹혔나, 어디서 구르기라도 했나 마음 졸이며 살아야겠어? 이리 안 와?"

엄마가 제풀에 지쳐 악을 썼다.

"그거 때린다고 나을 병 아니오."

울타리 너머에서 40줄에 이른 사내가 말했다. 등에 멘 지게
에는 키를 훌쩍 넘는 짐이 쌓여 있었다.

"뉘시오?"

엄마가 물었다. 사내가 자기 집처럼 싸리문을 밀고 들어왔다.

"그 꼬마 나 주쇼."

"뭐요?"

엄마가 넋을 잃고 되물었다. 누나가 쏜살같이 뛰어나갔다. 사
내는 평상에 주저앉아 등짐에서 크고 작은 머리빗, 차곡차곡 쟁
인 여러 가지 모양의 항아리, 나무 상자, 주걱, 배내옷, 색색깔 향
료를 끝없이 꺼내 늘어놓았다. 나는 먹이에 홀린 짐승처럼 한 발
짝, 한 발짝 사내에게 다가갔다. 엄마가 날 잡아 치마 뒤에 숨겼
다. 아빠가 낫을 쥔 채 달려왔다. 누나가 숨이 턱에 차 뒤따라 들
어와 사내를 가리켰다. 사내는 살기등등한 아빠를 보고도 기죽
기는커녕 기다렸다는 듯 태연자약하게 맞이했다.

"이 병은 나만큼 잘 아는 사람이 없소이다."

사내는 절대 한곳에 붙어살지 못하는 병이 있다고 했다. 자
기도 달고 사는 병인데 매로도, 의술로도 고칠 수 없고, 억지
로 가두면 병들거나 기어이 뛰쳐나가 짐승 밥이 될 팔자나 자
기가 데리고 다니며 장사를 가르치면 먹고는 살리라 했다.

"저 코흘리개가 어디 셈이나 제대로 하겠소?"

아빠가 묵직하게 말했다.

"나도 저 병이 어떤지 아는지라 차마 지나치지 못해 들렀으

나, 솔직히 저런 비실비실한 꼬마를 데리고 다니며 장사한다는 게 쉬운 일은 아니오. 말대로 셈도 못 배우는 놈은 영 못 배워. 그런 놈이 하나 있었어. 몸도 약해, 짐도 못 들어, 지 손가락도 제대로 못 세 열을 헤아리고도 손가락이 남으니, 정말 하다 하다 그렇게 한심한 놈은 처음 봤소. 그래도 어쩌겠소. 그냥 등에 짐 하나 더 얹었다 치고 데리고 다니다 지 살길은 열어줬다오. 아, 일단 날 따라나섰으면 내 아들인 것을, 당연한 일이지. 그 뒤 몇 번 이 병을 타고난 애들을 봤지만 다 못 본 척 지나쳤소. 그게 어디 두 번 할 짓인가. 그런 연, 또 맺을까 겁난다오.”

가슴이 덜컥 내려앉았다. 난 이대로 짐승 밥이 되어 장례 치를 시신도 못 찾거나 병들어 죽을 팔잔데, 저 사내는 내가 작고 마른 데다 행여나 멍청할까 싶어 데려가지 않으려 했다. 아빠도 화들짝 놀라 여직 쥐고 있던 낫을 내려놓더니, 날 데려가 부디 사람 구실이나 하며 살게 해 달라 사정했다.

“저래 보여도 아주 미련한 놈은 아니오. 키야 자랄 테고 또래에 비해 아주 작지도 않소.”

아빠가 말했다.

“내가 저놈 가졌을 때 유독 입덧이 심해 제대로 못 먹어 낳은 데다, 저놈이 쏘다니느라 붙어 있질 않으니 뭘 먹일 틈이 있어야지. 객이 데려다 잘만 먹이면, 아, 애들 크는 거야 대나무 저리 가라지. 아이고, 내 정신 좀 봐. 먼 길 오시느라 목이 칼칼하시지?”

엄마가 부리나케 부엌으로 가 있는 대로 상을 차려 왔다.

“이이도 힘이 장사라오. 젊었을 적에 씨름 대회에서 황소도

탈 뻔했다니까?"

"어허, 무슨 그런 쓸데없는 소릴 하고 그래."

아빠가 헛기침을 했다.

"아, 내가 없는 소리 했소? 아, 글쎄 그놈이 응? 심판 놈 사위가 될 놈인 줄 누가 짐작이나 했을라고. 그놈의 심판이 글쎄, 이이 무릎이 땅에 스치지도 않았는데 이이가 졌다며 그놈 손을 번쩍 들지 않겠소? 이이가 사람이 좋아 심판이 잘못 본 줄 알면서도 마을 잔칫날 괜히 시끄럽게 하지 말자 해서 나도 넘어갔는데……. 글쎄 다다음 달인가, 그놈이 심판 놈 딸과 혼인하며 떡하니 그 황소를 타고 오는데……. 내가 그때 일만 생각하면 지금도 속이 뒤집혀서……."

"어허, 거, 그만하래두, 지난 일은 왜 자꾸 꺼내나 그래."

아빠는 말과 달리 슬쩍 소매를 걷어 우람한 팔뚝을 보였다.

"나도 저 나이 땐 저놈만 했소."

"우리 한동네서 자랐잖소. 이이는 저보다 더 작았지. 아, 아들이 아빌 닮지, 누굴 닮나."

엄마가 잽싸게 맞장구쳤다.

"저걸 어째……. 부모님이 홀렸네……."

지켜보던 누나가 발을 동동 굴렸다.

"그게 무슨 소리야?"

내가 물었다.

"보면 몰라? 가끔 떠돌이 장사치들이 없는 집에서 짐꾼으로 쓸 애를 사. 보통 그런 경우 자기가 돈을 지불하는데 널 몸값까지 받아 데려가려 들잖아!"

"우와! 그런 거야?"

누나는 언제나 똑똑했다.

"안 되겠다."

누나가 나서려 했다. 나도 모르게 누나를 잡았다.

"나 저 사람, 따라갈래."

"뭐?"

누나가 기겁해 되물었다. 나도 깜빡 속아 내가 죽을병에 걸린 줄 알고, 제발 부모님이 저 사내가 날 데려가게 설득하길 바랐다. 아니, 그 이전에……

엄마가 또 부엌으로 가더니 작은 단지를 품어 나왔다.

"소금 단지야. 저자는 사기꾼이야! 낯빛 하나 변하지 않고 세치 혀를 놀려 널 소금까지 받아 데려가려 들잖아! 저런 자를 믿고 집을 떠나겠다고? 무슨 일을 당할 줄 알고?"

누나가 떨리는 목소리로 무어라 더 말했지만 나는 사내에게 눈을 떼지 못했다. 내 목표는 고작해야 큰 고개 넘기였다. 저 사내는 수없이 많은 고개를 넘어 여기까지 왔다. 사내가 신은 가죽신은 낡고 헤져 있었다. 내가 작은 마을과 고개 하나에 갇혀 같은 곳을 빙빙 맴도는 동안 사내는 드넓은 세상을 밟고 돌아다녔다. 사내의 머리와 옷에 내려앉은 먼지는 세상 온갖 곳에서 쌓였다. 수염은 덥수룩하고 제대로 씻지도 못해 꼬질꼬질하고 악취가 났다. 사내에게 나는 냄새는 한두 곳에서 묻은 게 아니다. 등짐에 저토록 다양한 물건이 들었을 줄 몰랐다. 도무지 어디다 쓰는지 모를 물건도 보였다. 이대로 집에 머물면 어디서 왔는지 영영 알 길 없는 물건들이었다.

"나 산에서 잘 때 한 번도 같은 데서 잔 적 없어. 늘 큰 고개를 넘고 싶었는데, 매번 기운이 달려 못 넘었어. 집에 올 적마다 언제쯤이면 저 고개를 넘나 그러면서 왔어. 나도 내가 왜 그러는지 이제야 알았어. 누나, 저자가 한 말 중 한 가지는 맞아. 나, 한곳에선 못 살 팔자야. 나는 저자와 갈 거야, 가야 해. 다시는 이런 기회가 안 올지도 몰라. 일꾼이 필요해서 날 데려간다며, 가서 소금 도로 뺏어 봐."

"정말이니? 정말로 따라가야겠니?"

"응, 누나, 걱정 마, 근사한 장사꾼이 되어서 올게. 누나가 혼인할 때 가져갈 빗이랑 거울도 마련해 줄게."

나는 자신만만하게 말했다. 누나는 오래도록 내 눈을 들여다보더니 말했다.

"그럼, 그냥, 이대로 있자."

"소금은?"

누나가 서글프게 웃었다.

"내가 저런 자를 말로 어떻게 이기겠니? 이게 좋아. 부모님도 빈손으로 보내는 것보다 마음 편할 테고……."

누나가 내 손을 단단히 쥐었다.

"빗이랑 거울? 약속했다?"

"응! 마을에서 제일 큰 거울을 갖고 시집가게 해 줄게!"

누나가 내 이름을 부르며 와락 끌어안았다. 누나 몸에서 약초 냄새가 났다.

며칠간 얌전히 지낼 때도 있었다. 그러다 어느 날 몸이 근질근질했다. 한밤중에 몰래 방을 나오면 누나가 기다리다 주먹밥을 건넸다.

처음엔 매일 밤 지켜보는 줄 알았다. 그렇지 않았다. 누나는 내가 근질근질하는 때를 알았다. 내가 떠나면 약초를 캐 달여 뒀다가 돌아와 엄마나 아빠한테 두들겨 맞은 종아리에 발라 주었다.

다음 날 아침 아빠, 엄마, 삼촌, 고모, 고모부, 마을 사람들, 이장까지 모두 우리 집 앞에 빽빽이 모였다. 같이 놀던 동무들은 괜히 쭈뼛거리며 선뜻 다가오지 못했다. 어른들은 모두 날잘 부탁한다며 사내에게 온갖 먹을 걸 갖다 안겼다. 사내는 걱정 말라고, 장사치로 만들든, 글줄을 가르쳐 여행가가 되도록 돕든, 한 몫 뚝 부러지게 하는 사내로 자라게 해 주겠다 큰소리쳤다. 다들 고마워했다. 누나만 불안한 눈빛으로 사내를 지켜보았다.

한참을 따라오던 부모와 누나도 마침내 돌아가고 얼마 걷지 않아 사내는 잠시 쉬었다 가자며 수풀로 데려가 날 범했다.

2.

의원이 어깨를 흔들어 깨웠다. 비몽사몽 간에 팔목을 내미니 눈을 감고 맥을 짚었다.

"너무 무리했구려. 약을 먹고 며칠 쉬면 좋아질 거요. 가서 지어 둘 테니 받아가쇼."

나는 고맙다 말하고 값을 치렀다. 의원은 내일 아침 다시 온다며 일어섰다. 의원이 가는 길을 따라 개 짖는 소리가 이어졌다. 나는 창밖으로 멀어지는 의원의 등불을 멀거니 바라보았다. 간밤에 평소보다 피곤하다 싶더니, 아침에는 눈이 안 떠졌고, 종일 자서 어느새 밤이었다.

사내는 매일 밤 나를 안고 잤다. 끼니도 제대로 챙겨 주지 않았으며 깨지지 않을 물건은 모두 내 등에 옮겼고, 넘어져 물건을 떨어뜨리거나 기운이 없어 사내의 요구를 제대로 받아 주지 못하면 못난 놈이라 웃으며 주먹질을 했다. 지금도 날 범하거나 때릴 때 사내가 웃던 얼굴이 눈에 선하다.

사내에게 셈과 글자를 배우긴 했지만 난 장사에 지지리도 소질이 없었다. 물건을 살 때 값을 깎아 달란 말은 가시처럼 목에 걸려 있을 뿐 소리가 되어 나오지 않았고, 상대가 깎으려 들 때 버티지도 못했으며, 손님이 묻는 말에는 엉뚱한 대답을 했다. 덕분에 사내가 날 때리는 빈도가 잦아졌다. 나는 거의 매일 밤 술에 취한 사내에게 얻어맞고 만신창이가 된 몸을 내줘야 했다.

어느 날 누나를 닮은 계집아이를 보고 밤중에 소리 죽여 울었다. 사내가 잠이 깨 멍든 내 어깨를 쓰다듬었다.

"왜 울고 그래? 아파?"

나는 고개를 끄덕였다.

"그러니까 잘 좀 하지그래, 그게 그렇게 어려워?"

사내는 거친 손으로 눈물을 닦아 주더니 물건을 늘어놓았다. 여관방에는 우리 둘뿐이었다. 사내는 날 엎드리게 하더니 다짜고짜 안으로 밀고 들어왔다.

"저건 얼마랬지?"

사내가 다정하게 물었다. 나는 달빛에 의지해 물건을 구별하며 값을 말했다. 사내가 나무 주걱을 들더니 엉덩이를 때렸다. 나는 숨을 죽였다. 비명 소리에 옆방에서 자던 이들이 깨 불평이라도 하면 더 심하게 맞았다.

"틀렸잖아. 다시 말해 봐."

사내가 부드럽게 말했다.

제대로 말하면 손으로 성기를 쓰다듬고, 귓불을 깨물었으며, 틀리면 머리카락을 쥐어 잡거나 주걱으로 허벅지를 때렸다. 사내는 내게 너무 크고 버거웠다. 허리가 끊어질 것처럼 아픈데도 사내는 움직임을 멈추지 않았다.

"저건, 얼마, 랬지?"

사내의 숨이 점점 가빠졌다. 끝이 다가온다는 사실에 안도하며 울면서 대답했다.

"그래, 제대로 말했는데, 만약에 비단옷을 입은 자면? 그럼 얼마까지 불러도 되지?"

나는 생각나는 가장 큰 숫자를 말했다. 사내가 호탕하게 웃더니 한 손으로 입을 막고 다른 손바닥으로 허벅지를 내리쳤다. 입을 막지 않았다면 비명을 질렀을지도 몰랐다. 뼈가 부러졌나 싶을 만큼 아팠다.

"야 이 녀석아, 치도곤을 맞고 싶어 환장을 했구나. 그런, 말도 안 되는, 값을, 말, 하면……! 내 진짜, 너처럼, 못 배우는, 놈은 또, 살다 살다 처음……."

사내의 몸놀림이 격렬해진다 싶더니 이윽고 멈췄다. 나는 바닥에 쓰러져 숨을 몰아쉬었다. 사내가 내 턱을 들더니 뺨을 갈겼다.

"어딜 물어?"

사내가 입을 막았을 때 나도 모르게 물었나 보다. 사내는 옆에 눕더니 코를 골며 잠이 들었다. 이제껏 사내가 꾀어 데리고 나온 아이는 나 하나가 아니었다.

사내는 더 이상 내게 장사를 가르치지 않았다. 대신 나도 상품으로 내놓았다. 이따금 한 번에 네다섯씩 상대해야 할 때도 있었다. 다른 자들에게 시달려 기진맥진해 돌아오면 그게 사내를 자극해 그런 밤이면 더 심하게 괴롭혔다.

사내는 그자들의 물건 크기는 어땠는지 물었고, 자기만 한 사내는 없다는 말을 하게 했다. 내가 입을 놀릴 힘조차 없으면, 자기가 범할 때는 생생하더니 누가 그렇게 잘하더냐며 날이 밝을 때까지 몇 번이고 범하며 놔주지 않았다.

큰 장이 열리는 도시에 간 날이었다. 큰 장에서는 물건을 파는 데 바빠 나까지 흥정할 여유가 없었다.

"이건 어디에 쓰는 물건인가?"

푸른 옷을 입은 늙은이가 물었다. 늙은이가 가리킨 물건은 꼭 갈퀴처럼 생겼는데 크기는 숟가락만 했다. 이게 뭐더라? 하필 사내는 옆 상인과 자리싸움을 벌이느라 날 도울 여력이 없었다. 손바닥에서 식은땀이 흘렀다. 사내는 싸우는 중에도, 오줌을 싸면서도 내가 어디서 뭘 하는지 알았다. 제대로 못 팔면 틀림없이 뺨에 불이 나도록 맞을 터였다.

"이게 어디서 난 물건이냐면요."

나는 필사적으로 기억을 더듬었다.

"그러니까 비가 지랄 맞게 내리던 날이었습니다. 기름 먹인 천으로 물건을 싸매고 나니 저 들어갈 자리는 없었습지요. 물건부터 모셔야지 별수 있나요. 그렇게 한참을 걷다 보니 외딴집이 있더란 말이죠. 주인님이 두드리니, 아 글쎄 웬 아낙이 자다 깨 나오더라고요."

늙은이의 눈이 빛났다. 지나가던 다른 사람도 '아낙'이란 단어에 다가왔다. 나는 사내는 들여 달라 청하고, 아낙은 안 된다고 버티며 수작을 주고받은 이야기를 늘어놓았다.

"그래서, 들어갔는가, 못 들어갔는가?"

뒤늦게 온 검은 옷을 입은 사내가 재촉하듯 물었다. 나는 히죽 웃으며 좌중을 둘러보았다.

"들어갔을까요, 못 들어갔을까요? 남편이 이웃 마을 일을 도와주러 간 동안 혼자 남은 아낙이 외간 남자에게 문을 열어 줬겠습니까, 안 열어 줬겠습니까? 열어 줘야 맞을까요, 열어 주지 말아야 맞을까요?"

"아, 그야……!"

검은 옷을 입은 사내가 입을 뗐다가 주위 눈치를 살피며 입을 다물었다.

"들여보내야지! 꼬마도 있는데, 객이 비를 맞게 하는 건 안주인의 도리가 아니지!"

뒷줄에서 누군가 외쳤다. 사람들이 웃음을 터뜨리며 너도나도 맞는 말이라 맞장구를 쳤다.

"그렇습죠! 주인님께서 다정스레 제 어깨를 감싸며 말하셨죠. '아들내미가 비를 맞아 고뿔이라도 걸리면, 책임질 거요? 댁이 아들이라도 삼을 거요?'"

나는 사내의 능청스러운 말투를 따라 했다.

"그러자 아낙이 말하더군요. '어머, 남우세스럽게, 아들을 삼다니요? 아, 댁 아들이 왜 내 아들이 된다요?', '아, 못 될 거 없지!' 주인님이 그러셨죠."

사내와 나는 실랑이 끝에 안으로 들어갔다.

"그래서, 안에서는 어찌 되었는가?"

처음 온 푸른 옷을 입은 늙은이가 물었다.

"저야 모릅죠. 바로 외양간으로 쫓겨나……"

"무슨 일이 있었느냐……"

사내가 나섰다. 그는 좌중을 향해 능글맞은 웃음을 흘리더니, 푸른 옷을 입은 늙은이가 집었던 물건을 들어 올렸다.

"무슨 사연이 있기에 이 물건이 좌판에 깔렸느냐……"

사람들은 이야기를 듣고자 물건을 샀다.

그날 장이 파하자 사내는 내게 닭 한 마리를 통째로 사주었다. 나는 허겁지겁 먹었다. 닭을 다 먹을 무렵 사내가 뒤를 눈짓했다. 이게 뭐 하는 물건이냐 물었던 푸른 옷을 입은 늙은이가 서 있었다. 나는 소맷자락으로 입을 훔치고 그자를 따라갔다.

늙은이는 날 영주가 사는 저택으로 데려가며, 자기는 영주의 집사라고 말했다. 안에 들어가자 하인들이 날 씻기더니 여자 옷을 입혔다. 집사는 영주가 무얼 바라는지 설명했다. 방에 들어가 나는 아낙 역을 했고, 집사는 늙은 영주를 부축해 사내 역을 맡도록 했다. 영주는 사내구실을 하기엔 너무 늙었다. 그런 자들은 대체로 온갖 물건을 사용해 날 괴롭혔다. 나는 푸른 옷을 입은 사내에게 업혀 여관으로 돌아왔다.

다음 날 다시 장에 갔다. 우릴 기다리는 사람들이 구름처럼 몰려 있었다. 나는 최선을 다해 물건에 얽힌 사연을 이야기했지만, 사람들은 금세 실망해 흩어졌다. 내 입술이 부어터지고, 눈에는 퍼렇게 멍이 든 데다 뺨에 손자국이 고스란히 보인 탓이었다. 이후 사내는 어지간한 값을 부르는 자가 아니면 날 넘기지 않았다.

"약 드세요."

아이가 어느새 약을 받아 달여 왔다. 아이는 내가 약을 다 마실 때까지 그릇을 받쳐 주었다. 내 손으로 그릇도 못 들 만큼 힘이 없다는 사실이 믿어지지 않았다. 아이는 이부자리에 데운 돌도 넣어 주었다. 약을 먹고 아이에게 심부름 값을 치르고 다시 누웠다. 하루 종일 자서 그런지 쉬이 잠이 들지 않았다.

그 뒤 사내와 나는 잘해 나갔다. 내가 먼저 온갖 이야기로 사람을 끌면 사내가 물건을 팔았다. 사람들은 특히 사내가 아낙을 희롱한 이야기와 우리가 고생한 이야기를 재밌어했다.

예전에 사내는 일이 잘 안 풀리면 나한테 화풀이를 했다. 언제부턴가 일이 엉망으로 꼬이면 "나중에 이 이야기 맛깔나게 풀어 봐라. 사람들이 좋다고 돈주머니를 열 테니……"라며 머리를 쓱 쓰다듬었다.

때로는 사내도 당했다. 뛰는 놈 위에 나는 놈 있다고 만만찮은 사내들이 도처에 있었다. 나는 장에서 사내와 사내 급의 다른 자가 팽팽하게 흥정한 이야기를 늘어놓았다. 사내가 아슬아슬하게 이겼다. 사내는 의기양양해 그자에게 사들인 옥을 들고 장터에 갔다. 비슷비슷한 옥을 파는 장사치들이 지천에 널려 있었다. 사내는 시세보다 열 배는 주고 싸구려 옥을 사들였다. 한몫 단단히 잡아 볼 생각으로 가진 돈을 다 털었던 터라 여관에 묵을 돈도 없어 자칭 과부라는 아낙을 유혹했다. 그런데 아뿔싸, 과부가 아니었다. 남편이 하도 계집질을 해 화가 난 부인이 맞불을 놓으려 들었다. 사내가 막 웃통을 벗을 무렵 아낙의 계획대로 남편이 돌아왔다. 사내는 옷은 못 입어도 악착같이 물건은 챙겨 도망가, 호랑이가 나오니 절대 밤에는 넘지 말라는 고개에 들어섰다. 남편과 친구들이 쇠스랑과 낫을 들고 우릴 찾는 통에 마을에서 머물 수가 없었다.

엎친 데 덮친다고 갑작스레 비바람이 몰아쳐 한 치 앞도 제대로 보이지 않았다. 옷자락이 날개처럼 펄럭였다. 이러다 뒤로 날려 가는 게 아닐까 겁이 났다.

하늘이 도왔는지 고개 중간에 물레방앗간이 고려장을 당해 버려진 늙은이처럼 웅크리고 있었다. 안에 들어가 물건을 확인했다. 다행히 중요한 건 모두 챙겨 나왔다. 겨우 안심하고 한숨 돌리려는데 천장이 내려앉았다. 우린 아슬아슬하게 화를 면했다. 나는 기둥 옆에 붙어 비바람을 맞으며 잠이 들었다. 사내가 뒤통수를 내리쳐 깨니 아침이었다.

"잠이 오냐? 무슨 놈이, 어디서든 어떤 상황이든 머리만 대면 처자냐 그래?"

일어나 짐을 챙겼다. 사내는 단단히 화가 나 무거운 옥은 다 버리고 다른 물건만 챙겨 고개를 넘었다. 고개가 워낙 험해 고개 너머 장에 가자 옥 가격이 다섯 배로 뛰었다.

"여자도 못 건지고, 돈도 날렸죠."

내가 마무리 짓자 사람들이 배를 잡고 웃었다. 누군가 물었다.

"그래서 어찌했는가?"

"주인님의 화와 아랫도리를 풀어줄 사람이 저밖에 더 있겠습니까."

나는 짐짓 한숨을 쉬며 허리가 아픈 시늉을 했다. 사람들이 포복절도했다. 사내조차 기가 막혀 날 바라보았다. 그날 사내는 비싼 값을 부르는 사람들을 뿌리치고 자기가 날 품었다.

"요 녀석, 아주 비상한 재주가 있구나."

사내는 그날 밤 처음으로 날 범하면서 한 번도 때리지 않았다. 그리고 다시는 날 건드리지 않았다.

3.

며칠 후 사내는 열 살 남짓한 아이를 데려왔다.

"인사해라, 새 식구다. 이름은 이무다."

이무는 표독스레 날 노려보았다. 다른 지역에서 온 아이인 듯 피부는 하야말간 했고, 눈은 가늘게 찢어졌으며 이름도 특이했다. 그리고 사내가 날 처음 데려왔을 때와 비슷한 작고 마른 아이였다.

"형님한테 인사해야지?"

사내가 말했다.

"형님은 무슨."

이무는 코웃음 치며 고개를 돌렸다. 그날 밤 사내는 여관에서 이무를 품었다. 옆에서 자던 이가 눈살을 찌푸리자 사내가 눈을 부라렸다. 자던 이는 화급히 이불 속으로 파고들었다.

이무는 몇 년 전 나와 체형만 비슷했을 뿐 완전히 달랐다. 어떻게 저럴 수 있나 싶을 만큼 잇속에 밝았다. 삽시간에 물건값을 외우더니 이리저리 돌아다니며 알아서 시장 정보를 캐고, 사내한테도 막 대했다.

사내가 왜 이렇게 기운을 못 쓰느냐고 때리면 먹은 게 있어야 힘을 쓰지 않느냐고 악을 썼다. 그럼 그날 밤은 더 맞을지 몰라도 다음 날은 배불리 먹을 수 있었다. 심지어 사내에게 먼저 달려들기도 했다. 사내가 "아서라, 오늘은 기운이 없다."고 내치기라도 하면 벌써 늙었느냐고 타박하며 사내의 아랫도리를 물었다.

이무는 주로 들판에서 노숙할 때 자진해서 사내 품으로 파고들었다. 그럼 밤새 불을 보는 건 내 몫이었다.

장에 가 내가 이야기를 늘어놓으면 사내는 절정에서 끊었다. 그럼 이무가 잽싸게 물건을 집어 내밀었다. 이무는 상대가 얼마나 돈이 있는지, 즉 얼마짜리 물건을 건네면 군말 없이 살지 귀신같이 알았다. 한바탕 물건을 팔고 나면 사람들이 뒷이야기를 물었다.

"어쩌긴요……. 두 사람의 야릇한 소리를 들으며, 얇은 겉옷 한 벌에 의지해 밤새 불을 지켰습죠."

내가 이야기를 마치자 사람들이 자지러졌다.

"에라, 이놈아!"

그날 밤 사내가 거하게 취해 여관에 들어오더니 양털 이불을 집어 던졌다. 양털 이불은 냄새가 고약해 노숙할 때 벌레가 꼬이지 않았다.

"그냥 사 달라 그러지, 아이고, 이놈아, 그 많은 사람들 앞에서 날 한 놈만 품고, 한 놈은 추위에 내버려 두는 몹쓸 놈으로 만들어?"

사내는 유쾌하게 웃었다. 이무가 살기 어린 눈으로 날 노려봤다. 사내가 이무의 뒤통수를 쳤다.

"너도 잘해, 인마, 둘이나 먹여 살리느라 허리가 휜다."

사내는 이무를 끌고 이불 속으로 들어갔다.

이무는 갈수록 필사적이었다. 어디서 그런 기술을 배웠는지 정력이 왕성한 사내조차 혀를 내둘렀고, 장사할 때마다 눈에 불빛이 번득였다. 너무 무리했던 거다. 며칠 안색이 안 좋다 싶더니 길에서 갑작스레 토하며 쓰러졌다.

인가까지 가려면 한참 먼 곳이었다. 나는 이무를 부축했다.

"그놈 챙긴다며 그놈 짐이고 네놈 짐이고 간에 나한테 넘길 생각 마라."

사내가 서늘하게 말했다. 내 입담으로 장사가 잘되고, 이무까지 들어온 후 짐이 늘었다. 나는 겉옷으로 불덩이 같은 이무를 앞에 묶고 이무 짐을 내 짐 위에 얹어 천근 같은 발걸음을 옮겼다. 사내는 끝내 도와주지 않았지만 걸음 속도는 늦췄다.

간신히 인가에 도착해 여관방에 들어갔다. 짐과 이무를 내려놓고 나니 하늘이 노랬다. 이무는 이불을 덮어 줘도 정신을 못 차리고 온몸을 떨었다.

후들거리는 다리를 억지로 일으켜 물을 길러 내려가는데 사내가 여관 주인과 이야기하는 소리가 들렸다. 사내는 근방에 이무를 넘길 만한 창가가 있는지 묻고 있었다. 여관 주인은 아픈 놈을 누가 받겠느냐며, 송장 치울 일 없게 당장 나가라고 했다. 사내는 유들유들하게 말을 섞어 가까스로 쫓겨나는 일은 막았다.

물을 길어 방으로 돌아왔다. 하나뿐인 겉옷을 물에 적셔 주워 들은 대로 이마며, 겨드랑이, 사타구니를 닦아 열을 내리려 안간 힘을 썼다. 사내가 들어와 내 꼴을 보더니 헛웃음을 지었다.

"형님 소리 한 번 안 한 놈한테 그러고 싶냐?"

내가 자란 후부터 사내는 종종 창가에 드나들었다. 나는 사내가 볼일을 마치고 올 때까지 문밖에서 기다리며 짐을 지켰다. 그래서 그 안에서 무슨 일이 벌어지는지, 거기 팔린 아이들이 어떤 취급을 받는지 잘 알았다.

창가에 들어간 아이들 반이 1년을 넘기지 못하고 죽거나 병들어 인적 없는 산길에 버려졌고, 5년을 넘겨 살아남는 아이들은 극히 드물었다.

튼튼한 아이라고 오래 버티는 게 아니었다. 창가에서 살아남으려면 이기적으로 굴어서는 안 되었다. 서로를 보살펴야만 성인이 될 때까지 살아남아 자기 발로 창가를 떠날 기회를 얻었다.

아이들은 얻어맞고, 굶고, 구멍만 존재하는 짐승 취급을 당하는 중에 손님과 포주들은 결코 알 수 없는 계기로 특별한 유대를 맺었다. 밑바닥을 기며 맺은 유대는 겪어 보지 못한 이는 감히 상상할 수 없을 만큼 깊었고, 그 깊이로 서로를 지켰다. 자기들 무리 중 한 아이가 아프다 싶으면 앞다퉈 나서 교태를 부려 손님을 끌며 아픈 아이를 감췄다.

무리를 짠 아이들은 암묵적인 규칙을 이해하지 못하고 얄팍하게 구는 애들은 따돌리고 거친 손님에게 보내 자기와 친구들을 위한 희생양으로 삼았다. 이무는 절대 이 규칙을 이해하지 못한다. 자기 이익만 챙기며 아무도 돕지 않을 테고, 따라서 도움도 받지 못할 것이다. 그럴수록 더 악착같이 머리를 쓸 테고, 당연한 대가로 다른 아이들에게서 멀어질 것이다.

"글렀어, 그놈은. 진즉 몸이 망가지고 있었어. 악바리라 이제껏 버틴 게지."

사내가 말했다.

"제가 업을게요! 하던 일도 줄이지 않을게요!"

처음으로 사내에게 애걸했다. 사내는 날 잠깐 보다가 고개를 돌렸다. 안 된다고 말하지 않았다. 나는 몸에 열이 치솟는데도 사시나무처럼 떠는 이무를 끌어안고 잠이 들었다. 아침이 밝았다. 사내는 이무에게 줄 음식은 사지 않았다. 내 몫을 반 덜어 이무 옆에 놨다.

"이거 꼭 먹어야 해, 안 그러면 큰일 난다?"

나는 이무에게 신신당부하고 장터에 갔다. 장이 끝날 무렵 이무는 겨우 기운은 차렸지만 짐을 들 정도는 아니었다. 나는 내 밥을 나눠 먹이고, 두 사람 짐을 들고, 이무를 부축했다. 저녁에 짐을 풀 무렵이면 눈앞이 핑 돌았다. 나무를 주워 불을 지피다 졸아 머리카락이 타는데도 몰랐다. 사내가 잡아채지 않았다면 불 속에 머리를 박았을 것이다.

사내 말대로 이무는 악바리였다. 며칠 지나자 자기 힘으로 걷고, 짐도 다시 들었다. 이무가 짐을 들자 사내도 이무 몫의 밥을 샀다. 이무는 전보다 더 교태 어리게 사내 옆에 붙었고, 내 말투를 따라 하며 나서서 손님들을 끌었다.

어느 날 물건을 받아오는데 여관방 안에서 이무와 사내가 나누는 이야기가 들렸다.

"저거, 나이 들어서 창가에서도 안 받아 줘. 언제까지 데리고 다닐 거야? 내가 두 몫 하잖아."

"야 이놈아, 저놈이 지 밥 덜어 가며 널 살렸는데, 이야, 이거 진짜 독한 놈일세?"

"값 받을 수 있을 때 넘겨. 저보다 더 나이 들면 거기서도 안 받아 줘. 내가 다 알아봤다니까?"

나는 문을 열었다. 사내가 입맛을 다시며 고개를 돌렸다. 이무가 차분하게 말했다.

"짐 챙겨."

챙길 짐은 아무것도 없었다. 입은 옷이 전부였다.

사내와 이무는 날 데리고 서가에 갔다. 책장마다 두루마리가 가득했고, 종이와 먹 냄새가 풍겼다. 한쪽에 있는 책상에 흰 수염을 길게 늘어뜨린 서가 주인이 앉아 있었다. 이름은 카누인이라 했다.

"글은 짬 나는 대로 가르쳐 놨으니 손이 많이 가진 않을 겁니다. 보기와 달리 아주 똑똑한 놈이에요."

사내가 굽실거리며 말했다. 사내가 날 칭찬하는 소리를 들으니 정말 날 파는구나 싶었다. 사내는 날 넘길 때만 나에 대해 좋은 이야기를 늘어놓았다.

"몇 살인가?"

노인이 눈을 가늘게 뜨고 날 살피며 물었다.

"열…… 일……."

"열다섯입니다!"

이무가 외쳤다. 노인이 이무와 날 번갈아 보았다.

"몇 살인가?"

그가 다시 물었다. 이무가 무슨 답을 하면 되는지 알려 줬다. 나는 수에 관해선 늘 이무가 주는 말을 따라 했다. 하지만 아까처럼 무심히 묻는 눈이 아닌, 내 안 깊은 곳을 바라보는 눈 앞에서 거짓이 통하지 않으리라는 예감을 받았다.

"열일곱입니다."

이무가 이를 악물었다. 노인은 그 모습을 놓치지 않았다.

"나이가 많군. 우린 열다섯까지만 받는데……."

사내가 우리에게 나가 있으라는 손짓을 했다. 우린 사내와 노인이 흥정하는 동안 밖에서 기다렸다. 오래지 않아 사내가 돈주머니를 받아 나왔다.

4.

"기억하지? 어엿한 사내구실하게 해 주겠다던 말? 내가 글줄을 가르쳐 놨으니 네가 나이 많아도 받아 주는 거야. 여행가가 되면 영주들을 모시게 된단 말이야. 그럼 두둑이 자금을 받아 집에도 가 볼 수 있을 테고……. 야, 너 출세하는 거야. 다 내 덕인 줄 알아."

사내는 날 데리고 나온 후 한 번도 고향 마을 쪽으로는 발길을 돌리지 않았다. 나는 땡볕 아래 서서 사내가 온갖 생색을 내는 말을 들었다.

"그럼, 간다. 연이 닿으면 또 보자고."

사내가 돌아섰다.

"잠깐만요."

이무가 말했다.

"왜?"

이무는 땅만 볼 뿐 대답하지 않았다.

"아이쿠, 뭐, 늬들 사이에 작별을 고할 시간이라도 필요하다는 게냐?"

사내가 어처구니없다는 듯 웃었다.

"그래라, 그럼. 쓸데없는 생각 말고."

사내가 눈을 부라렸다.

"별걱정을 다 해요!"

이무가 쏘아붙였다. 사내는 한 걸음 떨어졌다. 이무가 내 팔을 잡아 몇 걸음 걷다 사내 시야에서 벗어나면 안 되겠다 느낀 듯 멈춰 내 등을 돌려, 사내의 눈에서 자기를 가렸다.

"형님, 나 은혜 갚는 거예요."

이무는 그간 한 번도 나를 형이라 부르지도, 존댓말을 쓰지도 않았다.

"나 살려 줬으니까, 은혜 갚는 거라고요, 알겠어요?"

나는 멍하니 고개를 끄덕였다. 사내에게 한순간에 버림받았다는 사실이 아직도 믿기지 않았다. 이무는 한숨을 쉬며 날 노려봤다.

"이 멍청한 형님아, 형님처럼 순해 빠져선 저런 자랑 못 다녀. 운이 좋아 지금까지 살아남은 거야. 그 운이 언제까지 따를 것 같아? 어차피 저자는 언젠가 우리 둘 중 하나는 버려. 설마 자기만큼 키가 커서, 더 이상 안고 싶은 마음이 들지 않는 널 남기겠어?

지금까지 데리고 다닌 애들 전부 자란다 싶으면 창가에 넘겼을 거야. 그전에 병들면 길에 버렸고. 형님이 말솜씨가 있어 좀 오래 데리고 다녔지만 결국은 노비로라도 팔 거라고!

이 도시에 여행가를 키우는 서가가 있다는 이야기를 듣고, 제일 먼저 형님이 생각났어. 형님은 말재주도 있고 떠돌며 살 팔자니까 여행가가 더 맞을 거야. 서가에서는 애들을 때리거나 범하지도 않는데. 두고 봐야 알겠지만…… 어디든 저자와 다니는 것보단 낫겠지."

이무는 슬쩍 내 주머니에 무언가를 넣었다.

"들켜 뺏기거나 허투루 쓰지 말고, 혹시 여기서도 쫓겨나면 장사 밑천으로 써. 형님 생각해서 주는 거 아냐. 몰래 꼬불치던 건데, 아무래도 눈치챘지 싶어. 언제고 짐이고 몸이고 다 뒤지지 싶어 주는 거야."

그럴 리가 없다. 저 사내 밑에서 돈을 빼돌리는 건 불가능하다. 이무가 날 위해 목숨을 걸고 수를 썼다. 걸렸다면 필시 사내는 웃으며 이무를 때려죽였다. 우리 둘 다 사내가 어떤 자인지 안다.

"너는?"

나는 속삭이듯 물었다.

"뭐?"

"너는 저런 자랑 둘이 어쩌려고……."

이무가 정강이를 걷어찼다. 나는 아픈 발을 문지르며 깽깽이질을 했다.

"이 멍청아! 네가 지금 남 걱정할 때야? 이래서 넌 안 된다는 거야!"

이무는 날 올려다보았다.

"언제까지 저자 밑에서 살 생각 없어. 저자도 늙어 가고 있어. 결국 누가 먼저 등을 돌리느냐지. 내가 이길 거고."

이무는 심호흡을 했다.

"나 앞으로, 평생, 이 말, 다시는 누구한테도 안 할 거야. 처음으로 하는 거고. 그러니 잘 들어."

이무는 입술을 달싹이더니 사내에게 갔다. 사내가 몇 걸음 걷다 돌아서서 슬쩍 손을 흔들었다. 이무에게도 한번 보라는 듯 뒤통수를 쳤지만 이무는 끝내 돌아보지 않았다. 둘이 사라진 모습을 넋 놓고 보다 서가에 들어갔다.

"글은 좀 익혔다고?"

서가 노인이 물었다.

"조금요."

나는 기어들어 가는 소리로 말했다. 노인은 앞에 있던 두루마리를 내밀더니 읽어 보라 말했다. 글자가 빼곡한 종이를 보자 눈앞이 아득했다. 나는 더듬더듬 읽었다.

"그만 됐다."

노인은 내가 머물 방을 알려 주고 빈 종이를 내밀더니 그간 떠돌며 보고 들은 바를 적어 오라 했다.

혼자 자기에는 지나치게 큰 방이었다. 붙박이장에는 부드러운 이불과 요가 방을 다 채울 만큼 들어 있었고, 구석에 좌식 책상이 쌓여 있었다. 상을 하나 내려 종이를 펼쳤다. 입으로 떠든 적은 많아도 글로 적어 본 일은 없었다. 눈앞이 아득했다.

하루하루가 단조롭게 흘러갔다. 아침은 양젖과 보리죽이었고, 저녁에는 보리밥과 나물을 먹었다. 가끔 낮에 삶은 옥수수나 감자를 먹을 때도 있었다.

노인은 아침저녁으로 글을 가르쳤다. 오전에는 노인 앞에서 다른 여행가가 쓴 여행기를 읽었고, 오후에는 모래판에 반듯하게 글자를 쓰는 연습을 했다. 사이사이 서가를 청소하고, 죽을 끓이고, 밥을 짓고, 나물을 다듬어 말렸다.

어느덧 계절이 바뀌었지만 읽기와 쓰기는 조금도 나아지지 않았다. 수많은 글자가 쓰여 있는 종이는 봐도 봐도 익숙해지지 않았고, 삐뚤삐뚤한 글자도 여전했다. 매일 밤 그간 떠돌아다니며 있던 일을 쓰라 받은 종이를 앞에 놓고 도대체 뭘 써야 할지 몰라 꼼짝도 하지 못했다. 사내가 입버릇처럼 말했듯이 난 제대로 하는 게 하나도 없었다.

"많이 좋아졌구나."

어느 날 읽기를 마치자 노인이 말했다. 귀를 의심했다.

"주눅 들지 않으면 더 잘 읽을 게야. 일도 성실히 배우고 있어. 여긴 제대로 못 읽거나 일을 못한다고 네게 매질할 사람 없으니 마음 편히 지내도 된다. 설사 여행가가 되지 못한다 해도 서가를 관리하는 일이라도 배우면 남은 평생 끼니 걱정은 안 하며 살 게다."

노인은 말수가 적고 무뚝뚝했다. 이 말도 칭찬이 아니라 사실을 있는 그대로 알려 주고자 했을 따름이었다. 가슴이 먹먹해졌다. 비로소 내가 언제 쫓겨나거나 또 팔려갈지 모른다는 두려움 속에 하루하루를 보냈다는 사실을 깨달았다.

"아직 쓰라고 말씀하신 걸 못 썼습니다."

내가 말했다.

"본디 첫 글이 가장 어렵다."

노인이 당연하다는 듯 말했다. 그날 밤 마침내 처음 받은 종이에 이야기를 쓰기 시작했다.

얼마 후 노인은 다른 아이를 받았다. 나보다 어리고, 한 번도 글자를 배운 적이 없는 아이였다. 그런데 그 아이는 무섭게 성장했다. 처음엔 모르는 글자를 나한테 물었는데 몇 달 지나지 않아 내가 아이에게 글자를 물었다.

얼마 후 아이가 노인에게 종이를 건넸다. 나처럼 처음 온 날 노인에게 여기까지 오며 보고 들은 바를 쓰라며 받은 종이였다. 종이를 받아 읽은 노인의 입가에 드물게 웃음이 떠올랐다. 나는 여전히 모래판 위에 글자를 연습하는데, 아이는 종이를 받았다. 2~3년이 지나자 노인이 아이에게 돈을 건넸다. 노인은 그 자금으로 가까운 곳을 여행해 여행기를 써 오라 일렀다.

몇 달 후 아이가 돌아와 여행기를 건네자 노인은 내게 그 여행기를 필사하게 했다. 그때쯤 나도 가까스로 모래판이 아닌 종이로 옮겨와 있었다. 아이도 자기 여행기를 필사했다. 아이가 세 번 필사하는 동안 나는 하나를 겨우 끝냈다. 노인은 필사가 끝날 때마다 여행기를 영주에게 보냈다. 아이는 그중 한 영주에게 뽑혔다.

그렇게 4~5년이 흘렀다. 그동안 여러 아이가 찾아왔지만 노인은 받지 않았다. 그러다 한 아이를 받았다. 이 아이 역시 빠른 속도로 글을 배워 나갔다.

저 아이도 분명 나보다 먼저 서가를 떠날 것이다. 한곳에 매여 사는 게 이렇게 갑갑할 줄 몰랐다. 울퉁불퉁한 맨땅이나 이슬만 겨우 피할 허름한 여관방 짚더미에서 겉옷을 이불 삼는 대신 불을 땐 방에서 따뜻한 요와 이불을 깔고 덮고, 굶주리지도 추위에 떨 일도 없는 삶인데도, 영원히 이대로 서가에 묶여 살지도 모른다는 생각이 들 때면 자다가도 벌떡 일어날 만큼 겁이 났다. 어떻게든 첫 과제를 끝내야 했다.

새 아이가 노인에게 돈을 받아 첫 번째 여행을 떠난 지 얼마 후 나도 마침내 여행기를 써서 건넸다. 노인은 칭찬에 인색한 만큼 나무라는 일도 별로 없었다. 그런 노인의 눈동자가 흔들렸다. 노인이 읽다 말고 물었다.

"이게 뭐냐?"

"제가 그간 겪은 일을 쓰라 하셔서……"

"보고 들은 바를 적으라……"

노인은 입을 다물더니 마저 여행기를 읽었다. 사내가 날 범하며 물건값을 물을 때보다 더 무서웠다. 몸이 떨리고 토할 것처럼 어지러웠다.

"그자가 네게 이런 짓을 했느냐?"

노인이 무겁게 물었다. 나는 고개를 끄덕였다. 이제 얻어맞을 거야. 지금까진 때리지 않았지만 분명히…….

"잊어라."

노인이 말했다.

"넌 이제 여행가다. 과거는 모두 잊고 새로 태어나는 거다. 외설스러운 이야기는 빼고 다시 적어 오너라. 네가 겪은 일이 아니라, 네가 보고 들은 바를 적어라. 어떤 영주도 이리 천박한 여행기는 받지 않는다."

몸에서 힘이 풀렸다. 나는 두 손으로 여행기를 받았다. 나도 모르게 눈물이 떨어져 여행기를 적셨다. 귀한 종이인데……! 허겁지겁 소매로 눈물을 닦았다. 안 그래도 흉한 글자가 번져 더 꼴사나워졌다.

"할 말이 있느냐?"

노인이 물었다. 나는 대답하지 못했다. 노인이 내 이름을 불렀다. 나무라는 목소리가 아니었다. 맞는 걸까? 사내는 늘 웃으며 때렸다.

"내 언제 네게 큰소리를 내거나 때린 적이 있더냐?"

나는 고개를 저었다.

"말해 보아라. 할 말이 있느냐?"

"다 잊으라 하셨습니까?"

"잊어야 한다. 세상에 어찌 그런 몹쓸 자가 있단 말이냐……. 그래서 네가 늘 그리 주눅 들어 있는 게야."

노인은 날 가엾이 여겼다. 주먹으로 눈두덩을 눌러도 눈물이 멎지 않았다. 노인은 날 다그치지 않고 내가 말할 수 있게 되길 기다렸다. 나는 콧물을 삼키며 말했다.

"제 여행기는 천박하고, 영주들은 천박한 여행기에는 관심을 두지 않겠죠?"

"네게 모범이 될 만한 여행기를 찾아주마. 필시……."

"그럼 그간 제 삶은…… 다 잊어야 할, 아무도 관심 갖지 않을 천박한 삶이었습니까?"

노인은 아무 말도 하지 않았다. 그만 가라 말하지 않으나 더 있지 못하고 방으로 돌아왔다. 울음이 멎질 않았다. 노인의 잠을 방해할까 주먹으로 입을 막고 울다 울다 잠이 들었고, 닭 우는 소리에 깼다. 어젯밤에 한 말 같지도 않은 소리가 제일 먼저 떠올랐다. 노인 앞에서 그런 건방을 떨었으니 이제 꼼짝없이 쫓겨나겠구나, 어디로 가야 하나. 이부자리로 쓰는 요 밑에 감춰 둔 돈 주머니를 꺼내 어루만졌다. 이무는 과연 똑똑했다.

밖으로 나갔다. 노인이 어느새 일어나 불을 보고 있었다. 내가 하던 일이었다. 역시 날 내보낼 생각이었다.

5.

"뭐 하느냐?"

노인이 물었다.

"그, 그간, 가, 감사……."

"양젖은 언제 짜 오려 그리 서 있느냐? 아침 안 먹을 게냐?"

나는 허둥지둥 양 우리로 갔다. 노인은 평소처럼 말없이 밥을 먹었다. 나는 밥이 입으로 들어가는지 코로 들어가는지도 모르며 숟가락만 놀렸다. 배고파 보이면 제값 못 받을까 밥이라도 먹여 두려는 걸까. 날 사는 데 쓴 돈이 있으니 본전이라도 챙겨야겠지.

"네 여행기를 다시 읽었다."

그릇을 비운 노인이 말했다. 무릎이 덜덜 떨리고 눈앞이 아득해졌다. 노비로 팔려가 땅에 매여 살긴 싫었다. 차라리 그냥 내보내면 좋겠는데……. 그럴 리도 없겠지만 나간들 어찌하나……. 이무가 준 돈으로 뭘 사서 어딜 가서 팔아야 하나. 장사엔 아무 재주가 없는데…….

"자질이 있더구나. 기억력도 좋고, 표현력도 남달라. 내가 그 시장 바닥에 있는 것 같았다. 좀 더 일찍 내게 왔으면 좋았을 것을……. 그자가 네게 들인 물을 뺄 수 있을지 걱정이구나. 그래서 보통 어린아이를 받는단다."

나는 몸을 움츠렸다. 사내는 날 팔기 전이면 좋은 소리를 늘어놓았다.

"다만 말이 지나치게 적나라하고, 관심사가 너무…… 좁더구나. 한 장소에 있더라도 많은 걸 볼 줄 알아야 해. 시야를 조금만 넓히면 좋은 여행가가 될 게다."

노인이 두루마리를 건넸다.

"영주들이 금방 버리는 이야기란다. 그저 사람들이 살아가는 모습을 기록한 게지. 이 이야기가 가치 없다 말하진 않겠다. 다만 우리 여행가는 영주를 위해 여행기를 쓰는 자들이야. 그렇다고 갑자기 너에게 영주의 입맛에 맞는 여행기를 쓰라 하진 않겠다. 거짓은 어떤 이의 마음도 움직일 수 없는 법이니까."

노인은 두루마리를 하나 더 내밀었다.

"이 여행기는 오래도록 영주들의 사랑을 받은 이야기다. 앞에 여행기를 읽을 때는 네가 소소한 이야기를 쓸 때라도 써선 안 되는 이야기가 무엇인지 생각하고, 뒤에 걸 읽을 때는 네가 써야 할 이야기가 무엇인지 생각하려무나. 이 여행기들을 읽고, 다시 한 번 써 보렴. 정사 이야기만 빼더라도 훨씬 나아질 게다."

나는 종이를 받고 머뭇거렸다.

"묻고 싶은 말이 있느냐?"

용기를 내어 고개를 들었다. 노인은 차분하게 날 바라보고 있었다. 화난 기색은 보이지 않았다. 지난 몇 년간 노인이 허튼소리를 하는 걸 들은 적 없었다. 이 노인은 사내처럼 겉과 속이 다른 사람이 아니다. 물어보라고 했다고 진짜 물어보느냐고 때리지 않을 것이다.

"정사가 뭐죠?"

내가 물었다. 노인은 잠시 말을 골랐다.

"정을 통하는 이야기 말이다."

"네."

그런 말이 있는 줄 몰랐다. 정사라니. 내가 아는 그 일과 너무 동떨어진 말로 들렸다.

나는 두 손으로 종이를 받아 방으로 돌아왔다. 몇 줄 읽지도 않아 졸음이 쏟아졌다. 장사치들이 물건을 흥정하는 이야기가 끝없이 이어졌고, 가판에 있는 물건 하나하나 다 생김새부터 어디서 왔고, 어떻게 쓰는 물건인지 설명했다. 왜 이런 이야기를 이렇게 길게 늘어놓는지 이해할 수 없었다.

두 번째 여행기를 펼쳤다. 마찬가지로 늘 보는 풍경에 대한 이야기였다. 강물이 흐르고, 꽃이 피고 지는 모습을 지치지도 않고 적어 내려갔다. 졸다 책상에 머리를 박았다. 허벅지를 꼬집으며 여행기를 읽었다. 어떻게든 노인이 말하는 여행기를 써야 했다. 그러지 않으면 영영 서가에서 벗어나지 못한다. 아니, 더 서가에 머무를 면목이 없었다. 불을 지피던 노인의 눈은 충혈되었고, 뺨은 푹 꺼져 있었다.

나는 새벽녘에 잠이 들었다. 노인은 한숨도 이루지 못하고, 내 여행기를 다시 읽고 내게 도움이 될 여행기를 찾았다. 노인은 내게 이렇게 잘해 줄 이유가 없다.

서가에서 떠나기 위해, 노인에게 보답하고자 그간 본 곳을 되짚으며 안간힘을 다해 커다란 성벽과 사내를 따라 들어가 본 영주의 저택을 적었다. 우리가 영주 저택에서 가 본 곳은 뒤뜰 정도였지만 말이다.

얼마 후 새 여행기를 내밀었다. 노인이 다 읽더니 날 불렀다. 나는 살그머니 눈만 들었다. 노인의 표정이 좋지 않았다. 나는 절망에 빠졌다. 영원히 이 서가에서 벗어나지 못한다. 한 번도 날 때리지 않은 사람을 실망시켰다.

노인이 입을 열었다.

"나는 두 가지 기준으로 아이들을 받는다. 하나는 한곳에 머물 수 없는 천성을 타고난 아이들이고, 다른 하나는 정직이란다. 그간 한 번도 네게 손댄 바 없거늘, 넌 작은 실수에도 매를 맞을까 몸을 움츠렸어. 그 사내가 널 어떻게 대했는지 쉬이 알 수 있었지. 그 정도일 줄은 몰랐다만……. 그런데도 넌 한 번도 거짓으로 둘러댄 적이 없어. 너처럼 정직한 이는 본 바 없다."

나는 고개를 들고 맞지도 않은 뺨을 습관처럼 어루만졌다.

"어렵구나……. 이 여행기는 네 첫 번째 여행기 만한 생동감이 없어. 같은 자리에 있어도 무엇을 보느냐가 그 사람을 말한다. 네 본질이 바뀔 수 있을지, 과연 널 여행가로 받아들일 영주가 있을지……. 허나, 난 기준을 충족한 아이들에겐 늘 기회를 줘 왔다. 허니 너도 기회를 받을 자격이 있다."

노인은 내게 두루마리를 건넸다.

"읽을 자격 없는 이에겐 함부로 내주지 않는 귀한 여행기니라. 네 글씨로는 정식으로 필사할 여행기가 아니니 날짜와 이름은 적지 마라. 이 여행기를 다 필사하는 날이 네가 떠나는 날이다. 네게 좋은 영향을 주면 좋겠구나."

나는 여행기를 받아 방으로 왔다. 내가 무슨 소리를 들었는지 이해하지 못했다. 기회를 준다고? 떠날 날이라고? 나도 여행가로 첫 여행을 떠나는 것인가?

떨리는 손으로 두루마리를 펼치고 깜짝 놀랐다. 급히 마지막 장으로 가 이 여행기를 필사한 사람의 이름을 확인하고 나직하게 읊조렸다. 이토록 고운 글씨는 본 적이 없었다. 한 획, 한 획 마음을 다하지 않으면 나올 수 없는 글씨였다. 비로소 노인이 처음 몇 년간 종이를 내주지 않은 까닭을 알 수 있었다. 나는 지금도 종이에 글을 쓸 자격이 없었다.

서가에는 좋은 양초와 종이가 가득했다. 그날 새벽까지 촛불에 의지해 여행기를 따라 썼다.

동녘이 밝아오도록 필사를 멈추지 못한 건 다 베껴야만 여행을 떠날 수 있어서가 아니었다. 사내를 따라나선 게 일곱 살 때였다. 그 후 10년간 수많은 강을 건너고, 산을 넘었다. 앙상한 가지에 눈이 쌓인 모습도, 단풍으로 붉게 물든 산도, 비에 불은 강이 사납게 날뛰는 광경도 보았다. 하지만 내가 본 어떤 풍경도 이 여행가가 본 모습에는 견줄 수 없었다.

여행가는 이제껏 어떤 여행가도 가 본 적 없는 검은 사막을 찾아 떠났다. 사막 초입에 있는 마을에서, 사막 어느 즈음에 있는 도시로 간다는 장사치들에게 일행으로 넣어 달라 청했다. 장사꾼들은 흔쾌히 수락하며 낙타를 타 보았는지 물었다.

여행가는 이 도시에 와 처음으로 낙타라는 짐승을 보았다. 낙타는 말보다 다리가 길고, 거친 털은 모래색이었다. 눈은 크고 속눈썹이 짙고 길어 모래바람에서 눈을 보호했다. 무엇보다 여행가를 놀라게 한 건 등에 봉긋 솟은 혹이었다.

여행가는 타 본 적 없다 답했다. 장사치의 우두머리는 낙타 한 마리를 데리고 와 이름은 아마이고, 늙어 순하니 타기 어렵지 않으리라 했다. 일행에 넣어 주는 것만도 감지덕지할 일인데 부러 순한 낙타를 골라 주었다. 여행가는 감사히 받아들이겠노라 말하고 다음 날 만날 약속을 잡아 여관으로 돌아왔다.

첫닭이 울었다. 여행가는 잠에서 깨 미리 싸 둔 짐을 챙겨 나왔다. 성미 급한 닭들이 그만 일어나라 목청을 높여도 도시는 일어날 때 되면 일어나겠노라 적막으로 답했다. 새벽 어스름이 깔린 골목을 따라 달려온 매운바람이 사막을 우습게 보지 말라 경고하듯 앞섶을 파고들었다. 여행가는 옷자락을 여미며 약속대로 장사치들이 머무는 여관 앞으로 갔다. 장사치들은 벌써 나와 낙타 등에 짐을 싣고 있었다. 짐을 일부 싣고 사람을 태우는 낙타가 30마리, 짐만 싣는 낙타가 50마리인 대부대였다.

우두머리가 여행가 앞으로 어제 본 낙타, 아마를 데려왔다. 여행가가 낙타에 타지 못하고 쩔쩔매자, 우두머리가 낙타 무릎을 꿇려 등에 겹겹이 깔은 양탄자 위로 오르도록 도와주었다. 그새 떠날 준비를 마치고 자기 낙타를 탄 장사치들이 그들을 지켜보았다. 여행가가 가까스로 올라 우두머리가 고삐에서 손을 떼기 무섭게 아마가 몸부림쳤다. 여행가는 떨어질까 겁에 질려 낙타 목을 끌어안았다. 낙타는 목을 흔들었다. 여행가는 결국 떨어져 엉덩방아를 찧었다. 장사치들이 기다렸다는 듯 박장대소했다.

여행가는 부러 아무렇지도 않은 듯 엉덩이를 털고 우두머리의 도움을 받아 다시 낙타에 올랐다. 낙타는 발을 땅에 붙인 채 꼼짝도 하지 않았다. 우두머리가 낙타를 다루는 법과 앞으로 가자는 신호인 혀 차는 법을 알려 주었다.

장사치들은 여행가가 어설프게 혀를 차는 소리와 낙타를 다루지 못해 쩔쩔매는 꼬락서니가 재밌어 낄낄거렸다. 아마는 닭들이 울음을 그치고, 도시가 깨어나 사람들의 소리로 채워질 무렵에야 첫발을 떼어 주었다.

여행가는 처음엔 자기가 서툴러 낙타가 말을 듣지 않는 줄 알았다. 도시를 벗어날 즈음에서야 짓궂은 장사치들이 그를 놀리려 일부러 고집 센 낙타를 건넸음을 알았다. 여행 내내 짜고 괴롭히려 들까 두려워졌다.

성문을 벗어나 얼마 가지 않아 사람들이 떠드는 소리, 돌을 깐 거리를 오가는 소리, 개 짖는 소리가 하나둘 사라졌다. 간간이 자라던 키 작은 나무들도 줄어들더니, 반나절도 지나지 않아 길도 없는 너른 땅에 자갈과 앙상한 관목들만이 자리했다.

이따금 장사치들이 두런두런 이야기를 나누는 소리 외에는 사방이 고요해 바람 부는 소리만이 귓가를 맴돌았다. 해가 솟자 위아래에서 견디기 힘든 열기가 몰아닥쳤다. 여행가는 장사치들처럼 얼굴을 가리고 소매를 내렸다.

장사치들은 낙타 위에서 점심을 해결했다. 여행가는 떨어지지 않는 것만도 힘겨운지라 포기했다.

땅에 드리운 그림자가 길어지고 지옥 같던 열기가 사그라질 무렵 장사치들이 오늘은 이만 쉰다고 말했다. 여행가는 녹초가 되어 떨어지듯 낙타에서 내렸다.

장사치들은 숙련된 솜씨로 기둥을 세웠다. 개중 몸집이 작은 이가 기둥을 타고 올라가 아래에서 던지는 양탄자를 받아 천장 삼아 덮었다. 밑에 선 이들은 벽을 따라 겹겹이 양탄자를 둘렀다. 여행가도 사막의 추위에 대해서는 익히 들었으나 한낮의 땡볕을 생각할 때 저렇게까지 해야 하나 의아했다.

모두 자기 일을 하는 데 능숙했다. 여행가는 서툰 손길을 내밀어봐야 방해만 될 듯해 자기 낙타를 살폈다. 타고 온 자기도 이렇게 힘든데, 양탄자에, 짐에 자기까지 메고 온 낙타는 얼마나 힘들랴 싶어 짐도 내리고, 몸에 주렁주렁 달린 장식들도 떼 주려 했다. 낙타가 발길질을 하며 콧바람을 내뿜었다. 기세에 눌려 뒷걸음질을 치다 또 보기 흉하게 주저앉았다. 장사치들이 저 꼴 좀 보라고 손가락으로 가리키며 웃어댔다.

그제야 여행가는 낙타도 사람처럼 각기 성격이 있고, 아마는 허영심이 많아 장식을 좋아한다는 사실을 알게 되었다. 미리 알려 주지 않은 장사꾼들이 원망스러웠다.

안 그래도 성미가 까다로워 사귀기 쉽지 않은 낙타였는데, 이 일로 그에게 완전히 돌아섰다. 심지어 그가 볼일을 보는데 따라와 놀라게 해, 바지춤도 제대로 추리지 못한 채 마른 덤불에서 뛰쳐나오게 만들었다. 장사꾼들은 재미있어 어쩔 줄을 몰랐고, 아마는 놀라 말도 못하는 그에게 사람처럼 콧방귀를 뀌더니 도도하게 돌아섰다.

아침마다 아마 등에 오르는 게 전쟁이나 다를 바 없었다. 우두머리도 첫날 이후 도와주지 않았고, 다른 장사치들도 구경만 했다. 덕분에 출발 시각이 자꾸 늦어졌다.

여행가는 야영할 때 낙타 등에서 짐을 내리는 건 아예 포기했고, 아침이면 다른 이들이 막사를 정리할 때부터 아마와 씨름을 했다. 그렇게 해도 다른 장사치들이 짐을 다 꾸려 올라탄 후에도 한참이 더 지나서야 낙타 등에 오를 수 있었다. 몸도 지치고, 면목도 없어 마음이 편치 않아 하루하루가 가시밭길이었다.

6.

어느 날 여행가는 용기를 내어 우두머리에게 말했다.

"미안하오."

우두머리는 무슨 소리냐는 듯 그를 바라보았다.

"내가 짐이 되는 듯해서……."

우두머리는 호탕하게 웃으며 다른 장사치들에게 그가 한 말을 전했다. 여행가의 말이 전달되는 데에 따라 고요하던 사막에 파도치듯 웃음이 넘실거렸다. 비로소 여행가는 이제까지 이들이 그를 내버려 둔 까닭이 못되게 굴려는 의도가 아니라 이런 과정이 일종의 신입 신고식이라는 사실을 알게 되었다. 더불어 다른 이가 그를 도울 수 없다는 것도 깨달았다.

자기 몫으로 배정받은 낙타는 시간이 얼마나 걸리든 직접 길들여야 했다. 지금 앞뒤에서 능숙하게 낙타를 타는 이들 모두 여행가와 같은 경험을 했으며, 따라서 느긋하게 기다릴 마음의 준비가 되어 있었다. 애초에 처음 낙타를 타는 그에게 유독 다루기 까다로운 아마를 건넨 것도 그들이었다. 그들과 그의 차이는 그들은 아주 어릴 때 이 과정을 겪었다는 것뿐이었다.

장사치들은 검은 사막이 짙푸른 색으로 바뀔 무렵이면 낙타 다리를 묶고, 기둥을 박아 낙타털로 짠 양탄자를 쳤다. 낙타 몸에 술을 다는 건 털이 빠지는 걸 방지하기 위함이기도 했다.

여행가는 그들이 야영을 준비하기 전 낙타 다리를 묶는 모습을 흥미롭게 지켜보았다. 이들은 땅에 매여 살지 않으며 전

재산을 가지고 다녔다. 땅을 가진 자들은 짐승을 땅에 묶었다. 떠돌며 사는 이들은 다리를 묶어 돌아다닐 거리를 줄였다.

여행가가 보기에는 가도 가도 똑같은 모래벌판이었다. 낮에는 폐에 화상을 입을 듯 뜨거운 공기를 마시며 시꺼먼 땅을 따라 걸었다. 낙타들도, 짐도 저녁이면 검은 모래바람을 맞아 시커멓게 물들었다. 다른 이들은 각기 자기 낙타의 모래를 털어주었지만 여행가는 여전히 오르고 내리는 것만도 일이었다.

밤에는 언제 더웠냐 싶게 급격히 기온이 떨어졌고, 깊은 어둠이 자리했다. 장대비처럼 쏟아질 듯 빛나는 별이 아니면 하늘과 땅을 구분하는 건 불가능했다. 그는 양털로 짠 양탄자를 몇 겹이나 두른 천막 안에 들어갈 때마다 혹독한 추위를 피할 수 있다는 데 감사했다.

우두머리는 길도 없는 곳에서 별과 자기만의 방향감각으로 길을 인솔해 사나흘에 한 번은 우물이 있는 마을에 갔다. 낙타들은 그때마다 우물로 달려가 며칠 버틸 물을 마셨다.

장사꾼들은 사막에 있는 우물 대부분이 최소한 2,000년 전에 만들어졌다며 그때는 사막을 횡단해 사막 끝에 있는 도시를 오가는 장사꾼들이 있었다고 했다. 여행가는 우두머리에게 사막을 끝까지 건너 본 적이 있나 물었다. 우두머리는 길을 아는 사람이 아무도 남아 있지 않다 답했다.

우물곁에 있는 마을은 적으면 서너 가구, 많아야 열 가구 남짓했다. 검은 사막에 사는 사람들은 눈이 크고, 낙타처럼 속눈썹이 길고 풍성했으며, 머리는 짙은 모래색이었다. 방문객이 거의 없는 마을이라 찾아오는 이들을 반갑게 맞이해 양고기와 양 내장을 볶은 음식을 내오고, 북과 피리를 연주해 춤을 추며 작은 잔치를 열었다.

여행가는 이들이 내주는 낙타 젖이 그렇게 반가울 수가 없었다. 사막 물은 떫어 마시기 괴로웠다. 장사꾼들의 짓궂은 농담은 서너 마을을 지나치며 제법 능숙하게 받아치는 법을 익혔지만 물맛은 도저히 익숙해지지 않았다.

마을을 떠난 지 이틀이 지났을 때였다. 장사꾼들 사이에 소란이 일었다. 여행가는 아무것도 느끼지 못했는데, 장사꾼들이 모래 폭풍이 몰려온다고 말했다. 그들은 기둥을 깊이 박고, 낙타들을 한군데에 모으며 분주히 모래 폭풍에 대비했다. 여행가도 서툰 솜씨로 그들을 도왔다.

오래지 않아 여행가도 바람이 심상치 않다는 걸 느꼈다. 모래가 드러난 얼굴을 따끔따끔하게 쳤다. 그는 바람이 부는 방향으로 시선을 돌렸다. 땅 밑 깊은 곳에서 잠을 자던 태고의 거인이 하찮은 것들은 모두 쓸어버리기로 작정하고 일어선 듯했다.

여행가는 하늘까지 닿는 검은 바람에 눌려 소리조차 지르지 못했다. 여기저기서 절망에 찬 탄식이 들렸다. 모래바람이 만들어 낸 거인은 단지 한 발을 내딛는 걸로 온 세상을 시커멓게 물들였다. 장사치들이 그에게 고함을 질러댔다. 바람 소리 때문에 무슨 말인지 알아들을 수가 없었다. 돌아보니 다들 양탄자를 뒤집어쓰고 무거운 물건에 자기 몸을 묶고 있었다. 몸짓을 보건대 그에게도 뭐든 덮고 잡을 걸 찾으라는 듯했다. 작은 자갈이 여행가의 어깨를 스쳤다. 여행가는 정신을 차리고 아마를 찾았다. 아마는 어느새 바닥에 납작 주저앉아 있었다. 바람과 사투하며 아마 등에서 그를 묶을 줄을 찾는데 체구가 작아늘 천막을 칠 때 꼭대기에 오르던 이가 돌풍에 휩쓸려 날아갔다. 꿈인지, 생시인지 가늠이 되지 않았다. 그는 필사적으로 아마와 아마의 등에 묶인 양탄자 사이로 기어들어 가 웅크렸다. 바위도 날리는 폭풍 소리인지, 사람과 낙타의 단말마인지 확실하지 않은 소리들이 귀를 먹먹하게 했다.

여행가는 제발 사람 소리가 아니길, 폭풍이 지나가면 날려간 사람이 무슨 일 있느냐는 듯 옆에 서서, 첫 폭풍에 놀라 헛걸 봤느냐고 놀리길 바랐다. 무언가 무거운 것이 등을 치고 갔다. 그는 어느 틈에 의식을 잃었다.

여행가는 아마가 모래에서 빠져나가려고 발버둥 치는 몸짓에 정신이 들었다. 그는 늙은 낙타를 따라 가까스로 모래더미에서 빠져나왔다. 낙타는 혼자 달려갔다. 여행가는 저도 모르게 뒤를 쫓았다. 가까스로 따라잡아 낙타가 몸을 빼는 걸 어르고 달래 짐을 확인했다. 그간 쓴 여행기와 붓은 무사했다. 비로소 사방을 둘러보니 언제 무슨 일이 있었냐는 듯 평온하게 펼쳐진 시커먼 사막 위에 서 있는 건 그와 낙타뿐이었다. 그는 소리쳐 사람을 부르다 황망하게 여기저기 파 봤지만 아무도, 아무것도 없었다.

그는 다시 낙타 짐을 확인했다. 낙타가 여행가에게 못되게 굴어 짐을 제대로 내리지 못한 게 상황이 바뀌니 잘된 일로 물주머니, 말린 양고기, 칼과 잡다한 도구를 담은 주머니가 고스란히 있었다. 그는 싫다고 몸부림치는 낙타에게 매달렸다.

"낙타야, 아니, 아마야, 아마야, 너와 나 둘뿐이다. 싫어도 함께 가야 해."

그는 놓치면 죽는다는 마음으로 낙타 고삐를 잡아 앞으로 나아갔다. 아까 놓쳤으면 어쩔 뻔했나. 눈앞이 아찔했다.

처음엔 심각하게 생각하지 않았다. 폭풍이 불어올 때 바로 옆에 있었으니만큼 가다 보면 일행과 합류하려니 했다. 여행가는 우두머리에게 들은 설명대로 별자리를 가늠해 방향을 잡았다.

날이 저물었다. 그는 혼자 남았을지도 모른다는 공포 속에서 낙타를 부여잡고 밤을 보냈다. 다음 날에도 끝없는 사막만 이어질 뿐 사람의 흔적은 보이지 않았다.

그는 우두머리처럼 우물이 있는 마을을 찾을 재주가 없었다. 바로 저 언덕만 넘으면 누군가 있을지도 모른다. 다른 방향으로 몇 시간만 걸으면 마을이 있는데, 방향을 잘못 잡은 거면 어쩌나. 그는 두려움 속에서 사막을 걸었다.

낙타는 지나가다 보이는 선인장을 씹으며 연명했다. 그도 선인장을 잘라 나오는 즙에 손가락을 찍어 맛봤다가 기겁을 하고 침을 뱉으며 아까운 물만 소비했다.

어느덧 해가 지고 다시 밤이 다가왔다. 밤에는 손가락 두 개만 한 전갈이 기어 나오는데, 물리면 한 시간을 못 넘기고 죽는다 했다. 장사치들은 밤이면 전갈 구멍을 찾아 물을 부어 전갈이 나오면 밟아 죽였다. 그는 얼마 남지 않은 물을 전갈을 잡는데 쓸 수 없었고, 장사치들처럼 구멍을 보는 눈도 없었다. 장사치들이 가리킬 때면 잘만 보이던 구멍이 혼자 남으니 이건지, 저건지 구분이 가지 않았다.

문제는 전갈만이 아니었다. 땔감이 없어 불을 피울 수도 없었다. 밤마다 그저 전갈이 나오지 않기를 바라며 안장으로 쓰는 모포를 둘둘 감고 낙타 옆으로 갔다. 아마는 그가 붙으면 밀쳐냈다. 혼자서는 밤의 추위를 감당할 수 없기에 다시 달라붙었다. 아마는 매일 밤 서너 번 거부하다 못 이기는 척 받아들였다.

식량이 떨어져 갔다. 그는 마을에서 본 기억을 더듬어 막대에 고리를 만들었다. 사방을 살피며 걷다 들쥐 구멍을 발견해 막대를 넣었다. 세 시간을 씨름한 끝에 겨우 한 마리 건졌다. 그는 들쥐 목을 부러뜨려, 마른 관목을 모아 불을 지폈다. 땔감이 모자라 제대로 익지 못한 부분도 그냥 먹었다. 그는 들쥐와 드물게 마주치는 선인장 굴뚝새의 둥지에서 알을 훔쳐 간신히 연명했다.

"아마야, 나 좀 살려다오."

그는 마른 관목이 보일 때마다 집어 아마 등에 올리며 사정했다. 아마는 몸을 흔들어 떨어뜨렸고, 그는 다시 주워 올렸다. 그렇게 서너 번쯤 반복하면 또 새침하니 받아 주었다.

사막은 세상 어느 곳보다 하늘과 가까운 듯했다. 태양은 대지 바로 위에서 뜨겁게 타올랐고, 밤이면 별이 바로 코앞에서 총총히 빛난다.

그는 저물녘이 오면 소소한 일이라도 꼭 적었다. 날짜를 헤아리기 위함이었다. 보름이 지나자 물이 떨어졌다. 아마도 제대로 먹지 못했다. 선인장 하나 보이지 않아 불룩 솟았던 혹이 하루가 다르게 평평해졌다. 장사꾼들이 아마에겐 이번 여행이 마지막이리라 했었다. 늙은 낙타는 차츰 힘이 빠져 갔다.

"아마야, 어쩔 수 없구나."

아마가 싫다는 듯 고개를 저으며 몸을 뒤로 뺐다.

"너도 힘들잖니, 응?"

그는 아마를 어르고 달래 몸에 있던 장식 술을 빼서 버렸다. 아마는 앙탈을 부리면서도 결국은 받아들였다. 수십 개는 되던 술을 버리자 발걸음이 한결 가벼워졌다.

여행가는 새벽에 일어나 모래에 묻은 이슬을 핥고 태양을 보며 방향을 가늠했다. 어딘가 마을이 있을 것이다. 분명 도시가 나올 것이다. 누군가 만날 것이다. 그는 아마를 일으켰다. 아마는 평소보다 심하게 성질을 내며 일어나려 들지 않았다.

"나한테 뭐가 있는지 볼래?"

여행가는 품을 뒤져 빗을 꺼내 아마의 털을 빗질해 주었다. 검은 모래가 우수수 떨어지고, 낙타의 본래 색이 나타났다. 그간 제대로 빗어 주지 못해 아마가 달고 다닌 모래 무게도 만만치 않을 듯했다.

"좋네, 예쁘네. 이쪽으로 빗어 볼까?"

술을 모두 버리고 눈에 띄게 침울했던 아마가 일어났다. 여행가는 아마의 몸을 두드리며 정말 예쁘고 착한 낙타라는 말을 반복했다. 아마는 혼자 성큼성큼 걸었다. 그가 가려는 방향과는 반대쪽이었다. 늘 하는 실랑이를 하려니 싫어 다독이며 끌었지만 요지부동이었다.

"정말 해도 해도 너무하는구나! 날더러 뭘 더 어쩌란 말이냐?"

그는 낙타 뒤를 쫓아갔다. 낙타는 자기 멋대로 몇 시간을 걸었다. 여행가는 처음으로 더는 가망이 없다 여기며 체념했다. 낙타가 멈췄다. 여행가는 아마 앞에 있는 돌 뚜껑에 달려들었다. 화강암으로 된 우물 뚜껑은 너무 크고 무거웠다.

"혼자는 못 하겠다."

그는 줄로 뚜껑을 묶고, 다른 쪽은 아마에게 묶으려 했다. 아마는 몸서리를 치며 뒤로 물러섰다.

"왜? 넌 목이 마르지도 않단 말이냐?"

여행가는 또 튕기는가 싶어 달래기도 하고, 포기한 듯 딴청을 부리다 갑자기 줄을 던져 보기도 했지만 아마는 여행가가 무슨 생각을 하는지 꿰뚫어 보기라도 하는 양 그때마다 이리저리 피하며 몸에 줄을 묶도록 허락하지 않았다. 지친 여행가는 도대체 왜 이러는가 싶어 황망히 아마를 쳐다보았다. 아마는 새침하게 고개를 돌렸다.

"미안하다. 넌 물 냄새를 맡았는데, 나는 화를 냈지. 내가 잘못했구나."

여행가가 마침내 깨달아 말했다. 그는 안장 겸 이불로 쓰는 양탄자를 한 조각 길게 잘라 목덜미에 모양을 잡아 묶어주었다.

"장식 술들, 버리지 말고 조금만 참아 볼 걸 그랬지?"

아마가 콧등으로 여행가의 이마를 쓰다듬었다. 여행가는 순간 당황했으며, 감동받았다. 그는 지금까지 의무적으로 아마에게 말을 걸었다. 때로 짐승의 비위를 맞춰야 하는 자기 신세를 한탄했다. 하지만 아마는 사람만큼, 아니 사람 이상으로 섬세하고 영리한 존재였다.

"고맙구나."

그는 아마 몸에 줄을 묶어 함께 당겼다. 뚜껑이 열리자 아마부터 마시게 했다. 아마는 소리도 시원하게 물을 들이켰다. 여행가는 아마가 충분히 마셨다가 몸을 뗀 다음에 물을 마셨다. 떫은맛이 이처럼 반갑고 달 줄 몰랐다.

　갈증이 가시자 배가 고팠다. 그제 뱀을 잡아먹은 후 내리 굶었다. 사막에는 우물만 횅하니 놓여있을 뿐 사람 흔적은 보이지 않았다. 아마가 아니었다면 지척에 두고도 지나쳤을 것이다.

　여기서 기다리다 보면 누군가 이 우물을 찾아올 것인가? 그는 우물을 면밀히 살폈다. 아무리 희망을 가지려 해도 오래도록 사람이 찾지 않은 듯 보였다.

　그는 물주머니를 있는 대로 채웠다. 아껴 마시면 3~4주는 버티지 싶었다. 하지만 아마는 어쩔 것인가. 먹을 것도 넉넉하지 못하고, 충분히 쉬며 보살핌을 받지 못해 점점 약해지는 아마가 걱정이었다.

　"가자, 아마야……. 이 우물을 통째로 들고 가면 좋겠지만 그럴 수가 없구나."

　그는 아마를 다독여 기약 없는 길을 걸었다. 바람 소리는 우두머리가 부르는 소리 같았고, 선인장들은 장사치들이 손짓하는 모습으로 보였다. 한참을 걷다 문득 멈춰 주위를 둘러보면 끝이 보이지 않는 모래사막에서 그는 모래 한 알, 점 하나일 따름이었다.

　마지막 물주머니가 말라 갈 무렵 멀리 도시가 보였다.

　"아마야!"

　그는 아마를 재촉했지만 아마는 서두르지 않았다. 여행가는 애가 탔다. 설마 또 헛것을 보는 건가? 아니, 분명 도시였다.

"아마야, 가자, 가야 한다."

아마가 길게 콧바람을 내뿜더니 어쩔 수 없다는 듯 발걸음을 빨리했다. 높이 솟은 돌기둥들이 보였다. 환영이 아니었다. 여행가는 마음이 급해 넘어질 듯 걸음을 옮겼다.

도시 앞에 도착해서야 폐허가 된 도시임을 알았다. 지붕과 벽은 이미 수 세기 전 무너지고, 받칠 것 없는 기둥만 길게 늘어서 있었다. 기둥 둘레는 장정 서너 명이 팔을 뻗어 두를 법하고, 높이는 30미터는 넘을 듯했다. 기둥마다 사람 얼굴과 함께 글자를 새겨 놓았다. 사람 얼굴은 도시에서 중요한 인물의 얼굴일 터이고, 글은 그 인물들의 업적이겠으나 처음 보는 글자였으며 누군지 알 도리가 없었다. 여행가는 혹시나 하는 희망을 버리지 못하고 도시를 헤맸지만 헛수고로 개미 새끼 한 마리 보이지 않았다. 이미 수 세기 전에 버려진 도시였다.

다시 어둠이 사막과 사막 속 작은 점인 도시와 점 속의 점인 여행가를 덮었다. 여행가는 한때 융성했으나 이제는 정적만이 남은 도시를 떠돌다 돌로 만든 덕에 지붕이 살아남은 건물을 찾았다. 횃불이나 양초도 없어 가늠하기 어려운 어둠을 손으로 더듬어 적당한 곳에 누웠다. 바깥에서 골목을 따라 죽은 자의 흐느낌 같은 바람이 불었다.

제대로 돌아보려면 며칠은 잡아야 할 만큼 큰 도시니 수천, 수만은 살던 곳이다. 입구에 세운 기둥은 이 도시에 들어오는 자들에게 과시하기 위한 용도니 다른 도시와도 활발한 교역을 했던 모양이었다. 지금은 흔적조차 찾을 길 없으나 많은 이들이 태어나 자라고 직업을 얻고, 짝을 지어 아이를 낳으며 각

자의 삶을 살았을 것이다. 용맹한 장군도, 뛰어난 지도자도, 제욕심에 취해 도시민들을 괴롭힌 자들도 있었으리라. 아마도 작은 마을에서 시작해 차츰 커져 긴 세월 번성했을 도시인데도 이 넓은 세상 속 그 누구도 이 도시의 이름은커녕 이런 도시가 있다는 사실조차 알지 못했다. 그가 사막에서 죽고 나면 이 도시는 또다시 시간 속에 사라질 것이다. 지금 잠시 그 하나가 이 도시를 안다 해 무엇이 달라질까…….

  사람들이 살며 이룬 모든 것이 미약한 흔적만을 남긴 채 소리 소문 없이 스러졌다. 여행가는 삶과 죽음의 무상함이 주는 인간 존재 본연의 고독에 사로잡혔다. 그는 더 이상 이 고독을 감당하며 길을 걸을 자신이 없었다. 어느새 흐르는 눈물이 그를 더 초라하게 만들었으며, 그마저 말라 갔다. 그는, 인간은, 결코 벗어날 수 없는 이 사막의 모래 한 알일 따름이었다.

  그는 절망 속에서 검고 깊어 끝을 알 수 없는 사막을 바라보았다. 다시금 쏟아지는 덧없는 눈물을 막고자 고개를 드니 뿌연 시야 너머로 형언하기 어려운 빛이 보였다. 여행가는 화급히 눈물을 닦았다. 땅만 보면 어둡고 컴컴해 한 치 앞을 내다볼 수 없으나 하늘은 활짝 열려 태곳적부터 사막을, 사막을 너머 온 세상을 비춰 온 별을 쏟아 내고 있었다.

  저 별이 많을 것인가, 사막의 모래알이 많을 것인가. 아니, 수를 비교하는 것이 무슨 의미가 있단 말인가. 저토록 찬란하게 빛나는 것에 무슨 상념을 더 보태는가. 사막 또한 저 별들 아래서 보면 한 점이지 않겠는가. 시리도록 빛나는 저 별들도 그처럼 점 하나 아닌가.

아까와는 완전히 다른 의미의 눈물이 떨어졌다. 단지 존재하는 것만으로, 빛나는 점 하나로 영원 그 이상의 하늘을 지켜온 별들 아래서 절망이 가당키나 할 것인가…….

별들은 알리라. 언제 이 도시가 세워졌는지, 어떤 사람들이 살다 떠났는지, 언제 스러졌는지, 변함없이 밤하늘을 밝히며 보았을 것이다. 모든 것을 지켜보고, 지금은 그를 보는 별들이 위대한 것도, 초라한 것도 모두 언젠가 시간 속에서 스러지니 스러짐을, 죽음을 겁내지 말고 걸으라 말하는 듯했다. 여행가는 고요히 웃음 지었다.

7.

홀로 된 이후 처음으로 깊은 잠을 취하고 깨어나 혹시나 하는 마음에 도시를 뒤지다 우물을 발견했다. 이 우물을 만든 이는 흔적도 찾을 길이 없거늘 우물은 마르지 않았다.

"물이 떨어질 만하면 우물이 나오니, 별도 땅도 내게 더 걸으라나 보다. 가자, 어디까지 가나, 한번 가 보자."

그는 아마를 다독이며 최면에 걸린 듯 묵묵히 사막을 걸었다. 또다시 마지막 물주머니가 가벼워질 즈음 아마가 걸음을 멈췄다.

"아마야……."

여행가는 헤아릴 길 없는 뜻을 담아 함께 걸어온, 이제 먼저 떠날 이를 불렀다. 부르는 말이자 동시에 작별인사였다. 아마는 천천히 무릎을 꿇고 앉아 새끼를 걱정하는 어미의 눈으로 여행가를 바라보았다. 여행가는 곁에 앉아 아마의 마지막 숨을 지켰다.

그는 아마를 뒤에 두고 짊어질 수 있는 만큼만 짐을 들고 걸었다. 문득 돌아보니 아마는 보이지 않고, 청한 바 없는 독수리들만 하늘을 맴돌았다.

홀로 가는 길은 끔찍하게 고독했다. 물은 떨어졌고, 양탄자도 제정신이 아닌 어느 결에 버렸는지 잃어버렸는지 없어졌다. 밤이면 추위에 몸서리쳤고, 낮이면 땡볕에 말라 갔다. 무얼 적을 기력도 없어 날짜도 세지 못해, 아마가 떠나고 얼마나 시간이 흘렀는지도 알지 못했다. 멀리 언덕 위에서 아이들의 웃음소리가 들렸다. 마침내 아마 뒤를 따를 때가 온 것인가⋯⋯. 아이들이 그에게 달려왔다. 그는 멈춰 끝을 기다렸다. 아이들이 그의 손을 잡아끌고 올랐다. 여기서 끝내고 싶었는데, 환영은 끈질기게 그를 놓아주지 않았다. 언덕에 오르자 도시가 보였다. 누군가 알아듣지 못하는 언어로 말을 걸며 물을 먹였다. 그는 정신없이 주위를 둘러보았다. 돌로 두른 성벽, 진흙으로 만든 크고 작은 집, 건물마다 난 창문, 곳곳에 있는 우물, 빨래하는 여인, 채소를 씻는 사내, 물을 튀기며 노는 아이들⋯⋯. 그는 홀린 듯이 거리로 들어갔다. 이발사들은 가위를 흔들며 손님을 끌었고, 낙타들은 거리를 걸으며 똥을 갈겼고, 염소는 줄에 묶여 끌려가며 '매매' 울어댔고, 아이들은 그 사이를 맨발로 뛰어다녔으며 굽고, 끓이고, 튀겨서 파는 음식 냄새들이 코를 찔렀다.

닭이 우는 소리를 들으며 엎어져 울었다. 물을 길어 와 아침 준비를 해야 하는데, 몸 깊은 곳에서 시작된 떨림이 멈추지 않았다. 매일 스무 시간씩 글 연습을 해도 절대 이런 여행기는 쓰지 못할 것이다. 평생을 떠돌아도 이런 여행가는 될 수 없었다.

나는 먹을 게 떨어졌는데 왜 낙타를 잡아먹지 않는지 이해하지 못했다. 잡아먹으면 당장 허기는 면할지라도 짐을 나를 수 없어서 그러나 했다.

나였으면 어땠을까? 낙타를 사람 대하듯 할 수 있었을까? 안 그래도 힘들어 죽겠는데, 낙타도 말을 안 들어 먹는다며 화를 냈겠지.

폐허가 된 도시를 만났을 때, 나였다면 거기서 포기했을 거다. 살아남은 사람이 아무도 없는 곳에서 어떻게 다시 힘을 내 앞으로 나아갈 생각을 할 수 있었을까?

아이들의 웃음소리가 내 귀에도 들리는 듯했다. 사람들이 사는 평범한 모습이 이처럼 아름다울 줄 몰랐다. 수개월을 홀로 막막한 사막에서 헤매다 사람 사는 곳에 도착했기 때문만이 아니었다. 나는 아마가 죽었을 때 한편으로는 슬펐지만, 기왕 죽은 거 어쩔 거냐며 남은 고기라도 썰어 가야 하지 않나 여겼다. 그러지 않는 여행가가 이상했다. 여행기를 끝까지 읽어서야 알았다. 그런 마음으로는 이런 여행을 하지 못한다. 나와는 애초에 그릇이 다른 여행가였다.

이 여행가가 검은 사막으로 떠났을 때 지금 나보다 두 살이나 어렸다. 바로 옆에서 같이 걸었더라도 나는 이런 여행기를 쓰지 못했을 것이다. 끝까지 가지도 못했을 게 분명했다.

노인은 같은 자리에 있어도 무엇을 보느냐에 따라 다른 여행기가 된다고 말했다. 그 말이 무슨 뜻인지 마침내 알 수 있었다. 가까스로 마음을 추려 나갔더니 노인이 이미 손수 양젖을 짜 아침을 차려 놓았다.

"면목 없습니다."

나는 고개를 들지 못했다. 맞을까 두려워서가 아니었다.

"자금을 받지 않겠습니다. 전 여행가가 될 수 없어요."

"아무나 그런 여행을 하는 것도, 그런 여행기를 쓰는 것도 아니다. 지금까지 여행가 중 그만큼 멀리 가 본 이가 없단다. 그이의 발걸음이 황금 섬까지 이르렀단 말도 있지……."

"황금 섬이 정말로 있답니까? 거긴 금이 바람을 타고 날아다니고, 강을 따라 흘러서 그저 건지기만 하면 된다면서요?"

내가 놀라 물었다. 노인은 대답 대신 하던 말을 계속했다.

"그만한 여행가가 되지 못한다고 여행가가 되지 못할 건 아니다. 늦잠을 자나 방에 갔다 네가 우는 모습을 봤다. 아무나 그 여행기의 진가를 알아보는 게 아니야. 많은 여행가들이 자기도 그가 갔던 곳에 간다면 그만한 걸 못 쓰겠느냐 하지.

널 받기 잘했구나. 내 눈이 틀리지 않은 게야. 아직은 서가를 지켜도 되나 보다. 넌 이제 진정 여행을 떠날 때가 되었어."

전날 한숨도 이루지 못했는데 피곤하지 않았다. 동시에 꿈속을 걷는 듯 멍했다. 나는 이 여행기를 필사한 사람처럼 글씨를 곱게 쓰고자 했다. 전에는 왜 글자를 반듯하게 써야 하는지 이해하지 못했다. 알아볼 수만 있으면 되지 뭘 그리 까다롭게 구나 싶었다. 이 여행기를 읽고 나서야 고운 글씨 속에서 여행기가 더 빛남을 깨우쳤다. 이 여행가의 필체는 어떨지 궁금했지만 차마 보여 달라 청할 엄두가 나지 않았다. 서가 가장 깊은 곳에 간직한 여행기 중 하나이리라. 여행가의 이름은 엘야르히무였다. 엘야르히무, 엘야르히무……. 수없이 그 이름을 되뇌었다.

마침내 여행을 떠나는 날이 왔다. 노인은 내게 염소젖으로 만든 치즈, 곡물가루, 가죽 물병, 겉옷 겸 이불, 여벌 신발, 부싯돌, 종이와 붓을 건넸다.

"어디든 발길 닿는 대로 가 많이 보고 마음껏 담아 오너라."

나는 노인에게 인사하고 서가를 떠났다. 서가에 온 지 5년 만이었다.

이렇게 신날 수가 없었다. 노인이 준 돈은 얼마 되지 않았다. 나는 가능한 한 노숙을 하며 돈을 아껴, 3~4개월이 지나 서가에 돌아왔다. 그동안 한 아이가 새로 와 있었다. 아이는 제법 풍족한 상인 집의 둘째 아들로 서가에 오기 전 글을 모두 뗐으며, 아비를 따라 곳곳을 여행한 경험이 있다 했다. 나는 그 아이에게 인사했다. 아이는 깔보듯 날 바라보았다.

"네가 바로 그 닭대가리구나?"

새로 온 아이의 입에서 나 다음으로 서가에 왔던 아이의 이름이 나왔다. 그 아이와 길에서 마주쳤다 했다. 그 아이에게 나는 한심하고 멍청해 도저히 여행가가 되지 못할 이로 남아 있었다.

기가 죽어 방으로 돌아왔다. 방은 넓었다. 우린 끝과 끝에 자리 잡고 말을 섞지 않았다. 정적만이 흐르는 방에서 사이사이 적어 둔 걸 바탕으로 여행기를 써서 노인에게 올렸다.

며칠이 흘렀다. 노인은 분명 다 읽었을 텐데 말이 없었다. 배운 대로 정사 이야기는 쓰지 않았다. 새로 온 아이는 노인이 차마 뭐라 할 말이 없어 부르지 않는 거라 여겨 날 비웃었다.

"쫓겨날 날이 머지않았어. 카누인이 받은 아이들을 다 여행가로 만들어 주는 줄 알아? 안 되겠다 싶으면 가차 없이 내친다고."

나는 아무 말도 하지 않았다. 아이는 내가 대꾸도 못 할 만큼 기가 죽은 줄 알고 의기양양했지만 내 생각은 달랐다. 노인은 내 첫 여행기를 받은 날 밤, 여행기를 다시 읽고 내가 참고할 만한 여행기를 찾아 밤새 서가를 뒤졌듯이 분명 어떤 조언을 하면 좋을지 고뇌하고 있을 뿐이었다. 노인은 규칙을 지킨 자는 끝까지 거둔다는 신조를 지키며 살아왔다. 세상엔 드물 지만 목숨보다 신조가 중요한 사람이 있다. 시키는 바를 성실 히 행하고 거짓을 늘어놓지 않는 한 절대 내칠 리 없었다.

첫 여행을 통해 여행이야말로 내 삶임을 깨달았다. 나는 장 사꾼이 아니었다. 나는 여행가였다. 여행가가 되어야 했다. 노 인은 오래도록 많은 아이를 가르쳐왔다. 나처럼 한심한 자는 처음일지라도 어떻게든 길을 찾을 것이다.

마침내 노인이 날 불렀다. 노인은 내가 영주의 저택에 들른 장 면을 가리켰다. 때마침 영주의 생일이라 요란한 잔치가 벌어졌었다.

"이 부분을 보강해 오너라. 너답지 않게 대충 넘어갔구나."

"네."

나는 대답하고 방으로 돌아갔다. 빈 종이를 앞에 두니 막막 했다. 내가 여행가임을 알아본 영주의 집사가 날 초대했다. 잔 치의 최고점은 무희의 춤과 광대들의 묘기였다. 넋 놓고 구경하 던 중 집사가 내 어깨를 쳤다. 그리고 창고로 데려가 다른 하인 과 함께 영주의 잔치에 초대한 값을 받았다. 돌아왔을 땐 광대 들의 묘기는 끝났다. 나는 최대한 기억을 더듬어 본 장면을 적 어 다시 건넸다.

"제대로 보지 못할 일이 있었구나."

노인이 말했다. 가슴이 뜨끔했다. 어떻게 여행기만으로 아 는지?

노인은 다른 부분을 짚어 손보라 일렀다. 시키는 대로 몇 번 이고 다시 썼지만 끝내 노인의 기준을 충족하지 못했다.

다음 해에 다시 자금을 받아 떠났다. 노인이 준 여행자금으로 갈 수 있는 곳은 한계가 있었다. 나는 굶거나 찬물로 배를 채우고, 사내에게 배운 대로 토끼 따위를 사냥해 잡아먹기도 하며 최대한 멀리 갔다. 그래 봐야 거기가 거기였다. 대도시는 볼거리가 많으나 남들이 이미 다 둘러보았고, 작은 곳은 눈길을 끌 만한 이야깃거리가 없었다.

　결국 돈이 떨어졌다. 나는 품에서 이무가 준 돈을 꺼냈다. 여행을 떠나기 전날 이부자리에서 꺼내올 때부터 각오한 일이었다.

　그렇게 걷거나, 우마차 따위를 얻어 타며 항구 도시에 도착했다. 배에서 내리는 상품들을 구경하다 웬 여인에게 눈이 갔다. 정확히는 여인이 입은 옷이 시선을 끌었다. 자수를 넣은 게 아니라 천에 그림을 그렸다. 색의 배합이나 옷에 넣은 큼직한 문양이나 사내를 따라 떠돌면서도 한 번도 본 적 없는 방식이었다.

　"어딜 그리 보나?"

　여인이 말을 던졌다.

　"옷이 특이해서요, 곱네요."

　"이걸 가져오는 이는 나뿐이라네. 물길이 험하거든. 처음엔 다들 낯설어했는데 요즘은 제법 팔려."

　여인이 의기양양해 말했다.

　"어디서 가져오는데요?"

　"그건 왜 묻는가?"

　"전 여행가예요. 아니, 곧 여행가가 될, 아니, 되려는……."

　"여행가?"

　여인이 신기해 날 훑었다.

우린 의기투합해 술집으로 갔다. 말이 좋아 술집이지 바닷가 곳곳에 모닥불을 피워 만든 자리에 주인이 생선과 술을 가져다주면 직접 구워 먹는 방식이었다.

갓 잡은 생선은 신선하고 맛이 좋았다. 사내는 주머니를 풀어야 할 때가 있다고 했다. 나는 기꺼이 여인에게 술을 대접했다. 기분이 좋아진 여인은 날 배에 태우겠다고 했다.

"여행기에 꼭 미인이라고 써야 해, 알았지?"

여인이 말했다. 나는 바다로 시선을 돌렸다. 해가 지며 육지와 바다와 하늘의 경계가 차츰 사라졌다. 곳곳에서 피어오르는 모닥불과 하늘에서 빛나는 별만이 어디가 땅이고, 하늘인지 알려 줄 따름이었다.

"아부하지 않는군."

여인이 말했다.

"당신은 자기 자신을 알아요. 아부할 필요 없어요."

내가 말했다.

여인은 서른다섯 살에 한 배의 선장이었다. 남들은 가지 않는 물길을 뚫어 육지와 교류가 없던 섬을 찾았고, 낯선 이를 경계하는 자들의 마음을 풀어 교역을 텄다. 여인의 입가에 웃음이 걸렸다.

"배에서 내가 유혹할지도 몰라."

"전 아까부터 유혹하고 있었는데요."

여인이 호탕하게 웃었다. 그날 밤 여인의 집에서 머물렀지만 말 그대로 잠만 잤다.

며칠 후 출항해 스무 날을 넘게 가 여인이 말한 섬에 도착했다. 섬이 가까워 올수록 더워 처음엔 겉옷을 벗었고, 나중에는 소매를 걷었다.

"내 배에는 사내가 몇 없어. 자네도 믿을 만하다 여겨 받은 거니, 섬 여인들에게 쓸데없는 수작 부리지 말게."

여인이 배에서 내리기 전 엄히 말했다. 나는 알겠다는 뜻으로 고개를 끄덕였다.

섬이 가까워질 무렵부터 배에 있는 사내들이 대체로 나이든 자들이거나, 뱃사람답지 않게 점잖은 자들인 이유를 짐작할 수 있었다. 나는 뱃전에 기대 배를 보고 몰려든 사람들을 바라보았다. 사내들은 허리춤만 감쌌고, 여인들은 천 하나를 묶어 몸에 둘렀는데 대부분 한쪽 가슴이 그대로 드러났다. 이들이 입은 옷은 붉고, 푸르고, 노란, 안 그래도 눈이 아찔한 원색에 보색으로 커다란 꽃, 나비를 그려 넣었다. 현란한 꽃밭에 온 양 눈이 어지러웠다.

"흠…… 그새 또 바뀌었군."

여인이 골치 아파하며 말했다.

배에서 내리자 사람들이 꽃을 던지며 환영했다. 여인은 웃으며 그 지역 말로 능숙하게 인사를 나눴다. 이들은 처음 보는 나한테도 적극적으로 말을 걸었다. 나는 가능한 한 여인들의 가슴을 보지 않으려 주의했다. 오면서 몇 마디 말을 배우긴 했지만 이들이 쏟아대는 말에 다 답변할 정도는 아니었다. 여인이 날 소개하자 섬사람들이 앞다투어 자기 집에 머물기 청했다.

"여행가가 뭔지 대충 설명했네. 조심해."

여인이 짓궂게 말했다.

8.

섬사람들은 사내들이건 여인들이건 늙었든 젊었든 너 나 할 것 없이 나한테 달려들었다. 말은 통하지 않았으나 이들이 뭘 바라는지 어렵지 않게 짐작할 수 있었다. 이들은 내가 누구 옷이 가장 고운지 평가하길 바랐다. 여행가라는 말에 곳곳을 돌아다니며 많은 이들의 여러 옷을 봤을 테니 안목이 있으리라 여긴 것이다.

진땀이 났다. 말을 잘못했다가는 두고두고 미움받을 터였다. 나를 데려다준 선장에게도 피해가 갈 수 있었다. 도리 없이 못 알아듣는 척했다. 선장은 그런 날 보며 피식 웃고는 배에서 짐을 내렸다. 다행히 사람들은 선장이 새로 가져온 물건에 눈을 돌렸다. 선장이 내린 물건은 대부분 염색 염료였다. 사람들 옷으로 미루어 보건대 이들은 이미 온갖 색으로 옷을 물들일 줄 알았다. 그런데 염색 염료라?

나무 그늘에 누워 땀을 식혔다. 나뭇가지에 눈이 시리도록 푸른 새가 앉아 있었다. 새가 날개를 펼치자 날개 밑에서 붉은 깃이 튀어나왔다. 새는 푸르고 붉은 깃을 이리저리 조합하며 춤을 추고 노래를 했다. 그 앞에 있는 새는 비슷하게 생겼으나 색이 훨씬 옅었다. 다른 새가 날아와 옅은 색 새 앞에서 부채춤을 추듯 자기 깃을 구석구석 보여 주며 춤을 췄다. 새들의 구애 중 이렇게 복잡한 춤과 노래는 처음 보았다.

섬은 일 년 내내 날씨가 좋아 고되게 작물을 심고 가꾸는 대신 자라는 걸 거두면 되었고, 그물만 던져도 물고기가 떼로 잡혔다. 섬사람들은 먹을거리도 잠자리도 걱정할 필요가 없었다. 사람들은 남는 시간을 옷과 머리 장식에 썼다. 아이들도 여섯 살만 넘으면 자기 옷은 직접 지어 입었다.

이들은 이 섬에서만 자라는 님이라는 갈대 비슷한 풀에서 실을 자아 천을 만들었다. 님은 베어도, 뿌리만 남기면 다음 날 언제 베었느냐 싶게 왕성하게 자랐다. 섬에서 자라는 다양한 식물들은 모두 염색 염료로 썼다. 거기에 선장이 가져온 염료까지 쓰자 옷들은 갈수록 화려해졌다. 내겐 이 노랑이나 저 노랑이나 같은 노랑인데 이들은 작은 차이에도 완전히 다른 색 보듯 했다.

옷보다 눈길을 끈 건 님을 이용해 만든 종이였다. 이들은 종이를 엮어 다음 달에 유행할 옷을 예측해 그림으로 그려 돌렸다. 서로 짜는 것도 아닌데 한두 달에 한 번 비슷한 문양이 마을을 휩쓸었다. 유행할 문양과 색을 가장 비슷하게 예측한 자는 잠시 마을에서 칭송과 부러움의 대상이 되지만 얼마 가지 않아 새로운 문양이 나왔다.

재밌는 사실은 늘 문양과 색이 중요하지, 옷 모양은 아무도 신경 쓰지 않는다는 점이었다. 몸에 한 번 감고 목이나 겨드랑이에서 묶는 게 전부였다.

"저 노파 보이나?"

선장이 말했다. 나무 그늘 아래 감색 천에 짙은 귤색으로 큼지막한 꽃을 그린 옷을 입은 쭈글쭈글한 여인이 앉아 있었다. 다른 옷과 어쩐지 다른 느낌을 주는 옷이나 형형한 눈빛, 반듯하게 앉은 자태에서 범상치 않은 기운이 느껴졌다.

"이 마을 사람들이 옷을 좋아하지만 본디 이 정도는 아니었다더군. 저 여인이 처음으로 넝으로 종이를 만들어 그림을 그려 뿌렸다네. 그러다 하나둘 따라 하기 시작했고, 너도나도 옷에 그림을 그리는 데 몰두하기 시작했지. 뭐, 이 마을은 달리 할 일도 없지 않나. 그러다 문제가 생긴 게야. 아무도 지난달에 만든 옷은 입지 않으면서 옷감이 남아돌기 시작한 게지. 벽에 걸고, 지붕으로 쓰는 것도 한계가 있지 않겠나. 그때 내가 온 거야. 운이 좋았어."

"장사가 잘되겠네요."

"그렇기도, 그렇지 않기도 해. 매번 새 물건을 파는 거나 마찬가지거든. 이번엔 꽃과 나비지? 저번엔 벌과 새였고, 그 전에는, 아이쿠야, 도대체 무슨 문양인지 알 수 없는 기괴한 게 돌기도 했어."

우린 일주일 후 섬을 떠났다. 그동안 선원들도, 선장도 아무도 날 유혹하지 않았다. 항구에 도착하자 선장이 말했다.

"작별인가."

"감사했습니다."

"이대로 보내기 좀 아쉽군. 자넨 묘한 구석이 있거든."

난 기대를 품고 여인을 바라보았다. 여인이 유혹한다면 기꺼이 응할 생각이었다. 여인은 내가 지금까지 만나 온 사람들과 확연히 달랐다. 번 돈은 선원들과 똑같이 나눴고, 선원의 가족 중 누구라도 일이 생기면 발 벗고 나서서 도왔다. 체벌을 가하거나 목청을 높이지 않아도 누구 하나 빠지지 않고 선장의 말을 따랐다.

"내가 만든 규칙일세. 혼인할 게 아니면 선원들은 사귀면 안 돼. 태운 객도 마찬가지야. 오갈 곳 없는 배에서 어설프게 감정이 오가면 자칫 감당 못 할 상황이 발생해."

"전 이제 내렸잖아요. 언제 다시 만날지 모르는데요."

나는 아쉬운 마음에 말했다. 여인이 빙그레 웃었다.

"자넬 그냥 보내기 싫은 게 나 하나가 아니니까. 다른 선원들도 다 참았는데……."

여인이 작별 인사로 손을 내밀었다.

"언젠가 배가 아닌 육지에서 길에서 만나면 그땐 아쉬움을 남기지 않을 거죠?"

내가 물었다. 여인은 소리 높여 웃었다.

"좋아, 길에서 만난다면."

나는 여인과 악수하고 떨어지지 않는 발걸음을 옮겼다.

서가에 도착하자 노인이 안도했다. 준 돈에 비해 오래 걸려 걱정한 모양이었다.

"다녀왔습니다."

나는 울컥한 마음을 감추려 허리를 반으로 접어 인사했다.

새로 온 아이는 네가 가 봐야 어딜 갔겠냐는 듯 비웃으며 날 맞이했지만 개의치 않았다. 이번에야말로 제대로 된 여행기를 쓰리라 다짐했다. 독특한 풍습을 가진 곳이었으니만큼 자신 있었다. 선장과 나눴던 이야기만 빼고 몇 날 며칠을 여행기를 붙들어 써 건넸다. 그날 밤 설레서 밤잠을 다 설쳤다.

아침을 먹으며 노인의 눈치를 살폈다. 간밤에 푹 잠들지 못한 기색이 역력했다. 식사를 마치자 노인이 방으로 따라오라 했다. 예감이 좋지 않았다.

"나쁘지 않았단다."

노인이 말했다. 그런데 왜 그런 얼굴을 하는지?

"평범하고 무난한 여행기였다. 네가 아니라 다른 이였다면 제대로 그렸을지도 모르겠다. 허나 네게 어울리는 이야기는 아니었어."

하늘이 무너지는 것만 같았다. 무얼 위해 굶고, 찬물로 허기를 달래고, 이무가 준 돈까지 썼단 말인가? 이무가 목숨을 걸고 마련한 돈이었다.

"그래도 이 여행기라면 어쩌면 어느 영주의 눈에는 찰지도 모르겠다만……. 여행기를 앞에 두고 이리 고민한 게 얼마 만인지 싶다. 어렵구나, 참으로 어려워……."

영주의 눈에 찰지도 모른다고? 나는 실낱같은 희망을 품고 노인을 바라보았다.

"이 여행기는 그곳에 간 이라면 누구든 쓸 수 있는 여행기다."

"무슨 말씀이신지……."

"이 여행기를 쓸 때 즐거웠느냐?"

"힘들었습니다만…… 다른 여행기라고 쓸 때…… 쉬웠던 건……."

눈물이 쏟아져 말을 잇지 못했다.

"이 여행기는 네가 다른 사람이 되려 한 여행기다. 그간 서가에서 보고 배운 바에 따라 썼어."

"그리하라 하셔서……."

나는 양 손바닥으로 눈을 누르며 제발 눈물이 그치길 바랐다.

"그래, 내가 그리 가르쳤다. 내가 네 자질을 망치는 건 아닌지 두렵구나. 그리 울 것 없다. 널 나무라는 게 아니야."

나는 가까스로 고개를 들었다.

"저는…… 무슨 말씀을 하시는지…… 알아들을 수가……."

"훗날 어떤 이는 내가 말년에 노망이 들었다 할지도 모르고, 어떤 이는 진흙 속에서 진주를 발굴했다 할지도 모른다."

"네?"

"네 안의 자질과 여행기 사이에서 답을 찾아보자꾸나. 네가 처음 썼던 여행기를 기억하느냐?"

"네……."

"사내가 옥을 팔던 자에게 된통 당했던 이야기가 있었더랬지?"

"네."

"그 이야기를 다시 써오너라. 다만 아낙과 그 뒤에…… 있던 일은 빼고 옥은 어디서 캐고 어떤 식으로 유통되는지, 품질은 어떠했는지도 기억나는 대로 자세히 써 보거라."

"네."

방으로 돌아가 종이를 펼쳤다. 그날 일이라면 전에 썼던 여행기를 다시 되짚지 않아도 줄줄이 적을 수 있었다. 수없이 장터에서 했던 이야기였다.

그 이야기를 쓰며 노인이 즐거웠느냐 물은 말뜻을 알 수 있었다. 처음에는 글로 쓴다는 게 막막해 오래 걸렸다. 지금은 물 만난 고기처럼 붓이 움직였다. 나는 새로 온 아이가 그만 불

끄고 잠 좀 자자고 화를 낼 때까지 붓을 놓지 못했다.

며칠 후 여행기를 가져갔다. 노인은 그 자리에서 펼쳤다. 읽는 내내 얼굴에 온화한 웃음이 피었다. 마음을 놓을 새도 없이 마지막 장을 덮은 노인의 얼굴이 어두워졌다.

"참으로 재미있는 재주를 가졌어. 불쾌하고 힘든 경험을 희화할 줄 아는구나. 다만…… 이 여행기의 맛을 볼 줄 아는 영주가 있을는지……. 내가 네 앞날을 어렵게 만드는 건 아닌지……."

"혹여…… 정 안 되면, 먼젓번 여행기라도……."

노인은 고개를 가로저었다.

"둘 다 가질 수는 없단다."

"네?"

"그 길을 간다면 머지않아 이 재주는 잃을 게다. 그리하여도 좋으냐? 그래도 여행가가 되는 게 더 낫겠느냐?"

나는 선뜻 대답하지 못했다. 두 여행기를 쓸 때 내 마음이 너무 달랐고, 이제 그 차이를 아는 탓이었다.

"해 보자꾸나."

노인이 나를 대신해 대답했다.

나는 매일 쉬지 않고 여행기를 필사했다. 새로 온 아이도, 내가 먼저 떠난 다른 아이의 여행기를 필사했듯 내 여행기를 필사했다. 새로 온 아이가 글을 쓰는 속도가 나보다 빨라 부끄럽고 미안했다.

곡물을 사 오는데 서가에서 큰 소리가 들렸다.

"전 도저히 필사 못 하겠습니다! 이런 천박한 걸 따라 쓰면

제 문장이 망가진다고요!"

"어디서 그런 버르장머리 없는 소리를 하느냐!"

이제껏 노인이 목소리를 높이는 걸 들어 본 적이 없었다. 내가 야단맞는 것처럼 바닥에 주저앉아 머리를 보호하려 손으로 감쌌다. 한동안 튀어나오지 않은 버릇이었다.

"여행가가 의지할 이는 같은 여행가밖에 없다. 더군다나 한 서가에서 배웠다면 형제처럼 서로를 아껴야 할 터인데 오기 전 글줄을 익혔다 해, 형제에게 함부로 입을 놀려? 네 글줄이 그리 대단하다 누가 그러더냐? 어디서 그런 못된 태도를 배웠느냐? 서가에선 누구든 여행을 마치고 온 이의 여행기를 함께 옮겨 주어야 한다. 그게 서가의 법도다. 지키지 못하겠다면 당장 나가거라!"

새로 온 아이가 잘못을 비는 소리가 들렸다. 나는 기듯이 방에 돌아와 이불을 뒤집어쓰고 덜덜 떨었다.

노인은 여러 곳에 여행기를 보냈지만 어떤 곳에서도 답이 오지 않았다. 하루는 새로 온 아이가 나한테 말했다.

"너 때문에 노인네가 얼마나 곤욕을 치르는 줄 알아?"

"나 때문에 무얼?"

"지금껏 뛰어난 여행가를 배출한 서가가 어찌 이리 질이 낮아졌느냐는 질타를 받고 있어."

"뭐?"

무릎이 덜덜 떨렸다.

"그런데…… 너는 그걸 어찌 알아?"

"그거야 노인네에게 온 서한을……."

아이의 눈빛이 변했다. 키는 나보다 작았지만 그간 자라 어깨는 나보다 넓었다.

"노인네한테 이르면……."

아이는 주먹을 쥐어 보였다. 나는 맥없이 고개를 끄덕였다.

잠이 오질 않았고, 밥이 넘어가질 않았다. 몇 번이고 노인에게 그만 날 놓으라 하고 싶었으나 차마 입이 떨어지지 않았다. 여행가가 되고픈 내 욕심 때문만이 아니었다. 노인이 스스로 날 감당하는 중에 감히 내가 먼저 나서 못 한다 말할 수 없었다. 보란 듯이 성공하는 것만이 내게 자질이 있다 말한 노인에게 할 수 있는 보답일 터였다.

노인은 다음 해에 다시 여행 자금을 주었다.

"너다운 걸 써오너라."

노인이 말했다.

서가를 나와 골목에서 어린아이 몇이 돼지 오줌통을 굴리며 노는 모습을 지켜보았다. 길이 이토록 막막했던 적이 없었다. 도시를 떠나지도 못했는데 해가 저물어갔다. 바닥에 붙기라도 한 양 떼어지지 않는 발을 움직여 길을 나섰다.

노인이 준 돈으로는 멀리 갈 수 없었다. 정식으로 여행가가 된 후에는 다른 이가 간 곳은 가지 않는 게 법도였다. 하지만 첫 여행은 상관없었다. 횟수에 상관없이 서가에서 받은 돈으로 떠난 여행은 첫 여행으로 쳤다.

나는 앞서 첫 여행을 떠났던 이들이 쓴 여행기를 떠올렸다. 내가 가 본 도시도 있었으나 나는 생각지 못한 이야기를 썼다. 그들은 모두 자기만의 도시를 보고 왔다. 굳이 멀리 갈 필요 없었다.

나는 돌아갈 길에 쓸 자금을 계산하며 도시와 마을을 떠돌았다. 무엇이 나다운가? 나답다는 건 도대체 무엇인가? 나다움을 잃지 않으며 영주의 마음에 들 여행기를 쓰려면 도대체 어떻게 해야 하는가?

서너 달을 헤매다 서가로 돌아갔다. 그동안 새로 왔던 아이도 여행을 떠나 서가엔 노인뿐이었다. 노인은 장에 심부름이라도 보냈던 양 나를 맞았다.

몇 주 동안 고심했으나 여행기는 쉬이 나오지 않았다. 무얼 써도 성이 차지 않았다. 얼마 후 새로 왔던 아이가 돌아와 일주일 만에 여행기를 마치고 노인에게 건넸다. 저 아이도 나보다 먼저 떠나겠구나…….

노인은 여행기를 읽고 아이를 불렀다.

"허영과 기만, 과장과 편견이 가득하구나. 넌 여행가가 될 싹이 아니다. 그만 짐을 꾸려라."

날벼락 같은 말이었다. 아이는 노인의 다리를 잡고 매달렸지만 소용없었다. 노인은 매섭게 아이를 내쳤다. 아이는 온갖 악담과 저주를 퍼부으며 서가를 떠났다.

"저런 머저리도 두 번, 세 번 자금을 주면서 나는 왜 안 된다는 겁니까?"

아이의 마지막 말이 귓가를 떠나지 않았다. 나는 노인 앞에 무릎을 꿇었다.

"어르신께 여쭙습니다. 저는 벌써 세 번이나 여행 자금을 주셨는데, 왜 그 아이는 더 기회를 주지 않으셨는지……."

"애초에 받을 아이가 아니었다. 살아오며 진 빚이 있다 보니 기회를 주겠노라 약조했고, 그 약조는 지켰다. 갈 곳 없는 아이면 한 번은 더 기회를 주었을 터이나 저 아이는 부모가 어떻게든 살길을 찾아줄 것이다."

"그럼 전 갈 곳이 없어 계속 거두시나요?"

"사지 멀쩡하니 어디든 일자리라도 못 알아보겠느냐. 다만 너도 머물러 살 팔자가 아니고, 무엇보다 지켜야 할 바를 다 지켰다. 거짓을 섞지 않았고, 내가 가르치는 대로 쓰기 위해 최선을 다하고 있어."

"제 여행기를 받아줄 영주는 아무도 없을 겁니다. 전 밥값도 못하는 머저리에 불과해요."

"누가 너더러 머저리라더냐."

노인은 내 여행기를 받을 영주는 없다는 말은 부정하지 않았다.

"제가 정말 여행가가 될 수 있을까요?"

"여행기나 쓰고 말을 하여라."

"저답다는 게 무언지 모르겠습니다. 몇 달간 고민하며 떠돌았으나 답을 찾지 못했고, 종이를 앞에 두면 머리가 아득하고 가슴이 답답해 숨을 쉴 수가 없습니다."

"그럼 너답다는 걸 몇 달 안에 찾을 수 있으리라 여겼느냐?"

"네?"

"여행가라면 누구든 평생 그 질문을 품고 살아야 하느니라. 매번 종이를 앞에 두고 고뇌해야 해. 첫걸음은 떼었구나."

노인은 더 이상 투정을 듣지 않겠다는 듯 자기 볼일을 보았다.

9.

도리 없이 방으로 돌아와 종이를 펼쳤다. 흰 종이가 그믐밤에 마주한 절벽처럼 막막했다.

떠돌아다니며 온갖 고난을 겪었다. 한밤중에 한 발만 잘못 디뎌도 천 길 낭떠러지로 떨어질 위태로운 길을 걸은 적도 있었고, 갑자기 비가 쏟아져 강물이 넘쳐 물에 빠져 이제 죽는구나 싶은 날도 있었다. 절벽을 따라 걸을 땐 더듬더듬 발을 디뎠다. 물에 빠졌을 땐 뭐든지 붙들고 매달려 살아남았다. 하지만 텅 빈 종이 앞에서는 붙잡을 것도, 매달릴 것도, 발을 디딜 곳도 없었다.

고난의 연속이었다고 해도 길이 싫었던 적은 없었다. 언제나 다음에 도착할 마을을 설레며 기다렸다. 이렇게 고통스럽고 힘든 길은 내 길이 아니었다.

나는 붓을 들었다. 그리고 처음 서가에 온 날, 노인이 그간 떠돌며 보고 들은 바를 적으라 했을 때 쓰던 기분으로 쓰고자 했다.

말처럼 쉽지 않았다. 정사 이야기를 빼니 밋밋했다. 사내와 떠돌아다닐 때 절정은 늘 사내와 아낙이 한 이불을 덮었느냐 아니냐였다. 쓰던 여행기를 버리고 기억을 헤집었다. 늘 그런 이야기만 있던 건 아니었다.

사내가 솜이불을 샀다. 질이 좋은 솜이라 얇으면서 따뜻했다. 사내는 대도시에 가 상인들에게 비싼 값에 팔리라 하며 솜

77

을 덮을 비단까지 샀다. 사내는 산더미 같은 솜과 비단을 지고 다른 짐은 모두 내게 맡겼다. 부피는 작아도 내 짐이 훨씬 무거웠다. 사내는 내가 쓸모 있다며 좋아했다.

다음 마을에 가려면 강을 건너야 했다. 전에도 몇 번 건너 본 바 있는 강이었는데 전날 내린 비로 불었다. 나무다리가 발목까지 물에 잠겨 있었다. 마을 주민 몇이 만류했지만 사내는 다음 장을 놓칠 수 없다며 강행했다.

다리는 발목까지 물에 잠겨 있었다. 앞서 걷던 사내가 갑자기 물에 휩쓸렸다. 다리 중간이 비에 쓸려 떨어진 모양이었다. 사내는 다리를 엮은 줄을 붙들고 매달렸다. 무게를 못 견딘 다리가 흔들리며 금방이라도 부서질 것 같았다. 나보다는 짐이 귀해도 자기 목숨만은 못하리라. 칼을 꺼내 사내의 짐을 잘랐다.

사내는 다리에 올라 물속으로 가라앉는 솜이불과 나와 내 등에 진 짐을 번갈아 바라보았다. 화풀이로 얻어맞을 각오를 했는데 내 짐을 나눠 메더니 "장에 가면 이 이야기를 풀어 봐라. 그래야 남은 거라도 팔지."라고 말했다.

노인이 여행기를 읽고 날 불렀다. 이 여행기로도 안 된다면 더는 답이 없었다. 노인이 서한을 뒤적였다.

"그래, 여기 있구나."

노인이 한 서한을 꺼냈다.

"이자는 영주가 아니야. 상인이다. 요즘은 상인들도 여행가를 후원하지. 여행기를 귀히 여길 줄 모르고 그저 돈에 취해 영주 흉내를 내려는 자들이다만……."

노인은 차근차근 서한을 다시 읽었다.

"어처구니없는 서한이라 치워두었더랬다. 몇 여행가를 후원했으나 하나 같이 지루한 이야기만 보내더라고, 재미있는 여행기를 쓸 사람은 없는지 묻더구나. 이자라면 네가 억지로 다른 이처럼 쓰려 하지 않아도 받아줄지도 모른다. 보내보겠느냐?"

"허락하신다면요……."

나는 기어들어 가는 목소리로 말했다. 노인은 고개를 끄덕였다.

방으로 돌아가 상인에게 보낼 여행기를 필사했다. 한 글자, 한 글자 공들여 쓰다 보니 오래 걸렸다. 이번이 내 마지막 기회였다. 이번에도 되지 않으면 더 머물 염치가 없었다.

다음 날 아침 노인이 내게 종이를 내밀었다. 내 여행기였다.

"어르신!"

나는 목이 메어 아무 말도 하지 못했다.

노인이 나를 위해 내 여행기를 필사했다. 노인의 성정이 그대로 묻어나는 한 치의 흐트러짐 없는 글자였다. 다시 한 번 괴발개발인 내 글씨가 모자란 내 마음 같아 부끄러웠다.

"마음에 드느냐?"

노인이 물었다. 모르는 이들에겐 아무 감정 없이 묻는 말로 들리겠으나 이는 노인이 내는 가장 다정한 목소리였다. 입이 떨어지질 않았다.

"상인에게 이걸 보내 보자꾸나."

"감사합니다."

나는 노인에게 머리 숙여 인사했다.

하루하루 시간이 더디게 흘렀다. 나는 초조하게 답신을 기다렸다. 수없이 여행기를 보냈다. 단 한 번도 답신을 받은 적이 없는데도 매번 똑같이 떨렸다.

한 달 후 상인에게 날 후원하겠다는 답신이 왔다.

"어르신, 제가 정말 상인 밑으로 가도 괜찮으시겠습니까?"

떠나기 전 용기를 내어 물었다.

여행가들 사이에도 등급이 있었다. 상인을 섬기는 자는 은연중에 멸시받았고, 그런 여행가를 배출한 서가를 향한 눈도 곱지 않았다. 쫓겨난 아이가 한 노인이 나 때문에 곤욕을 치른다는 말이 귓가에 쟁쟁했다.

"전에도 말했다만 네겐 자질이 있단다. 그 자질을 허투루 쓰는 게 늘 아쉬웠는데……. 좀 더 어릴 때 내게 왔더라면 좋았을 것을……."

노인이 잔잔하게 웃었다. 이제 노인의 웃음이 낯설지 않았다.

"네가 지금 날 걱정할 처지더냐?"

"저 같은 놈을 받아 주셔서 감사합니다."

목소리가 떨렸다.

"내 밑에 얼마나 있었지?"

"7년입니다."

"아주 어릴 때 오는 아이들은 10년은 가르친단다. 20년씩 배우다 떠난 이도 있어. 네 뒤에 온 아이 자질이 유별나 네가 뒤처진 것처럼 보일 뿐, 7년이면 늦은 게 아니다. 넌 이제 여행가다. 네 길을 걷거라."

노인은 네 번째이자 이 서가에서 출발하는 마지막 여행을 위한 짐을 꾸려 주었다. 나는 노인에게 큰절을 올리고 서가를 떠났다.

날이 밝았다. 의원이 와 다시 진맥을 하더니 많이 좋아졌다며 약을 받아 가라 이르고 갔다.

좋아졌다고? 어제보다 더 기운이 없었다. 여관에서 일하는 꼬마가 음식과 약을 가져다주었다. 적어도 당장 약값과 밥값 걱정은 안 하는 게 어디랴 싶었다. 모두 그때 날 후원한 상인 덕분이었다.

보름을 꼬박 걸어 상인의 집에 당도했다. 영주가 사는 집 못 지않게 꽃문양을 새긴 돌담에 솟을대문을 높이 올린 집이었 다. 집사가 내 이름을 듣더니 날 상인에게 인도했다. 상인은 40 줄에 이른 키가 크고, 살집이 좋은 사내였다. 나는 그간 쓴 여 행기를 건넸다.

"모시게 되어 영광입니다."

상인은 심드렁하니 여행기를 뒤적이다 말했다.

"읽기는 좀 귀찮고…… 숫자는 괜찮은데 글자만 보면 졸린단 말이지. 내 식사할 동안 자네가 한번 읊어 보게."

수십 가지에 이르는 진미가 상에 올랐다. 하나씩 맛만 봐도 배가 찰 것 같았다. 나는 몇 가지를 이야기했는데 상인은 듣는 둥 마는 둥 했다.

"물에 빠진 생쥐 꼴이 되어, 그래도 종이는 건진 게 어디랴 하고 터덜터덜 마을로 들어갔습니다. 농번기라 다들 밭일을 하러 나가 마을은 조용했습죠. 웬 아낙이 남편 줄 새참을 들고 가는데……."

나는 점점 자신을 잃고 무슨 말인지도 모를 소리를 지껄였다. 이대로 쫓겨나겠구나. 상인이 자길 만나러 오는 데 쓰라고 준 돈은 오는 길에 다 썼다. 앞날에 대한 막막함보다 내게 헛된 시간을 쓴 노인에게 면목 없어 죽고 싶었다.

"아낙?"

상인의 눈이 반짝였다. 익숙한 눈빛이었다.

"네네, 아낙이 절 보더니 어쩌다 이렇게 흠뻑 젖었느냐 해서……."

괜찮다는데도 젖은 옷을 말려 준다며 날 으슥한 뽕나무밭으로 끌고 갔다. 그리고 다짜고짜 옷을 벗겼다. 싫다 좋다 말할 새도 없었다.

아낙은 식구들에게 땅 마지기를 준다는 늙은 남자에게 팔리다시피 시집왔다. 예순이 넘은 남편은 밤에 제대로 힘을 쓰지 못했다. 아낙은 종이와 붓을 빼앗아 그걸 미끼로 떠나지 못하게 하며 마을 과붓집에 날 숨겼다. 나는 늙을수록 눈치가 빨라진 남편이 아낙 뒤를 미행할 때까지 아낙과 과부를 번갈아 가며 상대했다. 아낙도 만만치 않아 남편이 쫓아오는 걸 알아채고는 과붓집에서 같이 말린 고추를 거두며 시간을 보내다 태연스레 집에 돌아왔다. 다음 날 종이와 붓을 돌려받고 밤중에 도망치듯 마을을 떠났다.

"과부가 순순히 보내 주던가?"

"물론 마지막 정을 나눴습죠."

상인은 껄껄 웃더니 음식과 술을 권했다. 내가 먹을 만큼 먹고 적당히 취하자 당연하다는 듯 올라탔다.

상인의 부인은 영주의 딸이었다. 같은 담 안에서 지내도 처소가 달랐다. 상인은 영주의 딸과 혼인해, 부인을 통해 영주들에게 적절히 뇌물을 바치며 영역을 넓혀 나갔다. 영주 부인은 가문이 몰락해 가던 터라 상인을 남편으로 맞아 화려한 생활을 영위하는 걸로 만족했다. 부부는 꼭 필요한 자리에만 함께 동석할 뿐 남남이나 마찬가지였다.

한 달 동안 상인 집에 머물며 여행기에는 쓰지 못한 온갖 이야기를 들려주었다. 나는 상인이 귀여워하기엔 너무 나이가 들었다고 생각했지만 상인은 거의 매일 밤 날 찾을 만큼 내게 푹 빠졌다. 심하게 때리는 일도 없었다.

한 달이 지나자 상인은 더 재미있는 이야기를 찾아오라며 후하게 돈을 줘서 날 보냈다.

노인은 내게 자질이 있다 했다. 내가 아는 내 유일한 자질은 사람들 사이를 간파하는 재주뿐이었다. 나는 며칠 지내는 것만으로, 때로는 말 몇 마디만 나눠도 마을에서 정이 통한 자들을 귀신같이 알아챘다. 상인은 그런 이야기를 좋아했다.

영주나 부유한 상인들은 대체로 정략결혼을 했다. 부부가 정을 나누는 일은 드물었고, 배우자에게 애인이 생겨도 모르는 척했다.

"이게 말이 되느냐고, 응? 그래도 부인인데, 손가락 하나 못 건드리게 하지, 내가 계집이고 사내고 침대로 끌어들이든 말든 눈 하나 까딱 안 하고, 명색이 마누란데, 딴 놈들이 침대에 드나드는 줄 뻔히 알면서도 모른 척해야 하고, 이게 도대체 무슨 재미냔 말이지? 돈? 그래, 돈이야 아주 실컷 벌고 있지. 계집이든 사내든 돈만 있으면 못 찾을 것도 없지. 하지만, 아무튼 간에 마누라잖아, 안 그래?"

"그러게나 말입니다, 주인님."

상인 밑에서 상인이 새로 맞이한 여행가가 숨을 몰아쉬며 대답했다. 상인이 새 여행가와 일을 마치자 나는 둘에게 술을 따라 주었다. 상인을 위해 여행한 지 5년이 지난 어느 날이었다.

상인은 몇 주 정도 우리 둘을 번갈아 침대로 부르거나 한꺼번에 희롱했다. 하지만 결국 새 여행가에게 마음이 굳었다.

상인은 그간 많은 이야기를 즐겁게 들었다며 곧 추워지니 봄이 올 때까지 머물러도 좋다고 했다. 옆에서 그 이야기를 들은 새 여행가의 안색이 바뀌었다. 나는 괜찮다고 사양했다. 상인은 더 권하지 않고 묵직한 돈주머니와 몇몇 상인에게 날 추천하는 추천서를 써 주더니 새 후원가를 찾길 바란다고 어깨를 두드리며 날 보냈다.

상인의 집을 나오니 눈앞이 아득했다. 이제 어째야 하나. 다른 여행가는 이럴 때 어떻게 하나. 노인에게 돌아갈 면목은 없다 여겼는데, 목적지도 정하지 않고 몇 날 며칠을 걷다 정신을 차려보니 서가 앞이었다. 거짓을 고할 순 없지만 여기까지 와서 한 번 들르지도 않고 돌아갈 수는 없었다. 노인에게 그래도 몇 년간 후원가에게 사랑받았다고, 여행가로 잘 살고 있다 인사라도 하려 마음먹고 서가에 들어갔다.

서가에는 처음 보는 이가 있었다. 나는 당황해서 말을 더듬었다.

"덕분에 좋은 여행가가 되었다고, 인사라도 드리려 들렀는데……."

그가 안쓰러운 눈으로 날 보더니 말했다.

"몇 달 전에 떠나셨네."

무릎이 풀려 주저앉았다. 서가를 지키는 이가 다가와 서둘러 날 일으켰다.

"이름이 뭔가?"

나는 이름을 말했다. 그는 서한을 하나 건넸다.

"자네를 많이 아꼈나 보이. 서한을 남긴 이는 자네뿐일세."

인사도 제대로 하지 못하고 황망히 서가를 나왔다. 서한을 뜯을 엄두도 나지 않아 그저 품 깊이 갈무리하고 도시를 떠나 정처 없이 걷다 이 마을에 도착했다. 도시를 나올 때부터 몸이 좋지 않다 싶더니 난생처음으로 앓았다.

10.

다시 눈을 떴을 때는 아침이었다. 늘어지게 기지개를 켰다. 꼬마가 죽을 가져왔다. 단숨에 먹고 양이 차지 않아 1층으로 내려가 삶은 돼지고기를 시켰다.

"여행가 양반, 살아났나 보우?"

여관 주인이 말했다. 나는 기운차게 고개를 끄덕였다.

잘 먹고 방에 돌아오니 다시 앞날이 막막해졌다. 여행기를 써 새 후원가를 찾을 의욕도 나지 않았다.

창밖으로 눈을 돌렸다. 날이 추워지고 있었다. 많은 여행가들이 겨울이면 한적한 곳에서 쉰다고 했다. 나는 겨울에도 비교적 춥지 않은 곳을 떠돌았다. 문득 돈도 있겠다, 한 번쯤 쉬면 어떨까 싶었다. 집을 떠난 이래 쉰 적이 없었다. 서가에 머문 시기는 쉰 게 아니었다. 떠나지 못함이었다. 그런데 어디서 쉰단 말인가?

불현듯 이름 하나가 떠올랐다.

상인의 후원을 받으며 세 번째 여행을 떠난 길이었다. 허름한 여관을 찾아 들어가 싸구려 맥주로 배를 채웠다. 맥주만 마시고 노숙해 돈을 아끼고 싶었지만, 자칫 치안관에게 거렁뱅이로 오인받으면 도시에서 쫓겨났다.

이 도시에 여행가들이 많이 찾는 여관이 있다 들었다. 여행가에게는 다른 객보다 싼 값에 음식과 방을 내준다지만 갈 엄두가 나지 않았다. 마침내 후원가가 생겨 진짜 여행가가 되었다고 좋아한 건 잠시뿐이었다. 어디서 어떻게 소문이 퍼졌는지, 여행가들은 날 벌레 취급했다. 상인의 후원을 받는 것보다 상인의 집에 머물 때면 노리개로 지낸다는 점이 문제였다.

첫 여행을 떠나 여행가들이 많이 머문다는 여관에 가며, 마침내 다른 여행가들을 만나 사귄다는 기대에 부풀었다. 뜻밖에 여행가들은 자리를 내주지 않고 멀찌감치 떨어져 싸늘하게 날 훑었다. 종업원이 내오는 음식을 가로채 진흙이나 벌레를 집어넣었고, 밤이 오자 침대에서 끌어내 밤새 장난감 공처럼 이리저리 밀었다. 범하거나 때리진 않았지만 다시는 여행가들의 숙소에 가지 못했다.

"여행가인가?"

구석 자리에 있던 나이를 가늠하기 힘들 만큼 늙은 노인이 물었다. 그도 여행가였다. 여행가는 서로를 알아본다. 그는 지팡이를 짚고 절뚝거리며 옆자리로 와 앉았다.

"왜 여기 머무나?"

서러움이 몰려왔다. 무어라 답할 말이 떠오르지 않았다. 그저 빈 맥주잔만 만지작거렸다. 그는 맥주와 음식을 주문했다.

"들게."

생각할 겨를도 없이 손이 먼저 나갔다. 나는 허겁지겁 먹고 마셨다.

"영주가 짠돌이인가 보이."

그가 안 됐다는 듯 말했다. 나는 볼이 미어터지게 음식을 넣고 목이 막혀 가슴을 두드렸다. 그가 맥주잔을 건넸다. 나는 맥주를 마시고 말했다.

"아니요, 넉넉하게 주십니다."

"그런데 왜 밥 먹을 돈도 없이 처량 맞게 앉아 있었나?"

"다 썼거든요."

"어디에?"

나는 입이 귀밑까지 찢어져 이야기를 늘어놓았다. 이번 여행은 처음부터 목표가 있었다. 집이었다. 십수 년 만이었다.

고향 마을이 멀지 않은 도시에 도착해 누나에게 줄 선물을 찾았다. 이리저리 헤매다 커다란 거울이 붙은 참나무 서랍장을 발견했다. 장사에는 영 소질이 없었다 해도 사내를 따라 10년을 돌아다녔다. 이만한 물건은 찾기 어려울 터였다. 나는 상인에게 가격을 물었다. 상인이 눈을 굴리더니 값을 말했다. 너무 올려 불렀다. 나는 이마를 찌푸렸다. 여전히 흥정은 자신이 없었다.

"에라, 거 뜸 들이시네, 좋소이다."

상인이 값을 깎았다.

"좋은 물건이네요. 이런 물건 알아보는 이들은 많지 않을 거예요."

나는 솔직하게 말했을 뿐인데 상인이 맞장구를 치며 어렵게 구한지라 헐값에 넘길 순 없는데 사람들이 물건 보는 안목이 없다고 투덜댔다.

"근데 이걸 어찌 가져간담……."

나는 진지하게 고민했다. 상인은 나를 끌고 소 장수들이 있는 곳으로 데려갔다. 나는 소들을 훑었다. 장에 데리고 나오며

급하게 빗질한 소와 주인이 늘 쓰다듬어 윤이 나는 소를 어렵지 않게 구별할 수 있었다.

소를 고르자 소 주인이 값을 말했다. 적당한 값이라 바로 지불했다. 날 데려간 상인이 내가 물건과 가격 보는 눈이 있음을 간파하고 아쉬운 눈치를 했다. 상인은 다음으로 달구지 파는 곳에 갔다. 나는 튼튼한 소달구지와 누나에게 줄 장을 샀다. 그러고 나니 돈이 뚝 떨어졌다.

"원래 소와 달구지는 다시 팔아 여행 자금으로 쓰려고 했거든요. 그런데 막상 고향에 가니……."

누나는 그새 어릴 적 동무와 결혼해 아이도 둘이었다. 매형은 자기 아버지의 뒤를 이어 대장장이 일을 하고 있었다. 누나는 맨발로 달려 나와 날 끌어안고 목 놓아 울었다. 부모님도, 친척들도, 마을 사람들도 달려와 이게 웬 거냐며 소와 달구지와 장을 어루만졌다.

"제가 뭐라고 하기도 전에 장은 누나 몫, 달구지와 소는 부모님 몫이더라고요. 그러니 어쩌겠어요. 드렸죠. 그래서 이 꼴이 되었어요."

나는 헤벌쭉 웃으며 말했다. 뒤늦게 말실수를 했음을 깨달았다. 후원가가 여행 자금으로 준 돈은 다른 데 써선 안 되었다. 다행히 그는 손뼉까지 치며 즐거이 이야기를 들었다.

그래, 설마 나만 그러겠어? 아마 다들 조금씩……. 그래도 더는 말실수를 하지 않으리라 다짐했다.

"자네 말재주가 있군."

늙은이가 말했다.

"다들 제 여행기가 천박하대요. 그래서 영주가 아닌 상인의 후원을 받아요."

방금 실수하지 말자 다짐해 놓고 또 실수했다. 미리 말해야 했다. 이 자는 내게 술과 음식을 산 걸 후회할 것이다.

"상인은 자네에게 잘 대하나?"

나는 고개를 끄덕였다.

"갈 때마다 산해진미를 차려 주시죠."

"좋은 후원가를 만났군."

조심하자던 결심은 온데간데없이 사라지고 쉴 새 없이 입을 놀려 그가 묻지도 않았는데, 사내를 따라 길을 떠났고, 사내에게 매일 밤 언어맞았으며, 이무가 오더니 날 서가에 넘긴 이야기까지 해버렸다. 누나와 부모에게는 차마 못 한 이야기였다. 집에다는 사내를 따라다니다 여행가가 되었고, 마음씨 좋은 상인을 만나 후원을 받는다고만 했다.

"절 단숨에 버렸어요, 이무 이야기를 듣고 마음을 정하는 데 한숨 쉴 시간도 안 걸렸어요. 그러더니 돌아보지도 않고 가더라고요……"

이무와 사내가 돌아서 가던 모습을 멀거니 바라보던 그 순간이 다시 나를 사로잡았다.

"그자는 가족에게 자네를 훔쳐다가 밥도 제대로 주지 않고, 때리고, 범하다 자네가 크자 다른 아이를 들이곤 자네를 내쳤네. 그런데 왜 슬퍼하는가?"

늙은 여행가가 조심스레 물었다.

"잘해 준 날도 많아요. 제가 서넛을 한 번에 상대하고 온 날이면……."

"한 번에 서넛?"

"네, 제가 장사를 워낙 못해서, 밥값은 해야지 않느냐며……. 그런 날은 조금 무서웠어요."

"무섭겠지, 당연히!"

"네, 그런 날이면 자기가 잘 하나 다른 자들이 잘 하나 물어 보며 밤새 놔주질 않았거든요. 그래도 다음 날은 여관에서 종일 쉬게 해 줬어요. 가끔 고기도 먹였고요. 양털 이불도 사 줬고……. 물건이 잘 팔린 날이면 잘했다고 칭찬도 했어요."

그는 묵묵히 내 말을 듣더니 말했다.

"내 방에서 같이 잠세. 자네가 머무는 층은 외풍이 심해. 나도 여기 여러 번 머물렀지. 내가 머무는 방이 그나마 나을 걸세."

나는 그를 따라 일어났다.

"아무 데고 눕게."

그가 겉옷을 깔며 말했다. 나는 홀렁홀렁 옷을 벗고 등 뒤에서 그를 끌어안았다.

"이 무슨 짓인가?"

그가 놀라 물었다. 나는 멀뚱히 말했다.

"같이 자자면서요?"

"아니, 나는……."

그는 그제야 상황을 파악하고 바닥에 던진 옷을 집어 감싸 주었다.

"이러려고 자네에게 밥과 술을 산 게 아닐세."

"그럼 왜 그랬어요?"

"여행가들은 서로 돕는 게야. 자넨 다른 여행가를 만난 적 없는가?"

나는 여행가의 숙소에서 있던 일을 이야기했다. 그의 눈빛이 달라졌다.

"상인의 후원을 받는다고 그런 짓까지……."

"그래서만은 아니고요. 상인이 절 잠자리 상대로 삼는다고 그래요."

"자네 후원가가 자네를 범한단 말인가?"

그는 더 놀랄 일이 있을 줄은 상상도 못 했다는 듯 말했다.

"가끔 자기가 피곤하면 하인들에게 범하게 하면서 구경해요. 그래도 심하게 때리진 않아요. 두세 명한테 범하게 한 적도 있는데, 자주 그러진 않고요. 절 좋아한다고 했어요. 저도 좋아해요."

그는 오래도록 말이 없었다.

"마음 바뀌었으면 가라고 하세요."

나는 알아서 가려고 짐을 들었다.

"그건 또 무슨 소린가?"

그가 놀라 목소리를 높였다. 반사적으로 목을 움츠렸다. 그는 헛기침을 하고 목소리를 가다듬어 다정하게 말했다.

"아무 대가도 바라지 않고 자네에게 잘했던 이는 없는가? 누나와 가족 말고."

나는 이무라고 대답했다.

"자넬 서가에 팔라고 한 게 이무 아닌가?"

"이무는 은혜를 갚는 거라고 했어요. 저는 그자 옆에선 오래 못 산다면서요. 혹시 서가에서 쫓겨나면 장사 밑천으로 삼으라고 그자한테 돈까지 훔쳐다 준 걸요. 정말 똑똑한 애였어요."

"자네가 힘들게 살렸는데 고맙다는 말 한마디 없었네. 정말 조금도 원망스럽지 않았나?"

"했어요! 헤어질 때요. 처음 하는 말이고 남은 평생 다시는 안 할 말이라면서, 고맙다고……. 이무는 그자와 자기 둘 중 누구든 상대를 배신할 텐데 자기가 먼저 할 거라고 했어요. 걱정이에요."

"둘 중 누굴…… 아니, 아닐세. 다른 사람은, 또 누구 없었나?"

그는 없으면 큰일 날 것처럼 간절하게 물었다. 나는 망설이지 않고 서가에서 날 받아준 노인의 이름을 댔다.

"그래, 그이의 밑에 있었군."

그가 비로소 안도해 웃음 지었다.

"절 받아 줄 영주는 세상 어디에도 없을 텐데도 끝까지 절 내치지 않았어요. 심지어 상인에게 보낼 여행기는 직접 써 주기까지 했어요. 저한테 자질이 있다면서요. 근데 제 여행기는 너무 천박하대요. 제가 정말 자질이 있는지 모르겠어요. 아, 하나는 있는 것 같아요."

"어떤?"

"서가에서 두 번째 여행을 떠났을 때였어요. 그때 정말 이번이 마지막 기회라고 생각해서 최대한 돈을 아꼈거든요. 이무가 준 돈까지 꺼낸지라……. 그래서 수도원에서 하루 신세를 지려 들어갔는데, 수도원장이 밤에 제 앞날을 읽어 주겠다고 부르더니 절 범했어요. 다음 날 떠나려고 했는데 다른 수도사한테 잡혀 못 갔어요. 그러다 또 다른 수도사한테 들켰는데, 둘이 한

참 이야기를 하더니 돌아가며 절 범하더라고요.

그렇게 2, 3일 붙들려 있다 수도원장한테 들켰고, 수도원장이 노발대발했어요. 그 뒤부터는 다들 돌아가며 절 감시했어요. 밤이 오면 제일 먼저 수도원장을 상대해야 했는데, 원장이 저만큼 찰진 사내는 드물다며 앞으로도 살아가며 계속 벌어질 일이니 그러려니 하래요. 근데 밤마다 너무 많은 수도사들이 줄을 서서……. 다행히 제가 오기 전 원장을 상대하던 수도사가 새벽에 몰래 풀어줬어요. 내보내 주겠다며 데려가더니 때리고, 범하고, 침 뱉고, 욕하긴 했지만요. 사실 몽둥이를 들고 한참 노려보던 게 절 죽일지 말지 고민하는 것 같았어요. 아무튼 그냥 갔고 덕분에 무사히 나왔죠."

그는 내 어깨를 다독이더니 이부자리를 봐 주었다. 나는 잠이 들었다. 그는 내게 아침도 사 주었다. 나는 푹 잤다. 하지만 그는 수저를 드는 손에 힘이 없고 얼굴은 초췌한 게 제대로 잠을 이루지 못한 듯했다.

"저 때문에 못 주무셨죠?"

그가 빙그레 웃었다.

"내가 왜 자네에게 밥도 사고, 잠자리도 봐줬는지 알고 싶나?"

나는 고개를 끄덕였다. 어젯밤 그의 방으로 가며 아마 늙어 제대로 못 할 테니 뭘 쓸지 모른다고 단단히 당할 각오를 했었다.

"자네를 가르친 이가 한 서가에서 교육받은 여행가는 모두 형제와 같다 하지 않던가?"

"그랬어요."

나는 형제에게 말을 함부로 한다 호통치던 노인을 떠올렸다.

"그이와 나는 같은 서가에서 자랐다네."

"그게 정말이에요?"

"그래, 그러니 자넨 내 형제와 같아. 길에서 만난 형제는 서로를 보살펴야 하는 걸세. 다음에 자네가 날 만나면 그땐 자네가 내게 잘 해야 해. 이해하겠나? 앞으론 날 야힘이라 부르게."

"그럴게요, 야힘!"

"어디로 갈 생각인가?"

나는 가려는 곳을 말했다.

"켈시아를 거치겠군. 함께 가세. 거기에 세상에서 가장 맛좋은 맥주를 빚는 곳이 있다네."

우린 함께 길을 나섰다. 야힘은 지팡이에 의지해 걷느라 걸음이 느렸다. 나는 야힘과 보조를 맞췄다.

"야힘은 어젯밤에 왜 거기서 잤죠? 여행가들의 숙소에서 안 자고?"

야힘은 말없이 웃었다. 나는 동행이 생기자 입을 다물지 못하고 갖은 이야기를 늘어놓았다. 야힘은 껄껄 웃으며 매번 유쾌하게 들었다. 그리고 켈시아에 도착할 때까지 한 번도 내 몸에 손대지 않았다.

켈시아에서 야힘이 가는 숙소는 딱 봐도 여행가들이 머무는 곳이었다. 들어갈 용기가 나지 않았다. 날 데려갔다가 야힘까지 곤욕을 치를까 걱정스러웠다. 야힘이 내 어깨에 손을 얹었다.

"늙었더니 지팡이도 무거워, 신세 좀 짐세."

나는 얼결에 야힘의 지팡이를 들고 그를 부축해 여관으로 들어갔다.

"잘 지냈는가? 언제 봐도 그대로군."

야힘이 허리가 반으로 굽은 여관 주인에게 인사했다.

"엘야르히무!"

누군가 외쳤다. 자리에 앉았던 여행가들의 눈이 모두 우리에게 쏠린다 싶더니 종일 배를 굶으며 부모를 기다린 아이들마냥 야힘에게 달려왔다.

11

"정정하시군요!"

"정말 은퇴하십니까?"

"어딜 다녀오셨어요? 너무 오래 소식이 없어 다들 걱정했습니다!"

엘야르히무……. 내 귀에 들린 말을 믿을 수가 없었다.

"그런데 엘야르히무……. 저 녀석은……."

그중 한 여행가가 날 알아봤다. 귓속말이 퍼졌다. 잔칫집 같던 분위기가 싸늘하게 식었다. 나는 몸을 움츠리며 고개를 숙였다. 다른 여행가들이 날 보는 눈이 사나워서인지, 야힘이 엘야르히무라는 사실에 무서워져서인지 알 수 없었다. 어떻든 나는 불청객이었다. 그만 떠나고자 지팡이를 내미니 야힘이 노쇠한 몸이라 믿기 힘들 만큼 단단히 내 어깨를 잡았다.

"길에서 만났지. 인사들 하게. 내 아우일세. 우린 의형제를 맺었거든. 아니 그런가, 아우님?"

야힘이 날 보며 소탈하게 웃었다.

"아니, 저기, 엘야르히무가 모르시나 본데……."

누군가 나서자 다른 자가 가만있으라는 듯 잡았다.

"주인장, 우리 아우님은 여행 3년 차인데 아직도 사막의 별 맥주 맛을 모른다더군. 어찌 이런 일이 있단 말인가? 우리 아우님에게 어디서도 못 마실 맥주와 소시지를 부탁함세."

야힘이 앉는 자리로 여행가들이 따라붙었다.

"진짜 은퇴하시나요?"

"지팡이를 짚고도 더 못 걷겠으니 어쩌겠나."

"어디로 가시나요? 영주가 도시 하나를 다스리라 줬다는 게 사실인가요?"

"아이고, 그게 무슨 소린가. 고향으로 돌아가는 걸세. 날 기억하는 이는 없지만……. 너무 오래 살았어."

"은퇴식은 어떻게 하실 거죠? 옐야르히무의 은퇴식이 허술해서야 말이 되겠습니까? 제가 생각해 둔 게 있는데요……."

"아이고, 요란스럽게 하지 말지."

야힘은 손을 휘저으면서도 못 이기는 척 받아들였고, 이따금 내 의견을 물어 내가 곁에 있음을 상기시켰다. 몇몇 여행가들이 내게 건배를 청했다. 수많은 여행기에서 사막의 별 이야기를 읽었다. 동경하고 바라던 곳이나 첫 여행 이후 나는 못 갈 곳이라 여겼다.

야힘은 은퇴식 따위 하지 않고 조용히 사라질 생각이었다. 그래서 일부러 여행가들의 숙소를 피했다. 잔을 든 손이 덜덜 떨렸다. 야힘이, 아니 옐야르히무가, 검은 사막을 다녀온 여행가가 날 위해 일부러 사막의 별에 왔다.

야힘은 무려 보름을 머물며 소문을 듣고 찾아오는 여행가들을 만났다. 그동안 자기 지팡이를 내게 맡겨 내가 곁을 떠나지 못하게 했다. 여행가들마다 야힘에게 이번에는 어딜 다녀왔는지 물었다.

"하도 소식이 없어서 길에서 떠나신 줄 알았습니다."

한 여행가가 말했다.

"길에서 떠나지 못했지."

야힘이 대답했다.

"근 10년간 엘야르히무를 본 사람이 없습니다. 이번엔 어딜 다녀오셨죠? 혹시 그 섬……."

여행가들이 모두 침묵하며 야힘과 그에게 질문하는 여행가를 바라보았다.

"아이쿠, 밤이 늦었군! 젊은이들은 더 노시게. 난 이만 자야겠어."

야힘이 잽싸게 말을 잘랐다.

"그냥 최근엔 어딜 다녀오셨는지라도 말해 주세요. 은퇴 전 마지막 여행이었는데, 시시한 곳을 다녀오셨을 리가 없잖아요. 영주께 여행기를 드렸나요?"

여행가들이 따라붙었지만 야힘은 뒤도 돌아보지 않고 방으로 사라졌다. 다들 날 쳐다보았다.

"전 엘야르히무인 줄도 몰랐어요, 그렇게 봐 봐야 드릴 이야기가 없어요."

나는 수없이 반복한 말을 했다. 주인공은 사라졌어도 흥은 식지 않았다. 다들 서로 다녀온 곳에 대한 이야기를 나눴다. 나는 사내 손에 끌려 집을 나온 이야기를 했다. 사내와 아낙들 사이에 있었던 이야기에는 모두 유쾌하게 웃더니 내 이야기가 나오자 다들 어쩔 줄을 몰라 입만 벌리거나 위로하듯 어깨를 두드렸다.

야힘은 켈시아를 떠나며 내 손을 힘주어 잡았다. 그는 자기가 머물 곳을 이야기하며 언제든 겨울에 쉴 곳이 필요하면 오라 일렀다. 야힘 아니, 엘야르히무는 그렇게 조용히 사라졌다. 야힘이, 엘야르히무가, 그의 소탈한 웃음이 미친 듯이 그리웠다. 갈 곳이 생기자 기운이 났다. 언제 아팠냐는 듯 든든히 밥을 먹고 길을 나섰다.

가는 길에 퀼시아가 있어 사막의 별에 갔다. 야힘과 함께 온 이래 처음이었다. 몇 년이 흘렀는데도 주인은 그대로였다. 머리도 여전히 검었고, 반절로 꺾인 허리에 지팡이도 없이 사이사이 탁자를 짚으며 쟁반을 날랐다.

"매, 맥주랑…… 감자 주세요."

나는 구석 자리에 앉았다.

"여, 나 기억나나?"

누군가 어깨를 쳤다. 누군지 바로 알아보았다.

"하르윈……."

내가 말했다. 하르윈이 싱긋 웃었다. 나는 앉으라고 의자를 가리켰다. 다른 여행가 몇도 우리 자리로 옮겨왔다.

"엘야르히무 은퇴식 이후 처음 왔는데 딱 마주치네."

하르윈이 말했다.

"저도 그날 이후 처음이에요."

"어떻게 지냈어? 어딜 가는 길이지? 자넨 겨울에도 떠돈다며?"

하르윈이 물었다. 나는 눈길을 피했다.

"올해는 쉬려고요."

하르윈과 다른 여행가들의 얼굴이 굳었다. 하르윈이 조심스레 내 안색을 살폈다.

"후원가가 새 여행가를 찾았어요."

나는 중얼거리듯 말했다. 다들 비웃을 거야. 상인 따위에게 노리개처럼 굴어 후원받다가 쫓겨나고……. 나는 고개를 숙였다.

"여기 새끼 돼지 통구이요!"

하르윈이 소리 높여 외쳤다.

"내가 사는 거야. 얼마 전 후원금을 받았어."

"괜찮아요, 저도 돈 있어요! 상인이…… 미안하다고 넉넉히…… 평소보다 많이…….'

목이 메었다. 상인은 웃으며 날 보냈다. 그는 그간 즐거웠던 만큼 내게 아무 미련이 없었다.

하르윈이 내 어깨를 잡더니 앞장섰다. 여행가들이 뒤를 따라 일어나 다 같이 뒤뜰로 갔다. 다른 객들이 부러운 눈으로 지켜보았다. 그중 한 명이 "누가 후원금 제대로 받았나 보네."라고 말했다. 새끼 돼지 통구이는 나눠 먹는 음식으로 가끔 후한 후원금을 받은 여행가가 샀다.

일꾼이 모닥불을 지피고 새끼 돼지가 통째로 불에 올랐다. 하르윈이 고기를 이리저리 돌리며 익혔다.

"그나마 다행이군. 영주들 중에선 여행기 값도 치르지 않고 쫓아내는 자들도 많아."

너도나도 문전박대를 당한 일을 늘어놓았다. 영주에게 후원받는 여행가들도 나 같은 일을 겪을 줄 몰랐다.

"나도 상인에게 후원받은 적 있어."

하르윈이 말했다.

"솔직히 나쁘지 않았어. 두 번째 여행기를 주러 갔더니 만나고 싶다며 부르더군. 여행기를 읊어 달라면 어쩌나 걱정했는데 다행히 그러지 않았어. 그냥 읽다가 궁금하거나 더 듣고 싶은 이야기가 있었을 뿐이야. 산해진미를 차려 대접하더니 여행기 값을 얼마나 치르면 좋을지 묻더군."

여기저기서 역시 상인들은 돈이면 단 줄 안다는 비난과 야유 소리가 들려왔다. 하르윈은 주위가 진정되길 기다려 말을 이었다.

"나도 어처구니가 없었어. 상인들은 뭐든 돈으로 따진다더니…… 이 무슨 무례한 짓인가 싶어 술김 반, 홧김 반으로 거한 값을 불렀더니 꼭 거기까지 가야 하느냐, 다른 가까운 곳 중엔 아직 안 가 본 곳이 없느냐, 왜 다른 여행가가 간 곳은 피해야 하느냐 운운하며…… 한참 묻는 말에 답하다 보니 설명을 듣자는 소리가 아니라 값을 깎자는 말이더군."

"그럼 그렇지, 상인 놈들."

누군가 말하곤 순간 내 눈치를 살폈다.

"그럴 거면 도대체 왜 얼마를 받을지 물었나 싶었어. 결국 깎였지. 마음이 상해 방으로 돌아왔는데 다음 날 아침에 상인이 또 한 상 차려 주더니 어제 말한 금액을 주더군. 사실 술김에 올려 불러 상인이 깎았더라도 영주가 보통 치르는 값보다는 배 가까이 되는 금액이었어. 상인 또한 통상 영주들이 얼마를 치르는지 안다는 내색을 비치더군. 고맙다 말하고 기분 좋게 상인의 집을 나섰는데, 몇 걸음 나서지 않아 또 기분이 묘한 것이, 내가 속았나 아니면 잘한 일인가 모르겠더군."

하르윈은 목을 축이고 이야기를 계속했다.

"얼마 후 한 영주에게 후원하고 싶다는 제안을 받았어. 옳다구나 상인에게 양해를 구하고 옮겼지. 상인들은 떠난다고 까다롭게 굴지 않으니까. 상인은 또 한 상 거하게 차려 주더니 언제고 후원가가 필요하면 오라더군. 빈말인지, 진심인지 지금도 모르겠어. 아무튼 영주에게 후원을 받으며 이제야 다시 제대로 된 여행가가 되었구나 싶었지. 그런데 뒷문에서 동냥 온 거지 모양 집사를 통해 돈을 받자니 마음이 편치 않더군. 자넬 후원한 상인은 어땠나?"

하르윈이 내게 물었다.

"갈 때마다 잠자리와 푸짐한 음식을 제공했죠."

내가 대답했다.

"바로 그거야! 상다리가 휘게 내오는 음식이나 편안한 잠자리 때문만이 아니야. 상인이라고 매일 그렇게 먹지 않아. 우리가 올 때마다 상인들끼리 서로 그러하듯 우릴 대접한 거지. 그리고 얼마를 받으면 좋을지 묻고."

하르윈은 내게 눈으로 물었다. 나는 고개를 끄덕였다.

"제게도 물었어요. 처음이라 얼마를 받는지 몰랐죠. 서가에서도 배운 바 없고요. 서가에 들어가기 전에 떠돌아다닌 기억으로 대충 필요한 금액을 말했더니 거기서 좀 깎아 줬고, 다시 돌아갈 때마다 매번 금액을 올려 줬어요. 뭐, 저도 응당 깎으려니 올려 부른지라……."

"일부러 올려 불렀다고?"

하르윈이 놀라 물었다.

"네, 상인이잖아요. 시장에서 물건 사는 거랑 같은 건데……."

내 말에 앉은 이들의 눈길이 쏠렸다. 나는 괜히 주눅 들어 애꿎은 잔만 만지작거렸다.

"여행기가 물건인가?"

한 명이 성을 내자 다들 이구동성으로 동의했다.

"그렇군. 뭐가 됐든 간에 일단 깎고 보는 게 상인의 특징이군."

하르윈이 허탈하게 웃었다. 다들 먹고 마시며 잠시 대화가 끊겼다. 하르윈이 침묵을 깼다.

"어째서 우리가 쓴 여행기의 값을 말하면 안 되지? 왜 영주가 주면 주는 대로 그냥 받아야 하나? 심지어 우린 누가 우리 여행기를 사는지도 막연하게밖에 몰라. 이 중 영주를 직접 만난 사람 있나?"

다들 고개를 가로저었다. 누군가 입을 열었다.

"엘야르히무……."

"그래, 엘야르히무는 여행기를 가져갈 때마다 영주가 안채에서 맞았지. 여행가 중 영주를 직접 대면한 유일한 여행가야. 하지만 그건 엘야르히무이기 때문이고. 우리 같은 여행가는 영주가 지불한 금액에서 집사가 얼마를 떼고 주는지도 확인할 도리가 없어."

"없지……."

다른 이가 쓸쓸하게 동의했다. 하르윈이 칼을 들어 익은 부분을 잘라 내게 첫 접시를 건넸다. 얼결에 받았다. 두 번째 접시는 자기 몫이었다. 그러자 다들 기다렸다는 듯 접시를 건넸고 하르윈은 차례대로 고기를 잘라 주었다.

"여행을 시작한 지 얼마 되지 않았을 때 일이네. 한 번은 집사가 뛰어와 돈주머니를 건네더군. 영주가 먼저 시킨 심부름 하나를 잊어 경을 치고 나오는 길인 듯했어. 받고 가라며 집을 나서 뛴다 싶더니 갑자기 돌아와 내 손에서 주머니를 뺏듯이 가져가 손을 쑥 넣더니 한 움큼 빼 가는 게 아닌가. 그리고 미안하단 말도 없이 가버리더군. 당연한 권리처럼 말이야!"

"난 면전에서까진 아니더라도 문틈으로 집사가 돈을 빼는 모습을 봤네."

다른 여행가가 쓸쓸하게 말했다. 그가 손을 들더니 맥주를 통으로 시켰다. 환호성이 일었다. 종업원 둘이 낑낑대며 커다란 나무통에 든 맥주를 가져왔다. 맥주를 시킨 자가 꼭지 아래 잔을 놓고 술을 채웠다.

"오늘따라 여행가도 많이 모였겠다, 이런 날 한 번 생색내는 거지."

그가 내게 첫 잔을 건넸다. 그리고 자기 잔을 채우자 다들 자기 잔을 내밀었다. 고기를 받을 때와 같았다.

오늘 사막의 별에 모인 여행가는 열 명이 넘었다. 사막의 별이라 해도 때로 여행가가 자기 한 명뿐일 때도 있다. 여행가는 약속하고 모이지 않는 탓이다. 하지만 하르윈과 다른 여행가가 주머니를 턴 까닭은 모처럼 여행가로 북적거리기 때문이 아니었다. 이들은 처음으로 후원가를 잃은 날 위로하고 있었다. 길에서 믿을 이는 같은 여행가뿐이라던 서가 노인의 말이 귓가에 울렸다.

이들은 한때 날 동료로 대하지 않았다. 그땐 이들이 야비하고 못된 자들인 줄 알았다. 야힘 때문이든 어떻든 일단 동료로 받아들이자 거친 겉모습 아래 따뜻한 배려가 드러났다.

"상인이 언제고 후원가가 필요하면 연락하라던 말이 진심이

었는지 아닌지 알 길이 없네만 가끔 돌아가고 싶어. 일단 후원
가가 정해지면 우리가 싫다고 바꿀 수 없지 않나. 다른 영주가
오라 해도 본디 섬기던 영주와 척질 각오를 하지 않으면 안 되
는 일 아닌가. 우린 자유롭지 않네."

하르윈이 말했다. 좌중이 조용해졌다.

"그래, 자넨 어쩔 생각인가?"

분위기를 바꿔 보려는 듯 맥주를 주문한 여행가가 말했다.

"야힘에게 가려고요."

"야힘?"

옆에서 누가 물었다.

"엘야르히무 말인가?"

맥주를 시킨 여행가가 확인하듯 물었다. 나는 고개를 끄덕
였다.

"겨울에 쉴 곳이 필요하면 오라고 했어요. 한 번도 쉰 적이
없어서……."

"이봐, 이봐! 엘야르히무가 자네 어딜 예쁘게 봤는지 모르겠
네만, 설마 정말 찾아갈 생각은 아니겠지?"

다른 여행가가 내 어깨를 잡았다.

"가면 안 되나요?"

"실례지! 그리고 야힘이라 부르지도 말고!"

그가 당연하다는 듯 나무랐다.

12

"은퇴식 때 엘야르히무를 뵙고 깜짝 놀랐지. 그 무섭던 양반이 딴판이 되었더군."

"내가 초짜 여행가일 때 한 번 길에서 마주쳤지. 실수로 후원가가 준 여행 자금을 집으로 보낸 이야기를 했다가 눈물이 쏙 나오게 혼났어."

"여행가가 지켜야 할 법도에 대해 아주 꼬장꼬장한 양반이었지."

"머무르지 않을 사람은 머무는 자에게 정을 주지도 받지도 말라, 그게 그 양반 철칙이었잖아."

가슴이 덜컹 내려앉았다. 나는 후원가가 준 돈을 탈탈 털어 누나와 부모에게 썼는데……. 하지만 야힘은 그 이야기를 들으며 재밌어했다.

"아무튼, 언제부턴가 온화해지긴 했어도 그렇게 허물없이 막 대할 사람이 아니야!"

"나도 검은 사막에 가 보려 했는데……. 어이쿠, 목숨이 열 개라도 힘들겠더군."

"끝나지 않는 강은 어떤가? 거길 그만큼 걸은 이도 엘야르히무뿐이야."

"나도 용기를 내어 가 봤어. 달포 정도 강을 따라 걷다 포기하고 돌아왔지. 나중에 그 지역 사람들이 말하길 내가 걸은 길이는 수박 겉핥기도 안 된다더군. 밤마다 듣도 보도 못한 짐승들이 울어대는데……, 그 지역 사람들도 거길 뭣 하러 들어가느냐고……."

"참으로 대단한 여행가야. 이제껏 없었고 앞으로도 100년은 그만한 여행가는 나오지 않을 걸세."

"100년? 1,000년이 지나도 안 나올걸? 영주가 직접 대면하는 여행가가 아닌가? 오란다고 막 가도 되면 나도 가지."

"그러게 말일세."

다들 맞장구치며 나한테 갈 생각도 하지 말라 했다.

"야힘이 야힘이라 부르라고 했어요! 야힘이 찾아오라 했고요! 그래서 야힘이라 부르고, 그래서 가겠다는데 왜들 그래요?"

나는 억울한 마음에 따졌다.

"오란다고 막 가도 되면 나도 간다? 엘야르히무가 자네한테도 오라 청했나?"

하르윈이 말했다. 자기도 간다 운운한 여행가가 "아니, 꼭 그렇다는 게 아니라……." 말끝을 흐리며 뒷머리를 긁었다.

"엘야르히무가 배운 서가에서 나온 여행가라고 그가 다 야힘이라 부르라 하고 형제라 칭하진 않는다네. 그를 야힘이라 부르는 이는…… 이제 자네뿐이군."

누군가 잔을 들었다. 모두 카누인을 위해 건배했다. 눈시울이 뜨거워졌다.

"저도 카누인 어르신이 자란 서가에 들어가 카누인 어르신에게 배웠어요, 야힘이 같은 서가 출신은 형제라고, 의형제 삼자고……."

"그래, 좋겠군, 부러워."

하르윈이 부드럽게 말했다. 빈말이 아닌 진심이었다. 나는 괜히 부끄러워 고개를 숙였다.

"다들 부러워서 그래."

맥주를 산 이가 말하자 다들 머쓱하니 눈을 돌렸다.

"카누인은 너무 일찍 서가에 들어갔어. 대단한 여행가였는데……."

"카누인의 여행기를 읽어 보았나?"

나는 고개를 저었다.

"정말 보고 싶은데……."

"그의 여행기는 영주들이 서가로 내놓질 않아! 필사도 못하게 하고!"

"카누인을 후원했던 영주가 집안이 어려워지자 카누인의 여행기를 내놨는데, 얼마에 팔렸는지 아나?"

값을 말하자 다들 입을 쩍 벌렸다. 나도 마찬가지였다. 도대체 그게 얼마인지 감도 오질 않았다.

"그이는 군주들이 다스리는 지역에도 다녀왔지."

"마지막 여행이었어."

"거기서 전쟁을 봤다지……."

"전쟁이요?"

내가 물었다. 이 땅은 지난 수백 년간 작은 싸움은 있었을지 몰라도 전쟁이 벌어진 적은 없었다.

"그 여행기를 쓰고 나서 은퇴해 서가로 들어갔어. 도대체 뭘 보고 온 걸까? 카누인 정도의 여행가가 더 이상 떠돌지 않기로 결심하게 만든 건 대관절 뭐냔 말일세."

"군주들이 지배하는 땅 너머 어딘가에 황금이 가득 찬 섬이 있다지……."

"야힘이라 부르고 의형제를 삼을 정도라면, 혹시 엘야르히무에게 황금 섬에 다녀온 이야기를 들었는가?"

누군가 물었다. 다들 나를 보며 귀를 곤두세웠다.

"황금 섬이라면……."

나는 황금 섬에 대해 들은 이야기를 더듬었다.

"가로막은 산맥을 지나 어떤 배도 상륙한 적 없는 섬에 가면, 금이 바람을 타고 날아다니고, 강을 따라 흘러 손만 뻗어 건지면 된다더군."

"섬 중앙에는 순금으로 된 탑 아홉 개가 높이 솟은 거대한 성이 있고……."

"성으로 가는 길도 금으로 칠했고……."

"술잔, 그릇, 접시 심지어 요강까지 금으로 만들 만큼 금이 넘친다지."

모두 꿈꾸는 듯 한 마디씩 말을 이었다.

"정말 그런 곳이 있나요?"

내가 물었다.

"누가 알겠나? 아무도 가지 못했는데! 카누인도 떠날 때 목적지는 황금 섬이었지만 군주들 사이에 벌어지는 전쟁을 보고 돌아왔어."

맥주를 산 여행가가 말했다.

"엘야르히무가 오래전 장장 15년에 걸쳐 다녀왔어. 영주가 엄청난 돈을 냈지. 길목에 있는 영주들에게 서한과 선물까지 보내 최대한 가는 길도 편하게 했단 말이야. 그런데 돌아와 영주에게 그런 곳이 없더라 말했단 말이지. 뭔가 낌새가 이상하다 여긴 영주가 태형을 가했어.”

“태형을요?”

화들짝 놀라 물었다. 태형은 몸에 물을 뿌려 몽둥이로 내려치는 형벌로 자칫 목숨을 잃을 수도 있었다.

“10대가 넘어가니 영주 부인이 나와 말렸지. 딸까지 합세해 만류하는 바람에 간신히 목숨은 부지한 걸세. 그때 다친 다리 때문에 여직 지팡이를 짚지 않나.”

“그래도 영주 딸과 부인이 나섰다니 정말 다행이네요.”

내가 말했다.

“그게 이상하단 말이야……. 왜 여행가 하나를 위해 영주 딸과 부인이 나서나?”

“게다가 돌아올 때마다 직접 만나곤 하지.”

“태형을 가했다면서요?”

“아, 그건 그 전 영주고……, 지금은 그때 말렸던 영주 딸이 영주가 되었지. 그분은 매번 엘야르히무를 직접 만나.”

“은퇴할 뜻을 밝혔을 땐 노후를 편안하게 보내라고 엘야르히무 고향 마을을 사서 통째로 내줬지.”

“정말 엘야르히무가 황금 섬에 대해 말한 바 없나?”

하르윈이 재차 물었다. 나는 고개를 저었다.

“야힘이 여기로 절 데리고 올 때까지 엘야르히무인 줄도 몰랐어요.”

“과연, 엘야르히무답군…….”

맥주를 산 여행가가 씁쓸하게 고개를 저었다. 갑작스레 정적이 흐르고 간간이 모닥불이 타들어 가는 소리만 들렸다.

"나도 상인을 모신다네."

침묵을 깨고 한 여행가가 말했다. 제법 마셨는지 얼굴이 불콰하게 달아올라 있었다.

"영주들은 내 여행기를 좋아하지 않았어. 날 가르친 이가 말하길 문장에 고상함이 부족하다더군. 나도 고상하게 써 보려 했지. 그런데 그게 말처럼 쉬운가? 그래도 상인은 좋아했어.

그치도 자네가 섬긴 상인과 비슷한 경우인데, 몰락해 가는 영주 가문 아들을 남편으로 맞이해 돈으로 명예를 산 게지. 근데 그놈의 남편이 매 끼니마다 온갖 복잡다단한 순서로 식사를 하고, 옷 입는 법부터 말투까지 하나하나 격식을 차리는 거야. 거기 맞추려니 아주 죽을 맛이었던 게지. 자수성가한 여잔데, 돈이 쌓였어도 싸구려 맥주를 잊지 못했어.

남편은 내가 와서 여행기를 읊으면 질색을 했어. 어떻게 여행가를 직접 만나느냐고……. 상인이 그것만은 포기하지 않아서 남편이 나만 오면 자리를 피했지.

갈 때마다 맥주 통을 사 들고 갔고, 상인은 늘 영주보다 두 배씩 돈을 줬어. 그리고 다른 여행가들은 왜 그렇게 어렵게 쓰느냐고 푸념을 했지. 내 여행기는 쉬워서 좋다고. 상인 남편은 다른 여행가를 후원하는데, 남편한테 무식하다는 소리 안 들으려 울며 겨자 먹기로 읽는다더군."

"저도 어르신이 생전에 걱정 많이 하셨어요. 영주들이 받기엔 너무 천박하다고……. 그래서 상인에게 간 거예요."

내가 말했다.

"여행기가 너무 영주들의 입맛에 길들었다고 생각하지 않나? 상인은 내게 늘 어디는 좋았고, 어디는 지루했다고 말해 주지. 그래서 난 그가 어떤 곳을 좋아하는지 잘 안다네. 후원가가 바라는 곳에 가는 게 좋지 않나? 그런데 영주들은? 어느 날 벼락처럼 더 이상 여행기를 받지 않는다고 통보할 뿐이야. 뭐가 싫고, 뭐가 좋은지 우리로서는 알 방법이 없어."

"저도 제 후원가가 뭘 바라는지 잘 알았어요."

나도 동의했다.

"자네들 여행기를 폄하하려는 건 아닐세."

맥주를 산 여행가가 헛기침을 하더니 말했다. '~가 아니다.'라는 말로 말을 시작하는 사람은 바로 그 이야기를 하려는 것이다. 긴장되었다.

"하지만 상인들은 여행기의 진가를 몰라. 쉽고 자극적인 이야기에만 열을 올려. 우리가 여행기 한 편을 위해 얼마나 많은 지역을 얼마나 오래 떠돌아다니나. 간 곳을 다 적는가? 아니지, 아닐세. 정말 담을 만한 가치가 있는 곳만 담아. 왜? 종이가 썩어나질 않으니까. 설사 종이가 차고 넘친다 해도 진정 기록할 만한 곳을 적고, 훗날 서가에서 내 여행기를 읽을 어린 여행가들에게 부끄럽지 않은 여행기를 남겨야지 않는가?"

"그것도…… 사실이에요. 영주들에게 답장이 오지 않자 어르신이 상인에게 보내 보자고 하셨죠. 그러면서 손수 필사해 주셨는데, 상인은 제 글씨나 어르신 글씨나 똑같이 취급했어요."

나는 작은 소리로 말했다. 어르신이 직접 필사한 여행기를 대충 훑더니 읽는 게 귀찮다며 말로 해 보라던 상인의 모습이 떠올랐다. 마음이 옥죄어 왔다. 그런 취급을 받아서는 안 되는 글씨였다. 내가 조금만 더 잘 썼더라면 이 글씨의 진가를 알아볼 이에게 후원받았으리라. 어르신의 정갈한 글씨로 쓰인 여행기를 받은 날 밤, 못난 내가 부끄러워 얼마나 울었던가…….

난 잘 울지 않았다. 사내가 날 때리고, 범하고, 버린 날도, 상인이 새 여행가를 맞이한 날에도 울지 않았다. 내가 길에서 운 건 어느 날 누나를 닮은 여인을 봤을 때뿐이었다. 그 후 서가에서 지내며 옐야르히무의 여행기를 읽으며 울었고, 그만한 여행기는 쓸 수 없어 울었고, 상인이 어르신이 필사한 여행기를 한쪽으로 민 날, 방에 돌아와 울었다.

"카누인이 네 여행기를 필사했다고?"

맥주를 산 여행가가 양어깨를 잡으며 물었다. 나도 모르게 맞나 싶어 몸을 움츠렸다.

"맙소사, 카누인이? 그 카누인이? 옐야르히무와 어깨를 겨누는 양대 여행가? 전에도 없었고, 앞으로도 없을 그 카누인이? 자네 도대체 뭔가? 왜 그분이 직접 여행기를 필사하고, 옐야르히무는 자넬 의형제로 맞이했나? 자네, 설마……."

그가 갑작스레 나를 위아래로 훑었다. 다른 여행가도 마찬가지였다.

"야힘과 어르신이요? 저를요? 아이구……."

나는 어처구니없어 웃었다. 누가 맥주를 산 여행가 뒤통수를 쳤다.

"무슨 생각인 게야?"

"미안허이, 내가 잠시 정신이 나가서……. 혹시 여행기 있나?"

나는 가방을 열어 주섬주섬 여행기를 꺼냈다. 상인은 재밌게 읽은 여행기는 골라낸 뒤, 나머지는 가져가 후원가를 쓸 때 찾아도 좋다고 했다. 그 나머지 여행기에 노인이 손수 필사한 여행기가 있었다.

"혹시 서가가 있는 도시에 들를 분 있나요? 이걸…… 맡겨주세요."

맥주를 산 이가 손을 바지춤에 문질러 닦더니 두 손으로 여행기를 받았다. 그는 손끝으로 조심스럽게 여행기를 넘겼다. 다들 그의 어깨너머로 숨소리조차 아끼며 여행기를, 카누인의 글씨를 음미했다.

"내가 맡겠네."

하르윈이 말했다. 짐을 덜은 기분이었다. 이제 이 여행기는 가치를 아는 곳에 머물 것이다.

"그런데…… 정말……."

맥주를 산 이가 차마 말을 잇지 못했다. 나는 배시시 웃었다.

"돼지 목에 진주 목걸이죠."

"그게……!"

그는 내가 태연스레 뱉은 말에 자기가 말문이 막혔다. 나는 내가 쓴 여행기를 돌렸다. 여행가들은 놀라고 당황하며 읽었다. 외설스러운 이야기가 가득한 탓이었다.

"이게…… 도대체 뭔가?"

맥주를 산 여행가가 물었다.

"이건 왜 뚝 끊어졌어? 뒷장은 어디 있나?"

상인에게 후원받는 여행가가 물었다.

"상인이 재밌어서 그 부분은 가지고 있겠다고 했어요."

"여행기를 잘라 갔다고?"

다들 입을 떡 벌렸다.

13

"아무리 상인이라도 어떻게 그런 비상식적인 일을⋯⋯! 자넨 그래 그냥 두고 왔단 말인가?"

누군가 따져 물었다.

"혼자 보기 아깝다고⋯⋯ 필사해 다른 상인들에게도 돌리겠다기에⋯⋯."

"이래서 상인은 안 된다는 거야! 이 친구야, 자기 여행기를 어찌 그리 함부로 내돌려? 조각나는 게 아무렇지도 않다는 말인가?"

맥주를 산 상인이 분통을 터뜨렸다.

"제가 가지고 있어 봐야 아무도 읽지 않을 여행기로, 그저 짐으로 남을 텐데 상인이 돌리면 누구라도 읽고 즐거워할 테고⋯⋯."

"왜 여기서 상인을 물고 늘어지나? 그래, 상인들이 여행기의 진가를 모른다고 치세. 영주는 안다는 보장이 있는가? 영주한테 직접 들은 적 있나? 집사가 와서 전한 소리를 믿어? 돈도 빼가는 자가 곧이곧대로 말하겠나?"

상인을 섬기는 여행가가 언성을 높였다.

"그래도 이건 너무 하지 않나? 카누인은 뛰어난 여행가를 많이 배출했네. 자네보다 몇 해 일찍 나온 이를 만났지. 그가 내게 여행기를 보여 주었다네. 아름다운 필체에 유려한 여행기였어. 정말 카누인이 자네가 여행가가 돼도 좋다고 허락했나? 그분은 좋은 여행기를 많이 보유하고 있네. 자네에게 본보기로 삼으라 보여 준 여행기가 없단 말인가?"

"엘야르히무의 여행기를 보여 주셨죠. 밤새워 읽으며 목 놓아 울었어요. 전 절대 그런 여행기는 쓸 수 없어요. 그리고 앞으로 누구도 못 써요. 왜냐면…… 엘야르히무가…… 현재 있는 여행기 형식에서 달성할 수 있는 정점을 찍었으니까요. 아무도 그 산의 정상이 어딘지 몰랐는데 엘야르히무가 찾은 거예요. 그러니 누구도 그 이상 올라갈 수 없어요. 그래서 전 절대 여행가가 되지 못하리라 여겼죠. 그런데 어르신은 제게 자질이 있다 했어요. 자질을 낭비한다 안타까워했죠. 제가 저에게 완전히 실망해 그만두려 들 때조차, 끝까지 절 믿었어요. 어르신이 엘야르히무와 견줄 만한 여행가라면…… 두 분이 지금까지 없었고, 앞으로도 없을 뛰어난 여행가라면, 그런 분이 허튼소릴 할 리 없으니까 믿을 수 있다면, 정말로 제게 자질이 있다면…… 전, 저만의 산을 찾아 오를 거예요."

"해 봐야 안 될 테니 앞서 포기하고 이런 난잡한 여행기를 쓰는 게 자네만의 산인가?"

맥주를 산 자가 소리쳤다.

"그럼 알지도 못하고 만날 일도 없는 영주들의 비위를 맞추며 쓰는 여행기만 여행기인가?"

상인을 섬기는 자가 나서서 반박했다.

"비위를 맞추다니?"

"그만, 그만! 과열됐네."

하르원이 일어나 사람들을 만류했다.

"밤이 늦었네. 모두 일찍 길을 떠나야 하는 이들이 아닌가……."

하르원은 억지로 사람들을 잡아 일으키더니 상인을 모시는 자와 맥주를 산 자를 다른 방에 집어넣었다. 나는 얼결에 하르원과 같은 방에 들어갔다.

"하이고……."

그는 방에 들어오자 앓는 소리를 냈다. 나는 자리를 펴고 누웠다. 바깥에 소란이 일었다. 다른 방에 넣은 게 무색하게 맥주를 산 이와 상인을 모시는 이가 뛰어나와 논쟁을 벌이는 모양이었다. 멱살잡이까지 하는지 다른 여행가들이 뜯어말리는 소리가 들렸다.

"하이고, 저 치들, 앞으로 다시는 서로 못 보겠군……."

하르원이 혼잣말처럼 말했다.

"상인에게 후원을 받는가, 영주에게 후원을 받는가가 뭐가 그렇게 중요하죠? 저처럼 영주가 후원하지 않을 여행가는 상인에게 후원받으면 좋잖아요. 전 영주에게 후원받고 싶지 않아요. 발길 가는 대로 걷는 게 여행가라면서 영주에게 보낼 여행기에는 규칙과 제약이 너무 많아요."

"읽는 이가 편안하게 읽기 위해서는 쓰는 이가 그만큼 치열해야 하네."

하르원이 말했다. 알쏭달쏭한 말이었다. 더 물어봐야 이해할 소리가 나오지 않을 것 같아 말을 바꿨다.

"상인은 돈도 더 넉넉히 줘요."

"돈 문제만은 아니야. 우리가 우리 한 몸 먹고살 다른 방도가 없어서 여행가가 되었나? 이건 천형이야. 어쩔 수 없는 거지."

"전 영주에게 후원받는다고 뭐라고 한 적 없는데, 왜 상인에게 후원받으면 안 좋게 봐요?"

"자네 말이 맞아. 영주에게 후원 받든 상인에게 받든 자기 마음 가는 대로 하는 게 제일 좋겠지."

"그럼 되는데……."

내가 맥없이 말했다. 하르윈이 빙긋 웃었다.

"왜들 싸우느냐? 형제니 뭐니 해도 여행가란 철저히 혼자거든. 갈 곳을 말하면 때로 같은 동료들에게마저 거기 볼 거 없다, 거길 뭐 하러 가느냐 타박받아. 후원가가 후원을 끊는 건 죽을 고비를 넘나들며 걸어 쓴 여행기가, 자기가 걸어온 길이 한순간에 무위로 돌아가는 거야. 보통 사람들은 우리가 아무것도 생산하지 않는다고, 영주에게 빌붙어 사는 기생충이라며 아무 쓸데 없는 자들이라 하지. 자기 존재가 끊임없이 온 세상에서 부정당하는 속에서 자기 자신을 잃지 않고 스스로를 믿으며 걷다 보면 외골수가 되기 쉽지.

왜 싸우느냐고? 누구에게든 인정받고 싶어서 그래. 내가 맞다, 이 길이 옳다 외치고 싶어서 그래."

달빛이 수많은 여행가의 팔꿈치로 닳아 맨들맨들한 탁자 모서리를 비췄다. 소쩍새가 간간이 울고 열린 창으로 들어온 나방이 덧없이 천장을 맴돌았다.

"자는가?"

하르윈이 물었다.

"아니요."

내가 대답했다.

"왜 싫다고 하지 않았나?"

그가 뭘 물어보는지 알기 어렵지 않았다. 나는 한 번도 날 범한 자들에게 반항한 적이 없었다.

"그런다고 달라지나요, 얻어맞기나 하지……. 그리고……."

나는 뒷말은 삼켰다.

"자넬 산 자와 상인을…… 좋아했나?"

그가 조심스레 물었다. 나는 고개를 주억거렸다. 하르윈은 보지 못했지만 침묵 속에서 답을 이해했다.

"인정하기 쉽지 않네만 난 자네 여행기가 나쁘지 않았네."

그는 내 쪽으로 몸을 돌렸다.

"외설담은 말이야, 난 대개 읽기도 듣기도 거북하지. 그런데 자네 이야기는 그러지 않았어. 정직하게 말해 유쾌하기까지 했어. 특히 툭하면 마누라를 두들겨 패고 바깥으로만 나돌던 소몰이꾼 말일세. 마누라가 새 옷 입고 화장 좀 했다고 못 알아보고 어떻게든 홀려 보려 달려들다가, 꼬임에 넘어가 한겨울에 알몸으로 연못에 빠져 온 마을 사람들의 구경거리가 됐지. 마을 여인들이 모두 나서 도왔기에 가능한 일이었고.

돌이켜 보면 나 역시 비슷한 일들을 봤다네. 몇 번 적어 갔다가 영주가 받아 주지 않은 후 적지 않았지. 하지만 말했잖나, 나도 한때 상인에게 후원받았다고. 그이는 그런 이야기도 좋아했어.

다시 영주에게 돌아가며 그런 일들에선 도로 눈을 돌렸네만……. 가끔 아쉬워. 내가 보고픈 게 아니라 알지도 못하는 후원가가 읽고 싶은 이야기만 적어야 한다는 것이…….

아무튼 내가 하고자 하는 말은…… 여행가란 다른 이보다 잘 봐야 한다는 걸세. 그런 면에서 자네에게 자질이 있다는 카누인의 말은 틀리지 않았어. 그뿐만이 아니야. 나는 때로 여행가란 길에서 사는 삶을 있는 그대로 담는 자여야 하지 않나 싶다네. 자네 여행기는 단순한 외설담이 아니야. 자네가 걸은 길과 그 길에서 사는 이들의 삶이지. 다만…… 누가 그 여행기의 가치를 알아보겠나. 상인이 여행기의 일부만 취했듯이 결국 외설스러운 부분만 남지 않겠나…….

그래도 자네가 부럽네. 나는 결국 상인의 여행가라는 꼬리표가 두려워 평지를 택했지만 어쩌면 자네라면, 자네 말대로 자네만의 산을 오를지도 몰라."

그는 너무 말이 길었다 후회하며 입을 다물었다. 가슴 싸한 침묵이 흘렀다.

"옆으로 갈까요?"

내가 말했다.

"뭐? 왜?"

그가 놀라 물었다.

"목소리가 쓸쓸해서요……."

"자네가 쓸쓸해서가 아니고?"

그가 웃으며 말했다.

"전 늘 쓸쓸해요."

하르원은 잠시 말이 없더니 손을 내밀었다. 나는 삽시간에 몸을 굴려 그의 품으로 파고들었다. 그는 내가 굴러오는 모습이 어처구니없어 웃었다. 그의 손은 크고 투박했다. 하지만 날 쓰다듬는 손길은 부드러우면서 열정적이었다.

나는 그의 팔을 베고 옆에 누웠다. 그는 등 뒤에서 날 꼭 끌어안았다.

"영원히 젊지 않아. 몸 생각을 해야 해. 싫다고 말할 줄도, 싸울 줄도 알아야 해. 누구든 해 달라는 대로 곧이곧대로 굴다간 몸을 상해. 우리에게 있는 건 튼튼한 몸뿐일세. 알지?"

"네."

난 고분고분 대답했다. 나는 여인이 좋았다. 사내들은 일을 마치고 나면 귀찮은 짐짝 치우듯 날 쫓아냈지만, 여인들은 곧 남편이나 부모가 돌아올 시간이라도 아쉬워하며 여운을 간직하려 했고, 앞날을 걱정하며 다정한 말을 건넸다. 그가 내 머리를 쓰다듬는 속에 오랜만에 어린아이처럼 새근새근 잠이 들었다.

햇살이 얼굴을 간질였다. 일어나기 싫어 자는 척했다. 하르윈이 깨더니 살그머니 팔을 빼고 조용히 옷을 입었다. 나는 그가 옷을 다 입은 뒤에야 깬 듯 기지개를 켰다. 그가 피식 웃으며 옆에 앉아 머리를 헝클어뜨렸다. 나는 옷 속에 몸을 밀어 넣었다.

"입는 겐가, 들어가는 겐가?"

그가 헛웃음을 켜며 물었다. 나는 배시시 웃고 같이 아래층으로 내려갔다.

식당은 각자 자기 볼일로 새벽같이 일어나 길을 떠나는 자들로 인해 분주했다. 어제 과음하고 늦게 잔 여파로 다른 여행가들은 보이지 않았다. 우린 한쪽에 앉아 아침을 주문했다. 나는 우리가 먹은 것만이 아니라 다른 여행가들이 일어나 먹을 아침값까지 지불했다.

"받기만 할 수 있나요."

만류하는 그에게 내가 말했다. 그는 알겠다는 듯 고개를 끄덕였다.

"정말 엘야르히무에게 가나?"

"네. 말대로, 저도 쉴 시간이 필요해요."

"그래, 쉴 때도 있어야 해."

그가 맑은 웃음을 지었다.

"길에서 보세."

"꼭이요!"

나는 그의 배웅을 받으며 길을 나섰다.

가는 길에 있는 지역들은 사정이 좋지 않았다. 가물어 작물이 제대로 걷히지 않아 인심도 흉흉하고, 곡물값도 비쌌다. 상인이 넉넉히 돈을 주지 않았다면 고된 여행이 되었을 것이다.

두 달을 걸은 끝에 목적지가 얼마 남지 않았다. 그때 소달구지를 끌고 가던 머리가 허연 사내가 어디까지 가느냐고 태워주겠노라 말했다. 사내의 눈빛이 심상치 않다 싶더니 뭐라 답할 새도 없이 수확이 끝난 밭으로 끌고 갔다.

"내가 본디 사내는 안 건드리는데……."

그는 바지춤을 올리며 말을 흘렸다.

"어디까지 가나? 진짜 태워 준다니까?"

사내는 날 대뜸 끌고 갔듯, 잡아채 달구지에 태우더니 자기 길을 벗어나 마을 입구까지 날 데려다주었다.

"그럼 이만 감세."

그는 도망치듯 사라졌다. 이 마을에 내가 아는 이가 있어 보복당할까 두려운 모양이었다. 나는 터덜터덜 마을로 들어갔다. 아낙들이 우물에서 물을 긷고 있었다.

"이 마을에 야힘이라는 여행가가 있나요?"

"야힘? 우린 그런 사람 모르는데요?"

한 아낙이 경계하며 말했다.

14.

"아, 엘야르히무 말입니다."

내가 말했다.

"아이고, 으르신 손님이세요?"

"세상에, 제가 으르신 조카 손자며느리예요!"

조카 손자며느리라는 아낙만이 아니라 다른 아낙들도 나서서 내 손을 잡아끌었다.

"으르신은 댁에 계세요. 이를 어쩌나, 손님이 오실 줄 모르고 마련한 게 없는데……."

"씻을 물 좀 드릴까요?"

"귀한 분이 찬물로 어찌 씻어? 댁에 가 계시면 저희가 물 데 워 올릴게요."

뭐라 말할 틈도 없이 아낙들의 수다에 에워싸여 꽃담을 두르고 기와를 곱게 올린 집에 도착했다. 아낙들은 스스럼없이 문을 열었다. 문은 잠겨 있지 않았다. 안채와 사랑채가 따로 있었고, 하인들이 쓰는 행랑채에, 나중에 알았지만 창고도 두 개나 딸려 있었으며 뒤뜰에는 우물도 파 놓았다. 마을 관리나 중급 상인들이 살 법한 집이었다. 영주가 야힘의 노후를 돌본다는 이야기는 들었어도 이 정도일 줄은 몰랐다.

여행가의 말로는 비참하기 마련이다. 가족이 남아 있다면 얹혀 눈칫밥을 먹기도 하지만 대부분 길에서 죽는다. 야힘은 정말 드문 경우였다.

아낙들은 날 안채로 데려갔다.

"으르신, 세상에, 손님이 오셨어요, 저희가 모셔 왔어요."

신을 벗고 툇마루에 올랐다. 아낙들이 문을 열었다. 야힘은 자리에 누워 있었다.

"자네…… 왔는가……."

아낙 옆에 있던 계집아이가 꺼져 가는 불씨 다루듯 조심스레 야힘을 일으켰다. 야힘이 바싹 마른 손을 내밀었다.

"야힘……."

나는 떨리는 손을 내밀어 마주 잡았다.

"잘…… 왔네……."

야힘의 입가를 따라 침이 흘렀다.

"아이고, 으르신……."

조카 손자며느리가 말했다. 계집아이가 잽싸게 행주를 집어 입가를 닦아 주었다.

"제 딸년인데 으르신 시중을 들고 있어요. 인사드려, 으르신 손님이시다."

계집아이가 이름이 갈리라 말하며 고개 숙여 인사했다. 아낙들이 따뜻한 물을 데워 온다, 요깃거리를 가져온다, 부산을 떨었다.

갈리가 내 손을 잡아 아낙이 가져온 대야에 담갔다. 따뜻한 물에 손을 씻어 본 적도, 누가 손을 씻긴 적도 없었다. 낯 모르는 이가 대뜸 범할 때보다 무서웠다.

이어 이것저것 먹을 걸 담은 상이 올라오더니 아낙이 젓가락으로 음식을 집어 내밀었다. 나는 지레 겁먹어 조개처럼 입을 다물었다. 푹신한 방석에 기대앉아 내내 우릴 지켜보던 야힘이 부드러운 웃음을 지었다.

"내 이이와, 밀린 이야기가…… 많다네."

점잖게 그만 가라는 말인데도 아낙들은 말을 듣지 않았다. 저녁에는 누가 잡았는지 씨암탉이 상에 올랐다. 야힘 몫으로는 따로 닭죽을 끓였다. 갈리가 한 수저, 한 수저 떠먹였다. 식사를 마치자 보약이 나왔다, 계집아이는 죽을 먹일 때처럼 한 숟갈씩 후후 불며 내밀고 사이사이 입가로 흐르는 약을 행주로 닦았다. 배가 꺼질 새도 없이 밤참이라며 또 상이 나왔다. 상인의 집에서도 이 정도로는 먹지 못했다. 가물어 오는 길이 쉽지 않았는데 술을 담글 정도라니…….

갑자기 고약한 냄새가 풍겼다. 나도 모르게 냄새의 진원지로 고개를 돌렸다.

"아이고, 으르신이……."

조카 손자며느리가 말했다. 나는 방을 나왔다. 아낙들이 기저귀를 둘둘 말아 나오더니 들어가도 좋다고 했다.

"이제, 그만들……."

야힘이 손짓했다. 아낙들과 계집아이가 사라지고 마침내 둘만 남았다. 무슨 말을 해야 좋을지 감이 오지 않았다. 눈앞에 있는 노인은 다리가 불편한 게 무색할 만큼 정정하고, 새끼를 돌보는 어미처럼 때로는 자애롭고, 때로는 위엄 있던 야힘이 아니었다. 아낙들은 그를 갓난애 취급했고, 야힘은 그저 몸을 맡길 뿐 속수무책이었다.

"내가, 요의를 잘, 못 느낀다네. 그래도, 사양 말고, 많이……."

야힘이 유일하게 자유롭게 움직이는 오른손을 내밀어 말을 대신했다.

"하도 이것저것 권하는 통에……."

나는 말을 흐렸다.

"어찌, 지내셨는가? 바쁠 텐데 이 늙은이를 다……."

"겨울에 오란 말이 생각나서……."

"잘 왔네. 기다렸다네."

"방이 덥네요."

"군불을…… 과하게 떼지…… 말라 아무리 일러도, 늙은 몸을, 걱정하는 게지……."

야힘이 더듬더듬 말했다. 나는 고개를 숙이고 음식을 깨작거렸다. 문득 고개를 드니 야힘이 지금 내 마음을 다 아는 눈으로 날 보고 있었다.

"몇 달, 전에…… 갑자기, 어지러워 주저앉았다가…… 이리…… 되었지."

그가 담담히 말했다.

"저는……."

나는 무어라 말해야 좋을지 알 수가 없었다.

"괜찮네, 늙는다는 게…… 이런 게지……. 부디, 괜한…… 우려 말고, 마음 편히……."

야힘이 기침을 했다. 나는 가래 통을 가져가 아낙들이 하던 모습을 기억하며 행주를 찾았다. 야힘이 내 손목을 잡았다.

"자네까지, 이리 말게."

"죄송해요, 야힘, 저는……."

울컥 눈물이 솟구쳤다. 화급히 눈을 닦았다. 위대했던 한 여행가는 떠났고, 남은 여행가도 저물어갔다.

그가 다 안다는 듯 내 손을 두드렸다. 갑작스레 긴장이 풀리며 잠이 쏟아졌다. 나는 야힘의 이불에 파고 들어갔다. 야힘이 성한 손으로 어깨를 두드리는 걸 느끼며 아이처럼 잠이 들었다.

"아이고, 여기서 주무셨어요? 방에 군불 때 났는데……."

아낙이 들어오며 날 깨웠다. 얼결에 일어나 한쪽에 앉았다.

"으르신 운동하셔야죠."

조카 손자며느리와 다른 아낙이 들어와 말하더니 야힘의 양쪽에 자리 잡았다. 둘은 각기 야힘의 양 엄지를 구부렸다 펴기 시작했다. 옆에서 갈리가 숫자를 셌다. 갈리는 무려 100까지 셀 줄 알았다.

갈리가 100을 세자 검지로 옮아갔고, 새끼손가락까지 마친 후 발가락에 같은 일을 반복했다. 다음에는 손목과 발목을 돌렸고 팔을 굽혔다 펴더니 다리를 굽혔다 폈다. 모두 100번씩이었다. 아낙들의 몸에서 땀이 뚝뚝 떨어졌다.

"이것만 마치면 아침 내올 테니 시장하셔도 기다리세요."

조카 손자며느리가 말했다. 다들 뭔가 하는데 멀거니 앉았기가 뭐해 도울 일이라도 없나 부엌으로 갔다. 아낙들이 삶고, 볶고, 지지고, 끓이다가 날 보더니 기겁했다. 뒤이어 창고에서 한가득 뭘 꺼내 오던 아낙이 날 보더니 지레 놀라 바구니를 떨어뜨릴 뻔했다.

"아이고, 우리 그냥 으르신 거 만드는 거예요."

"다 으르신 드리는 거예요. 우린 그냥 남는 그나 조금……."

먼저 말한 아낙이 뒤에 말한 아낙이 '남는 그……' 운운하자 옆구리를 찔렀다. 나는 물이나 한 대접 얻으러 왔다 말하고 허둥지둥 부엌을 나왔다. 야힘은 청년 둘의 부축을 받아 마당에서 걷는 연습을 하고 있었다.

"한 걸음만 더요, 으르신, 한 걸음만요!"

야힘은 더는 못하겠다고 고개를 내저었다. 그래도 청년들은 기어이 마당 끝까지 걷게 한 후에야 놔주었다.

며칠이 지났다. 함박눈이 내렸다. 아낙들이 젊은 사내들을 끌고 와 야힘 집 마당에 쌓인 눈을 치운다며 부산을 떨었다. 아낙들은 내게 야힘이 있어 다행이라 입에 침이 마르도록 그를 칭찬했다.

"어떤 면에서 다행인데요?"

내가 물었다.

"아, 그야……. 으르신이 애들을 돌봐 주시니 일 나갈 때 얼마나 편한지 모른다오."

아낙은 침을 삼키며 잠시 주저하다 급하게 말을 이었다. 너도나도 맞장구를 쳤다. 제 몸도 건사하지 못하는 야힘이 애들을 돌봐? 그리고 농한기에 무슨 일이 그리 많다고?

"성할 때는 말썽 부리는 애들 단단히 야단도 치고 그래서, 지금도 애들이 으르신 말이면 꼼짝 못 해요."

정말? 나는 하릴없이 툇마루에 앉아 눈을 구경했다. 달리 할 일이 없었다. 야힘은 아침저녁으로 한두 시간씩 성한 손을 놀려 영주에게 채 보내지 못했던 여행기를 적었다. 아낙과 아이들은 하루에 세 번 야힘의 몸을 100번씩 주무르고 끌고 나가

운동을 시켰다.

닦달하며 붙어 보살핀 보람이 있어 야힘은 조금씩 거동이 좋아졌고, 그만큼 여행기를 쓰는 시간을 늘렸다. 야힘의 방에는 그간 여행하며 깨알 같은 글씨로 적어 둔 종이가 한가득 쌓여 있었다. 야힘은 기록을 토대로 기억을 더듬으며 매일 글을 썼다. 슬쩍 들여다봤는데 야힘만 알아볼 약어로 적어 놓아 나로서는 읽을 수가 없었다. 야힘은 종이를 한없이 지고 다닐 수 없어 만든 약어라며 자랑했다.

나만 아무 할 일이 없었다. 나도 뭔가 적어야 하나. 기척도 없이 갈리가 슬쩍 옆으로 와 앉았다.

"아저씨도 읽고 쓸 줄 알아?"

"알지."

"엘야르히무 어르신이 글자 가르쳐 줬는데……. 지금은 편찮아서 못해."

"그러게."

갈리가 나를 물끄러미 바라보았다.

"이 기집애가! 어디 갔나 했더니! 얘가 글 가르쳐 달래요? 무시해요, 무시해! 촌년이 글을 배워 어따 쓰겠소? 으르신 괴롭히지 말라 그랬더니 여행가 양반한테 와서 졸라?"

갈리의 엄마가 와서 갈리를 쥐 잡듯 잡았다.

"으르신이 가르치는 게 재밌대! 날 가르치다 보면 머리도 둔해지지 않고 오래오래 살 것 같대!"

계집아이가 지지 않고 쏘아붙였다. 나한테 말할 때는 야힘을 흉내 내 도시 사람들 말투를 쓰더니 흥분하니 원래 말이 튀어

나왔다.

"이게 이게? 그 핑계면 뭐든 다 될 것 같아?"

"으르신한테 이를 거야! 엄마가 글 가르쳐 주지 말라 그런다고! 으르신 앞에서는 어디 뭐라 그러나 들어 보자!"

"야 이 기집애야!"

아낙이 뭐라고 더 말하려다 뒤늦게 날 의식한 듯 입을 다물었다. 아낙은 갑작스레 내 옆에 앉아 "우리 같은 것들이 글을 배워 봐야……"로 시작해 한참 말을 늘어놓았다. 뭐 대단한 이야기를 나누지도 않았거늘 무슨 변명이 이리 긴지 납득하기 어려웠다.

그날 밤 갈리 엄마가 곤달걀을 가져와 한참 아양을 떨다 갔다.

"좀이, 쑤시지?"

야힘이 물었다. 나는 고개를 주억거렸다.

"겨울에 쉬는 게 처음이랬나?"

"네."

"종이와…… 붓은 얼마든지 있으니, 자네도 뭐든…… 쓰시게. 영주에게, 보내지…… 못할 이야기면 어떤가."

야힘은 사이사이 잔기침을 하며 말을 맺었다. 나는 종이를 쓰다듬었다. 양초도 서가에서 쓰던 것보다 좋아 냄새도 없고 불빛도 강했다.

"떠나지 못해 여행기를 쓰려니 손이 안 가네요."

야힘은 그저 빙그레 웃었다. 방으로 돌아왔지만 쉬이 잠이 들지 않았다. 발끝부터 가슴까지 근질근질했는데, 모기에게 발바닥을 물린 양 시원하게 긁을 도리가 없었다.

어릴 때는 이런 날이면 문을 열고 나갔다. 그럼 누나가 문밖에서 기다리다 주먹밥이나 삶은 감자를 건넸다. 그때 이후 이런 기분은 처음이었다. 나는 안절부절못하며 밖으로 나갔다. 낮에 내 치운 자리에 새 눈이 내리며 쌓였다. 이런 날 잘못 떠나면 얼어 죽는다.

동네라도 한 바퀴 돌아야 성이 찰 듯해 나가는데 뒤채에서 인기척이 들렸다. 아낙이고 애들이고 아까 다 갔는데? 나는 뒤채로 갔다. 누군가 뒷문으로 후다닥 도망갔다. 뒤채에는 창고가 있었다. 나는 창고를 확인했다. 자물쇠가 열려 있었다.

다음 날 아침상을 차려오는 아낙의 태도가 이상했다. 나와 눈을 마주치지 못하고 어쩔 줄을 몰랐다.

"그만들 가시게."

야힘이 괜히 바닥을 훔치는 아낙들에게 말했다.

"여 좀 더 닦아야 하는데……."

"괜찮으니 그만들 가게. 나도 오늘은 평소보다 좋으니 괜히 시중든다 붙어 있지 말고, 이따 식사나 가져오시게."

야힘이 부드러운 목소리로 말했다. 아낙들은 평소보다 더 깊게 인사하고 사라졌다. 이날따라 애들도 오지 않았다.

"야힘."

"뭔가?"

야힘이 짐작 가는 바가 있는 듯 물었다.

"전 일곱 살에 길을 나섰어요. 그리고 제가 좀…… 사람들을 잘 봐요."

나는 조심스레 말했다.

"여행가란 대부분 그렇지."

"그런데……."

나는 어떻게 말을 꺼내야 좋을지 몰라 망설였다.

"밤에 뭔가…… 보셨는가?"

"네."

"괜찮네. 나도 알아."

"네?"

"영주에게 고향으로 내려가 은퇴할 뜻을 밝히자, 자기 지인의 영지라 잘 말해 사들여 내게 마을 관리를 맡기겠노라 했네. 평생 여행가로 떠돌지 않았나. 세를 걷고 바치는 일은 못한다 답했지. 그럼 내게 그 일을 도와줄 관리를 딸려 보낸다더군. 나는 그저 조용히 떠날 날을 기다릴 수 있으면 족하다 했네. 그러자 내가 죽을 때까지 세를 받지 않겠다 했지. 작은 마을이라 어차피 세도 많이 안 걷혀. 또 내가 세를 걷지 않아도 넉넉히 살도록 철마다 밀, 쌀, 보리, 닭, 염소를 보낸다네. 질 좋은 종이며 옷감도 함께 말이야."

"우와."

입이 떡 벌어졌다.

"늙은 입이 먹어 봐야 얼마나 먹겠나. 일부러 창고를 열어 두고 뒷문도 잠그지 않는다네."

"만날 드나들면서 왜 굳이 뒷문으로……."

"어찌 정문으로 가져가라 하겠나. 나와 마주칠 때마다 고개 숙이게 하고 싶지 않네."

"그래서 다들 야힘의 건강을 챙기는군요. 야힘이 죽으면 다시 세를 내야 하니까. 공짜 밥도 사라지고."

나는 피식 웃음을 흘리고 바닥에 대자로 누웠다.

"야힘, 여행가는 서로 돕는 거라 하셨죠?"

"그랬지."

"저도 마음 편히 머물게요. 왜 이리 잘하나 계속 불안했거든요."

"좀이 쑤시지 않나? 발이 근질근질하지?"

"이러고 어찌 사세요?"

"어쩌겠나……."

야힘이 부드럽게 웃었다. 나는 야힘 앞에서 수많은 말실수를 했다. 야힘은 매번 탓하지 않고 넘어갔다. 하지만 이 말만은 절대 하지 말아야 했다.

15

야힘이 소리 없이 붓을 놀렸다. 영원히 이어질 듯한 고요였다. 나는 일어나 반듯이 앉았다.

"야힘······."

"응?"

"카누인 어르신이 돌아가셨어요."

야힘의 붓이 멎었다. 종이가 얼룩졌다. 야힘은 불편한 몸으로 글을 쓰면서도 한 번도 종이에 얼룩을 만들거나, 붓을 과하게 적셔 방울을 떨어뜨리지 않았다.

"갔는가······."

그가 나직하게 말했다. 어르신의 죽음은 나도 받아들이기 힘들다. 하지만 감히 슬픔을 나누거나 나도 아프다 말을 보탤 수 없었다. 나는 소리 내지 않으려 조심하며 방을 나갔다.

몸이 나아가던 야힘이 그날 밤부터 잘 쓰던 오른손도 제대로 힘을 주지 못했다. 아낙들은 귀신같이 눈치채고 대체 야힘에게 무슨 말을 했느냐 캐물었다.

"무슨 안 좋은 소식이라도 전한 게요?"

야힘의 조카 손자며느리가 눈에 쌍심지를 켰다.

"아, 글쎄, 전 별말······."

"으르신이 가을에 쓰러졌을 땐 자리에서 일어나지도 못하셨소. 아예 거동을 못 하셨단 말이오. 그걸 우리가 매일 세 번씩 주물러 드려서 겨우 앉고, 오른손이나마 쓰시게 된 거요! 그런데 여행가 양반 때문에 도루묵 되게 생겼소. 뭔 일이오, 응?"

아낙들은 집요하게 물고 늘어졌다. 나는 끝까지 버텼다.

좋지 못한 소식을 전했다 타박받을까 두려워서가 아니었다. 말했다간 위로한답시고 무슨 짓을 벌일지 몰랐다. 야힘은 홀로 상실을 달랠 시간이 필요했다. 대답은 피했어도 모른다는 변명은 통하지 않아 마을 사람들이 그 뒤 날 보는 눈이 곱지 않았다.

다행히 야힘은 며칠 후 기력을 되찾더니 글을 쓰는 시간을 늘렸다. 아낙들이 제발 좀 쉬시라 했다가 단단히 야단을 맞았다. 야힘이 흥분하는 모습에 또 쓰러질까 두려운 아낙들이 허둥지둥 물러났다. 나도 마찬가지였다. 몇 번 방문을 열어 봐도 고개 한 번 들어 주지 않았다. 사람들이 날 대하는 태도는 갈수록 냉랭해졌다. 하루하루가 가시방석이었다.

"괜찮아 보이던데……"

쪼이는 내가 안쓰러웠는지 갈리가 말했다.

"괜찮다니?"

조카 손자며느리가 성을 냈다.

"진짜라니까? 글 쓰느라 먹거나 다른 사람을 살필 겨를이 없는 거야. 진짜 엄청나게 써댄다니까? 나한테도 미안하지만 당분간 글을 가르칠 여력이 없다고 했어."

아이는 크고 똘망똘망한 눈으로 날 바라보았다. 섬뜩해졌다.

"난 못 해!"

"왜? 읽고 쓸 줄 안다면서? 여행가라며?"

"아이구, 난 야힘에 비하면……. 난 누구 가르치고 그런 거 못 해!"

"어르신 덕에 놀고먹으면서 그 정도도 못 해? 어르신을 위한 건데도?"

"하기 싫어서가 아니야! 못 한다니까?"

갈리는 지지 않고 날 쏘아봤다. 하마터면 너희도 야힘 덕에 편히 살지 않느냐 할 뻔했다. 진짜 그랬다면 아무리 야힘이라도 날 단단히 야단쳤을 것이다.

나는 죽을상을 하고 마당에 섰다. 몇몇 아이들이 일렬로 줄지어 흙바닥에 사각을 그려 앉았다. 내가 배우던 방식이었다. 글을 배우려면 교본이 필요했다. 가진 거라곤 허술한 내 여행기뿐이었다. 처음엔 엘야르히무에 비해 글씨가 왜 이 모양이냐 타박하던 아이들도 내가 여행기를 읽자 자지러지며 재밌어했다. 덕분에 배우러 오는 애들이 늘었다.

마을 주민들은 애들이 글을 배우는 걸 걱정하다 내가 봄이 오면 떠나리라는 말을 듣고 안도했다. 내가 떠나면 야힘의 건강을 핑계로 글을 배우지 못하게 말릴 수 있을 것이고, 농번기가 시작되면 애들도 시간 내기 어려울 터였다.

애들이 좋아하니 나도 신이 났다. 마침내 나도 못다 한 여행기를 적어 내리기 시작했다. 새로 쓴 여행기를 읽는 날이면 사람들이 구름처럼 몰려들었다. 갈수록 글을 배우는 건 갈리 하나만 남고 다들 잿밥에만 눈이 빛나 또 다른 이야기는 없느냐 졸랐다. 나에 대한 미움도 가셨다.

해가 유달리 쨍한 날 영주가 보낸 이들이 와 야힘에게 오리, 꿩, 차, 좋은 솜과 종이를 가져다주었다. 다들 눈치가 있어 그자가 갈 때까지 글을 배우러 오거나 이야기를 해 달라 모이지 않았다. 여행기를 읽는 건 영주나 부유한 상인들만이 누리는 특권이었다. 보통 사람들은 글을 배워서도 안 되었다.

그들이 가고 며칠 후 야힘이 날 불렀다.

"받으시게."

그가 내게 두루마리를 건넸다. 불현듯 카누인이 내게 여행기를 건네던 모습이 겹쳐 보였다.

"뭐죠?"

야힘은 말없이 웃었다. 나는 종이를 펼쳤다. 몸이 성치 않아 이부자리 신세를 지는 이의 글씨라고는 믿기 힘들 만큼 유려하면서 힘이 있었다. 나는 제일 뒷장을 열었다. 여행기를 쓴 여행가 이름과 필사한 날짜, 필사한 사람인 야힘의 이름이 적혀 있었다. 나는 여행가의 이름을 손으로 어루만졌다. 카누인……

"어떻게……?"

입이 떨어지지 않았다.

"오래전 그이가 내게 보여 준 적이 있다네."

"하지만 어떻게……?"

야힘이 재주를 뽐내는 어린아이처럼 웃었다.

"한 번 본 걸 완벽히 옮겼느냐?"

"말도 안 돼요! 대충 기억나는 대로 쓴 거죠?"

"줄줄이 외우는 여행기가 몇 있다네. 난 언어에 타고난 재주가 있어. 무려 스무 가지나 되는 언어를 읽고 쓸 수 있고, 말만 할 줄 아는 언어를 보태면 서른이 넘지. 내가 읽고 쓰기를 배우지 못한 게 아니라, 글이 없는 지역이 있거든."

"아무리 야힘이라도 그 말은 못 믿겠네요! 이 긴 걸 한 번 읽고 외우셨다고요?"

"첫 글자에서 마지막 글자까지 더할 것도 뺄 것도 없는 여행기를 본 적 있는가? 첫 문장부터 마지막 문장까지 다른 방식은 존재할 수 없는 여행기, 그래서 첫 문장만 기억하면 마지막 문장까지 그대로 나올 수밖에 없는 여행기 말일세. 카누인은 그런 여행기를 쓰는 여행가였네."

야힘은 잠시 말을 끊었다 이었다.

"내가 어릴 때만 해도 서가가 많지 않았어. 우리가 있던 서가와 샤눈에 있는 서가까지 둘뿐이었네. 여행가가 되려는 아이들은 갈 곳이 뻔하니 그때만 해도 우리 서가에 애들이 한 스무 명은 있었어."

"우와, 스물이나요? 전 혼자 있거나 많아야 둘이었는데요."

그제야 방이 왜 그렇게 넓었는지 알 수 있었다.

"서가가 늘기도 했지만 카누인이 워낙 애들을 깐깐하게 받아서 그럴 걸세."

"야힘은 어쩌다 여행가가 되셨어요?"

"어릴 때 우리 마을에 여행가가 들렀다네. 며칠 쉬고 싶다며 세를 낼 테니 머물 집이 있을지 묻더군. 마침 우리 집에 빈방이 있어 받았지. 낮까지는 좀 지쳤을 뿐 멀쩡해 보이던 양반이 밤부터 열이 펄펄 끓는 거야. 작은 산골 마을에 의원이 어딨겠나. 사람은 살리고 봐야 하니 부모가 밤새 돌봤지. 다음 날 내가 산을 넘어 의원을 부르러 갔다네."

야힘은 회상에 잠겨 알 수 없는 곳을 바라보다 말을 이었다.

"다행히 고비는 넘겼어. 몸이 완전히 회복될 때까지 우리 집에서 한 달가량 머물렀지. 종일 그치를 따라다니며 여행가는 뭘 하는 사람인지, 어딜 다녔고, 뭘 봤는지 캐물었는데 아무 말도 안 해 줬어. 보통 사람한테는 이야기하면 안 된다나. 우리 덕에 살았는데도 깍쟁이처럼 굴었어. 그래도 내심 미안했는지 나무를 깎아 이런저런 장난감을 만들어 주었지. 떠나기 전에 날 한참 보더니 여행가가 되고 싶으면 서가에 가라더군.

그치가 떠난 후부터 사는 게 재미없어졌어. 사람들은 아홉 살 난 아이가 사는 것에 대해 뭘 아느냐 말하겠지만 사실이라네. 매일 정해진 시각에 일어나 염소를 끌고 가 같은 곳에서 풀을 먹이고, 염소젖을 짜고, 밭을 갈고, 늘 보는 풍경 속에서 집에 돌아오고, 태어나면서부터 봐 온 사람들과 섞여 살다 보면 어느 순간 아버지처럼 허리가 휘어 있겠지. 그게 갑자기 몸서리치게 싫은 거야.

매일 밤 의원을 부르러 산을 넘던 날 꿈을 꿨지. 막상 그때는 빨리 의원을 찾아 데려가지 못하면 여행가가 죽을까 봐 무서워 다른 생각을 할 겨를이 없었는데 돌이켜 보니 모든 순간이 신비로웠어. 의원이 있는 곳은 우리 마을보다 열 배는 큰 곳이었지. 내 말 이해하겠나? 나처럼 촌마을에서 온 아이에게 걸어도 걸어도 같은 마을 안에 있다는 게 얼마나 놀라운 일이었는지?"

나는 잘 안다는 뜻으로 고개를 끄덕였다. 지금도 사내가 우리 집에 들어서던 날이 어제처럼 생생했다. 등짐에는 꿈에도 상상 못 한 수많은 물건들이 얹혀 있었다. 하나하나 다 가까이에서 보고 만지고 싶었다. 하다못해 냄새라도 맡길 바랐다. 사내의 머리와 몸에 쌓인 먼지마저 부러웠다.

"결국 부모에게 여행가가 되게 서가에 데려다 달라고 했지."

"뭐라던가요?"

"객사하고 싶어 환장했냐며 종아리가 터지게 매를 맞았어. 그래도 소용없었다네. 나는 여행가가 될 수 없으면 차라리 죽겠다며 밥을 굶었어. 아버진 그러다 말려니 했지. 3일이 지나가자 어머니가 아버지를 설득했다네. 내가 원래 독하다고 말이야.

우린 다섯 남매였다네. 난 막내였지. 내가 다섯 중에 제일 키우기 쉬웠다고 하네. 투정 부리지도 않고, 잠도 잘 자고, 다른 형제들과 싸우지도 않고, 욕심도 별로 없고. 그러다 한 번 터지면 누구도 못 이긴다고.

어릴 때 동네 애들이랑 팽이를 칠 때였나, 한 녀석이 팽이를 힘차게 던졌는데 그만 내 머리를 스친 거야. 피가 철철 흘렀는데도 울지 않았지."

야힘은 머리카락을 걷어 이마에 있는 작은 흉터를 보여 주었다.

"한 번은 동네 골목대장이랑 시비가 붙었어. 역시 팽이 놀이를 할 때였는데, 분명 내가 이겼는데도 억지를 써서 내 팽이를 뺏으려는 거야. 여행가가 깎아 준 팽이였는데, 어디서 그런 재주를 배웠는지 조각까지 새겨 준 걸 말이야. 내 세 배는 될 법한 골목대장한테 덤볐지. 그놈은 내 머리를 손바닥으로 밀었고, 난 닿지도 않는 팔을 휘둘렀어. 놈은 낄낄 웃으며 날 밀었지. 나가떨어졌어. 다시 덤볐다네. 녀석이 다시 밀었지. 또 넘어졌어. 그래도 다시 덤볐어. 내 팽이 내놓으라고……. 녀석은 점점 울상이 되더군. 결국 내 얼굴을 후려쳤고, 난 코피를 쏟으면서도 다시 일어났어. 결국 녀석이 사과하고 팽이를 돌려줬다네.

어머니는 내가 이만큼 결심했으면 돌이킬 수 없으리라 했어. 결국 아버지가 날 서가에 데려다줬다네. 나중엔? 물론 기뻐하셨지. 영주가 우리 가족에게 돈을 보내도 좋다고 했으니…….편안히 살다 가셨다 들었네."

야힘은 잠시 말을 멈췄다가 이었다.

"서가에 갈 때만 해도 까막눈이었네. 날 가르친 이가 말하길 나만큼 글을 빨리 배우는 아이가 없었다더군. 나는 글자 하나 익히는 데만 며칠씩 걸리는 다른 아이들을 이해할 수 없었어. 서가 어르신은 당연히 날 예뻐했지. 모두 날 부러워했고. 별 볼일 없던 농사꾼 막내아들이 모든 이들의 주목을 받은 게야.

서가 어르신은 자기 여행기도 보여 줬어. 실망스러웠다네. 고작 이런 사람에게 배우고 있나 싶더군. 몇 년 안에 내가 그이보다 잘 쓰리라 확신했지."

"으, 설마 야힘, 야힘보다 못한 애들 막 무시하고 그랬던 건 아니죠? 전 형편없었거든요. 같이 있던 애들이 어찌나 깔보던지……."

"차마 아니라고 말은 못 하겠군. 대놓고 경멸한 적은 없지만, 아마도……."

야힘이 미안한 투로 말했다.

"야힘이 사과하실 일은 아니에요. 제가 못난 거죠."

"자네가 아니라 그때 내가 못났던 게야. 카누인이 없었다면 정말 오만하고 보기 싫은 자가 되었을지도 몰라.

카누인은 나보다 늦게 왔어. 서너 살 어렸고, 나처럼 서가에 올 땐 글을 몰랐지. 그런데 정말 마른 솜이 물을 흡수하듯 글을 익혀 나가더군. 카누인에게 관심이 쏠리자 위기를 느꼈지. 당연히 내 것이었던 걸 뺏기는 기분이었어.

얼마 후 첫 여행을 떠났다네. 진작 떠나고 싶었는데 서가 어르신이 홀로 길을 나서기엔 너무 어리다며 만류해 늦었지. 돌아오니 카누인이 서가까지 오는 여정을 쓰고 있더군. 나도 서둘렀다네. 다 쓰고 카누인에게 서로 돌려 보자 제안했지."

야힘은 눈을 감고 회상에 잠겼다.

"지금도 그때 카누인의 여행기를 줄줄이 읊을 수 있다네. 카누인의 부모는 카누인이 다른 형제들보다 똑똑하니 입이나 줄이자 싶어 서가로 보냈지. 서가까지 데려다줄 사람도 없었어. 일곱 살 어린 나이에 여행가가 뭔지도 모르는 채, 서가에서 받아 주지 않으면 어쩔지 답도 없는 상황에서 담담하게 부모형제와 이별하고, 묵묵히 긴 길을 걸었지. 발이 부르트다 못해 발톱이 빠지도록 걷다, 때로 운이 좋으면 우마차를 얻어 타고, 덜 익은 과일을 따 먹다 된통 탈이 나고, 찬물로 배를 채우고, 한데서 자면서 말이야."

야힘의 목소리가 떨렸다.

"춥고 배고프고 외롭고 서럽고 두려워야 할 여행이 그토록 아름다울 수가 없었네. 무더위 속에 이따금 스치는 한 줄기 바람, 홀로 야영하는 중에 들려오는 짝을 찾는 귀뚜라미들의 울음소리, 퉁퉁 부은 발을 시냇물에 담그자 놀라 도망갔다 돌아와 뭐가 그리 바쁜지 정신없이 움직이던 송사리 떼, 이가 부딪치도록 춥던 어느 밤 나뭇가지들을 뚫고 유독 청명하게 빛나던 별 하나……."

야힘은 오래도록 입을 다물었다.

"샘이…… 나셨나요?"

나는 설마 하며 물었다.

"그랬지. 그날 밤 옆에서 새근새근 자는 카누인이 그렇게 미울 수 없었어. 너는 잠이 오는구나, 나만 잠들지 못하는구나. 때려서라도 깨우고 싶었어. 그런 눈과 마음가짐을 가질 수 있다면 살인이라도 할 수 있을 것 같았어."

야힘은 빙그레 웃었다.

"다음 날 카누인이 그러더군. 꿈에서 내 길을 따라 걸었다고. 어떻게 그런 여행기가 있을 수 있는지 모르겠다고. 진정 감탄했다고. 안도했지. 아, 이치도 내 여행기를 인정했구나. 질투도 솟았지. 나는 칭찬할 자신이 없었는데, 차마 인정하는 말을 뱉을 수 없었는데, 이미 나보다 한참 위에 있구나…….

서가 어르신이 우리 여행기를 소리 내어 읽게 했다네. 그리고 둘 다 이대로 영주에게 보내도 손색없을 여행기라 극찬했지. 카누인은 정식 여행가가 된 첫 여행 때 아무것도 가라앉지 않는 소금호수에 다녀왔다네. 들었는가?"

"네! 다른 여행가들이 이야기해 줬어요. 평생 한 번 보기 힘든 유성우가 떨어졌다고……."

"그 이야기를 듣고 또 못난 마음이 들었다네. 카누인이 아니었다면 검은 사막에 갈 엄두를 내지 못했을 게야. 카누인이 보고 온, 아무것도 가라앉지 않는 소금 호수가 당시까진 가장 멀리 다녀온 여행기였다네. 그리고 그날 밤 유성우까지 떨어져?

하늘이 돕는구나 싶더군."

"이해가 안 가요."

"뭐가?"

"야힘이잖아요. 그러니까, 엘야르히무잖아요!"

야힘은 껄껄 소리 높여 웃었다.

"엘야르히무가 질투하는 여행가가 있을 수 있겠는가, 그런 말인가?"

"네! 전 검은 사막에 다녀온 여행기를 읽었어요! 그 여행기는……!"

나는 흥분해서 두서없는 칭찬을 늘어놓았다. 야힘은 가만히 웃음 지었다. 문득 그 웃음에서 아픔이 느껴졌다. 아마……. 나에게 아마는 이야기 속 동물이었다. 야힘에게는 그립고 아픈 기억이었다.

16.

나는 어느 순간 혼자 골똘히 생각에 잠겼다.

"무슨 생각을 그리 하시나?"

야힘이 물었다.

"어르신은 어땠나요? 어르신도 남들보다 빨랐다면서요. 혹시 은연중에 다른 애들에게 못되게 굴고 그랬나요?"

"아니, 카누인은 참으로 한결같은 자지. 어릴 때도 몸만 작았지 자네가 본 모습과 같아. 꼭 필요한 말만 하고, 도통 무슨 생각을 하는지 알기 어렵고, 쉬이 곁을 내주지 않았지만 아이들이 모르는 글자를 물어볼 때마다 한 번도 귀찮아하지 않고 다 알려 주었지."

"어르신이 거만하지 않은 건 타고난 성품일까요, 야힘이 있었기 때문일까요, 아니면 부모가 잘 가르쳐서일까요?"

"글쎄, 내가 그걸 어찌 알겠나."

야힘이 허허 웃었다.

"으르신."

조카 손자며느리가 갈리를 데리고 들어왔다.

"목욕하실 시간이에요."

둘은 야힘을 일으켜 부엌으로 데려갔다. 나는 카누인의 여행기를 들고 방으로 돌아왔다. 부엌 쪽에서 다른 아낙도 합세해 마치 빨래터에서 수다라도 떨 듯 이야기를 나누며 야힘을 씻기는 소리가 들렸다. 듣고 있기도 민망한데 고개를 내밀 엄두가 나지 않아 마을 우물로 가 찬물에 손을 씻고, 시린 손을 깨끗이 말린 다음 여행기를 펼쳤다.

나는 야힘만이 읽은 카누인의 여행기를 손에 쥐었으며, 여행가들이 그토록 보고 싶어 하는 야힘의 필적을 두 눈으로 봤다. 내게 일어난 일을 믿을 수가 없었다.

카누인이 나보다 젊었을 때였다. 그는 영주의 후원을 받아 떠난 여행 어느 길목에서 한 여인을 만났다. 카누인은 한 달간 여인과 머물다 다시 길을 떠났고, 근 10년이 흘러 다시 가니 여인은 혼인해 그의 딸을 키우고 있었다. 여인은 남편이 아이를 친딸로 받아들여 키웠고 아이도 그가 아비인 줄 아니 부디 그냥 떠나라 말했다. 카누인은 하루만 아이와 보내게 해 달라고, 그럼 다시는 찾지 않으리라 약조했다.

여느 때와 다름없는 농가의 하루가 시작되었다. 카누인과 아이는 채 날이 밝기도 전에 소를 끌고 나가 풀을 먹이며 사이사이 땔감으로 쓸 마른나무를 줍고 빼기뿌리를 캤다. 아이는 또래답지 않게 과묵했고 카누인도 말수가 적었기에, 소 목에 걸린 방울이 울리고 가지를 주울 때 나는 바스락 소리만 간간이 들릴 뿐 내내 고요했다. 둘은 마른 빵을 개울에 적셔 빼기뿌리를 곁들여 먹고, 함께 손을 담가 물을 떠 마신 뒤 마저 나무를 주워 소 등에 얹어 돌아왔다.

아이는 내내 이런 일이 서툰 카누인을 나무라지 않고 익숙한 손놀림으로 이끌었다. 소는 직접 외양간에 넣었지만 여물을 만드는 일은 가르쳐 주며 함께했다.

해가 저물자 카누인은 아이 옆에 자리를 폈다. 아이는 오래지 않아 고른 숨을 내쉬며 잠이 들었다. 그는 아이가 모기에 물리지 않게 옷자락으로 바람을 부쳤다. 이따금 노인네 트림 같은 금개구리 울음소리가 밤이 깊어감을 알렸다. 카누인은 밤새 잠들지 않고 가뭄에 말라가는 우물을 바라보는 심정으로 창밖으로 달이 기우는 모습을 보았다. 약속대로 아이가 아직 깊은 잠에 빠진 어둑새벽에 일어나 집을 나섰고, 여인과는 눈으로 작별을 고했다.

마을을 나서기 전 불현듯 아이의 이마에 맺힌 땀방울을 닦아 주지 않았다는 게 마음에 걸려 뒤를 돌아보았다. 잠든 줄 알았던 아이가 마을 어귀까지 따라 나와 그가 떠나는 모습을 지켜보고 있었다.

나는 종이에 떨어지지 않게 조심하며 눈물을 훔쳤다. 많은 사내와 여인의 품을 전전하면서도 겪어 본 바 없는 감정이었으나 내 것처럼 생생했다. 서러움이 밀려왔다. 여행가가 내 삶이라 여겼다. 대다수의 사람들은 자기 삶에 뚜렷한 목적 없이 살아간다. 내겐 남들에겐 없는 바로 그것, 진정 나 자신으로 살길이 있었다.

그런데 내 길을 모르고 사내를 따라다닐 때보다, 사내가 기분 내키는 대로 범하거나 내돌릴 때조차 겪은 바 없는 크나큰 절망이 나를 휩쓸었다. 이 여행기를 준 야힘이 원망스러웠다. 며칠 동안 일부러 야힘을 찾지 않다가 겨우 용기를 내 야힘 방으로 갔다.

"그간 이걸 쓰셨군요."

내가 말했다.

"영주에겐 보이지 못할 여행기지. 내게 보여 주곤 다음 날 태웠다네."

"왜요?"

나는 놀라 물었다.

"그이는 그야말로 곧이곧대로 여행가였던 터라 이런 사적인 이야기는 남기지 않으려 했네."

"그런데 쓰셨어요?"

"카누인은 떠났네."

야힘이 조용히 말했다. 마음이 먹먹해졌다. 긴 침묵이 흘렀다. 나는 용기를 내어 물었다.

"왜 영주들은 이런 여행기를 읽지 않을까요?"

"여행가의 여인 이야기에 무슨 흥미가 있겠나. 그 여인이 특출하게 아리땁길 하나, 이 이야기에 자네 이야기처럼 재미진 구석이 있나."

야힘이 짓궂게 웃었다.

"세상에 이리 고운 여인이 다 있나 싶었는데요?"

"카누인에게 그랬던 게지."

"그럼 이 여행기는 어찌 되나요?"

"나도 모르겠네. 내가 떠난 뒤 영주가 어찌할지……."

"영주는 이런 소소한 이야기는 관심 두지 않아요. 그냥 처분하면 어떡해요?"

"어찌겠나. 게다가 날 후원한 영주는 여행기에 아무 관심이 없다네. 그래서 읽고 나서 여행기를 서가에 보내 달라는 청도 선선히 들어주었지."

야힘이 쓸쓸하게 말했다.

"그래도, 그래도요, 이건, 뭔가 이상해요. 야힘, 저는요, 아니 우리 누나는요, 놀라운 직관력을 가진 사람이에요."

"직관력?"

"떠돌며 수많은 사람을 만났지만 어디서도 누나 같은 사람은 보지 못했어요. 누나는 내가 근질거리는 날을 알았어요. 심지어 돌아올 날도 알았죠. 나도 내가 언제 근질거리는지, 언제지쳐 집에 돌아갈지 모르는데도요.

부모, 촌장 어른, 친척들, 마을 사람 다 사내한테 홀렸는데 누나만 속지 않았어요. 저보다 고작 세 살 많았는데도요. 사내를 따라가며 누나한테 마을에서 가장 큰 거울을 갖고 시집가게 해 주겠노라 약속했거든요? 누나가 말릴까 봐 입에서 나오는 대로 떠든 건데 누나는 제 눈을 보며 다짐받았어요.

사내가 절 아무 사내들한테나 돈 받고 내돌릴 때, 낮에는 재밌다고 웃으며 제 이야기를 듣던 자들이 너한테 낸 돈이 얼만데 이 따위로밖에 못하느냐며 무자비하게 때리고 범하고……. 몇 번이고 차라리 죽고 싶었는데 그때마다 누나와 한 약속을 떠올렸어요.

누나는요, 제 삶이 고될 줄 예상하고 제게 견딜 이유를 준 거예요. 거울을 갖고 싶었던 게 아니라요. 누나가 영주나 상인의 집에서 태어났다면 정말 대단한 일을 했을 거예요.

제가 몇 년 전에 고향에 갔잖아요? 먼지 날리는 흙길에 고만

고만한 흙담길들이 서 있는 곳이었는데 골목골목 얼레지며 개별꽃, 애기똥풀, 처녀치마가 꽃을 피웠더라고요. 싸리울마다 수세미가 넝쿨을 올리고, 지붕마다 크고 작은 박이 열렸어요. 누나가 사방에 꽃씨를 뿌리거나 꽃을 옮겨 심고 박씨를 나눴대요. 너무 낯설어 집도 못 찾을 뻔했어요. 흙 주워 먹던 애기가 곱게 단장한 여인이 되어 나타난 느낌이랄까요? 영주들이 왜 그렇게 정원을 공들여 가꾸는지 알겠더라고요. 꽃들이 가득한 마을에 있는 것만으로도 여행에 지친 몸과 마음이 편안해졌어요.

고향에 머무르는 동안에요. 누나 아들이 큰 놈이고 작은놈이고 간에 하루가 멀다 하고 눈에 멍이 들거나 코피를 쏟으며 집에 오는 거예요. 다른 집 애들도 그랬어요. 그게 다 골목대장 한 놈이 그러는 건데, 다들 애들 싸움이려니 대수롭지 않게 여기거나 왜 칠칠맞지 못하게 맞고 들어오느냐 야단쳤죠.

제가 보기엔 그냥 애들 싸움이 아니었어요. 엇비슷한 애들끼리 싸워야 싸움이죠. 근데 아무도 심각하게 생각하질 않았어요. 저도 어찌할 바를 모르겠더라고요. 제가 뭐라고 남의 애를 야단칠 수도 없고…….

하루는 누나가 술찌끼를 가져다가 골목대장 놈한테 먹였어요. 그리고 애가 취해 잠든 틈에 손톱에 봉숭아 물을 들였죠. 다들 재밌어서 깔깔 웃어대니 남자애 체면이 말이 아니게 된 거죠. 손톱을 어쩌겠어요? 뽑을 수도 없고……. 그 뒤로 기가 팍 죽어서 얌전해지더라고요.

저는 누나가 애들 싸움으로 치부하기엔 애가 너무 사나워 그런 줄 알았는데, 누나가 저한테 그랬어요. 그 애가 그대로 크면 감당하기 힘든 싸움꾼이 되거나 문제를 일으킬 것 같았다고. 그 집 부모는 애가 튼실하다고 좋아하는데, 자칫 나무라다간 어른 싸움으로 번져 불화가 생기겠고, 그래서 궁리 끝에 묘책을 찾은 거죠. 거기까지 생각했을 줄은 몰랐어요. 그러니까…… 아시잖아요. 작은 마을은 서로 너무 잘 알고, 온갖 소문에, 사소한 일로 척지고…….

근데 제 고향은 달라요. 골목대장 꼬마 이야기는 아무것도 아니에요. 누나가 알게 모르게 하는 일을 보면 사실상 마을 촌장이나 다름없어요. 다들 의좋게 지내며 가뭄이 와도 함께 견디죠. 다 누나 덕이에요. 그런데 누나 이야기는 써 봐야 아무도 안 읽겠죠? 왜 그래야 하죠? 소박하고 평화로운 삶이야말로 아무나 누리는 삶이 아니에요! 누나는 자기 힘으로 그걸 일궜고, 자기가 할 수 있는 일과 할 수 없는 일을 정확히 알고, 자기만이 아니라 마을을 행복하게 했어요."

야힘은 묵묵히 내 말을 들었다. 나는 더 할 말이 없어 입을 다물었다.

"그런데 자네 입에서 '직관력'이라는 말이 다 나오나?"

야힘이 불현듯 말했다.

"저도 그런 말 쓸 줄 알아요."

"왜 여행기에는 쓰지 않는가?"

"어릴 때 알던 말이 아닌 서가에서 새로 배운 말은 쓰기 싫어요. 영주밖에 못 알아듣는 말이잖아요."

"카누인이 자네를 많이 아꼈지?"

"제 여행기 필사까지 해 주신걸요……. 그런 말 같지 않은 이야기를 손수⋯⋯."

"그랬을 게야. 카누인이 자네를 알아보지 못했을 리 없지. 난 여러 영주를 섬겼어. 마지막 반생은 한 영주를 모셨고. 자유로운 동시에 단단히 매여 있었다네. 무엇에도 구애받지 말게. 자네라면 다른 여행가의 시대를 열지도 몰라."

"아이구야!"

나는 손사래를 쳤다.

"나도 얼마 남지 않았어. 늘그막에 자네 같은 여행가를 만나 기쁘네."

"그런 말 마세요!"

야힘이 후들후들 떨리는 손을 들었다.

"더 늦기 전에 카누인의 이야기를 적어야 했다네. 나만 알고 묻기에는 너무 아름다운 여행가가 아닌가. 마지막 힘을 쏟았지. 더는 붓을 들 힘이 없어. 길도 떠나지 못하고, 글도 쓰지 못하는 이는 더 이상 여행가가 아니야. 차라리 길에서 죽길 바란 적도 있거늘⋯⋯. 그래도 다행이지 않나. 적어도 내가 오래 살 이유가 하나는 있으니⋯⋯."

"이 마을 말씀이시군요."

야힘은 소리 없이 웃었다.

"부탁이 있네."

"어떤⋯⋯?"

"내게도 쓰지 못한 여행기가 있다네. 자네가 써 주겠나?"

"제 글씨로 야힘의 여행기를요?"

야힘의 글씨로 쓴 카누인의 여행기를 읽고 엉망으로 헝클어진 마음을 가까스로 정리한 참이었다. 상인은 내 이야기를 좋아했다. 마을 사람들도 남녀노소 가릴 것 없이 신나게 들었다. 내 글씨로 할 수 있는 나만의 여행기가 있다고 나 자신을 막 돋우었는데, 다시금 낭떠러지로 밀리는 기분이었다.

"부탁허이……."

야힘의 눈빛은 거절하기엔 너무 간절했다. 나는 떨리는 손으로 붓을 들었다.

17

"나는 그때 스물다섯이었다네. 너 나 할 것 없이 여행가의 발길 닿지 않은 곳이 더는 남아 있지 않다 할 무렵이었지. 먼젓번에 말했다시피 첫 여행은 열다섯 살에 떠났어. 돌아와 여행기를 쓰고 3개월 만에 후원가가 생겼다네. 왜 그랬는지 아나?"

야힘의 눈이 어린아이처럼 반짝였다.

"3개월이면 엄청 빨리 찾은 건데요?"

"날 가르친 이는 늘 그러듯 여러 곳에 내 여행기를 보냈는데, 여행기를 본 영주들마다 날 후원하고 싶다 하는 바람에 곤욕을 치렀지. 그이는 감히 서가에서 후원가를 택할 수 없으니 영주들이 의논해 정하라 했다네. 그래서 3개월 걸렸지."

야힘은 기막히다는 내 얼굴을 보고 껄껄 웃었다.

"카누인에 비할 바는 못 되지. 아슬아슬하게 날 놓친 후원가가 그만한 여행가가 있다는 말에 카누인이 첫 여행을 떠나기 전부터 점찍었거든. 첫 여행을 떠나기도 전에 영주에게 뽑힌 자는 카누인이 유일하다네."

여행가들에게 카누인과 엘야르히무가 우위를 다투기 힘든 여행가라 들었으나 이 정도일 줄은 몰랐다. 나는 아무 영주도 받아 주지 않는데…….

"영주의 후원을 받으며 서너 번쯤 여행을 마치고 돌아온 지 얼마 지나지 않아 카누인이 정식 여행가로 떠난 첫 여행 이야기를 들었지."

"가라앉지 않는 호수 말이죠? 이야기하셨어요."

"안 했어."

"분명히 하셨……."

"안 했다니까!"

야힘이 전에 없이 고집스레 말했다. 나는 화급히 고개를 끄덕였다.

"죄송해요, 제가 착각했어요."

"그래, 젊은 녀석이 왜 벌써 헷갈리고 그래. 나도 멀쩡하거늘."

야힘은 처음 하는 이야기처럼 카누인이 가라앉지 않는 호수에서 유성우를 본 이야기를 들려주었다.

"카누인을 능가할 곳이 필요했어. 3년에 걸쳐 검은 사막을 다녀왔다네. 사막을 건너 도착한 도시에서도 사막을 넘어온 이는 몇 백 년 만에 내가 처음이라더군. 당시 검은 사막을 무사히 횡단하고 돌아온 여행가는 나뿐이었어."

"지금도 그렇죠."

나는 중얼거리듯 말했다.

"아직 안 깨졌지."

그가 유쾌하게 말했다.

"이런 분이셨어요? 저 여행기 적기 싫어지네요."

야힘이 개궂은 어린아이처럼 키득키득 웃었다. 이런 식으로 웃는 그도 처음 보았다. 사람은 역시 한 집에 살아 봐야 안다.

"그뿐이랴, 구불구불한 강이 끝없이 이어진 곳을 따라 걸었고, 세상 어디도 없을 웅장한 폭포도 보았지. 수많은 바위가 바람에 풍화되어 버섯처럼 된 곳도 있었다네. 작은 것도 영주가 지내는 성만 했어. 어떤 이들은 내가 사기꾼이라 했지. 그걸 증명하기 위해 거기까지 간 이도 여직 없지만 말이네.”

“네네, 알아 모시겠습니다. 황금 섬도 다녀오셨죠?”

야힘의 입가에서 웃음이 사라졌다. 나는 숨을 멈췄다.

“정말 황금 섬에 다녀오셨나요? 거긴 하늘도 강도 노랗다면서요? 바람 속에 금이 섞여 있고, 강을 따라 흘러서요!”

“그때 난 스물다섯이었다네.”

“야힘!”

그가 검지를 입에 붙여 세웠다.

“듣기 싫은가?”

나는 군말하지 않겠다는 뜻으로 냉큼 붓을 들었다. 가슴이 두근거리고 손바닥에 땀이 뱄다.

“다시는 보지 못할 폭포를 보고 돌아온 해였다네. 하늘이 뚫려 물이 쏟아지는 것만 같았어. 몇 달에 걸쳐 바위를 타고 폭포의 시작점에 올랐지. 내 젖은 음식을 먹고, 몸을 말리지도 못했고, 마른 잠자리도 없었네. 돌아오고도 한동안 귀가 먹먹했지.

여행기를 써 영주에게 건넸는데 한동안 쉬라더군. 영문 모를 소리였지. 서로 가다 보면 언젠가 도달한다는, 1년 내내 눈 덮인 산맥이 내 다음 목표였다네. 그런데 쉬라니?

나중에야 이유를 알았지. 다른 영주가 날 넘기라 요청했다네. 당시 날 후원하던 영주는 딱 잘라 거절했지. 그런데 그가 도시 하나를 넘기겠다 한 게야.

스물다섯 살에 세상을 다 가진 기분이었어. 아무도 제대로 보지 못한 검은 사막, 붉은 강을 보고 왔지, 날 갖고 싶어 도시를 내놓는다는 영주가 있질 않나."

"거짓말이죠?"

야힘은 믿거나 말거나 상관하지 않겠다는 듯 이야기를 이었다.

"결국 그 영주는 날 넘겼다네. 도시 하나와 날 바꾼 영주가 바로 지금 날 돌봐 주는 영주의 아버지지."

지금 영주의 아버지가 야힘에게 태형을 가했다고 했다. 그리고 지금 영주가 막아 야힘을 살렸고, 야힘의 노후를 위해 이 마을을 주었다. 도시 하나에 마을까지……. 갑자기 엘야르히무를 야힘이라 막 불러도 되는지 불안해졌다.

"집사가 마차로 날 데리러 왔어. 영주가 내가 걸어오길 기다릴 수 없었다더군. 이 무슨 황송한 일인가 싶었지. 정문으로 영주의 저택에 들어갔다네. 그때까지 영주를 직접 본 여행가는 아무도 없었어. 정식 여행가가 되기도 전에 영주의 후원을 받은 건 카누인이 유일하지만 영주를 직접 본 여행가는 나뿐이야."

"두 분 친구라면서요?"

"본디 친구란 가장 치열한 경쟁자라네. 나만 홀로 그리 생각했는지, 카누인도 그랬는지는 알 길이 없네만……."

야힘의 입가에 부드러운 웃음이 걸렸다. 그는 차를 한 모금 넘겼다.

"정말 내 세상이다 싶더군. 영주는 내게 황금 섬에 다녀오라 했네. 정말로 하늘도 강물도 싯누럴 만큼 금이 있는지 보고 오라 말이네.

여기저기 떠돌며 황금 섬에 대한 이야기를 몇 번 들었다네.

우리가 사는 곳과는 완전히 다른 체재로 돌아가는 곳이라더군. 영주라 하지 않고 군주라 부른다든가, 군주들이 몇 번이고 금을 찾아 섬에 병사와 배를 보냈으나 살아 돌아온 자들이 없다거나……."

"서가 어르신이 다녀온 적이 있다 들었어요."

"그래, 하지만 황금 섬에 이르진 못했지. 나는 반드시 보고 오리라 다짐했다네. 그리고 궁금하기도 했지. 무엇이 카누인을 그 젊은 나이에 서가에 들어가게 했을까? 카누인이 은퇴했다는 말에 놀랐지만 심각하게 여기진 않았네. 언제고 다시 떠나리라 여겼지. 설마 그대로 서가에 눌러앉을 줄 몰랐어.

난 수많은 여행기를 썼어. 카누인은? 세 편이라네. 가라앉지 않는 호수, 모래가 강물처럼 흐르는 떠도는 사막, 군주들이 사는 곳에서 보고 온 전쟁……. 그 세 편이 수십 년이 흐른 지금도 그를 가장 위대한 여행가로 칭송받게 하는 게야. 내용이나마 알려진 건 가라앉지 않는 호수뿐이야. 영주가 가까운 몇몇을 초대한 자리에서 딸에게 낭독시켰기 때문이지. 하지만 다른 여행기는? 그를 후원한 영주 몇 명밖에 못 봤어.

카누인을 후원하던 영주의 가세가 기울어 가자 다른 영주가 어마어마한 금액을 주고 그이의 여행기를 사 갔지. 종이가 낡아 가자 자기 아들에게 필사하게 했어. 그리고 다른 영주들에게조차 보이지 않는다네. 심지어 카누인을 불러 절대로 다시 쓰지 않겠다 서약하게 했네."

"이런!"

나도 모르게 주먹으로 책상을 내리쳤다. 카누인은 약속했다면 지켰을 것이다. 야힘 역시 나와 같은 심정이었다. 그는 마음을 가라앉히고 말을 이었다.

"황금 섬이라, 왜 그 섬 생각을 못 했나 싶었어. 카누인이 가다 말고 돌아온 곳 아닌가? 확실히 그를 이길 수 있는 곳이었지. 황금 섬을 다녀오면 다음에 더 갈 곳이 있을까 고민할 만큼 떠나기 전부터 마음이 설레고 별별 생각이 다 들더군. 실패할지도 모른다는 생각 따윈 하지도 않았네."

나는 다 쓴 종이를 넘기고 새 종이를 꺼냈다.

"뭘 이런 이야기까지 다 적고 그러나?"

"제게 받아쓰라 하셨으면 제 방식대로 놔두세요."

야힘은 헛웃음을 짓더니 말을 이었다.

"영주는 마차를 내주더니 호위까지 붙여 최대한 멀리, 빠르게 날 보냈다네."

"가는 길에 있는 영지에 줄 선물까지 딸려 보냈다면서요?"

"그건 사실이 아니야. 호위들은 모두 평범한 옷을 입었어. 가는 내내 나는 여행가가 아닌 척했다네. 여관도 들르지 않고 노숙했지."

"왜요?"

"마침내 호위들이 돌아가고 혼자 남았네. 겨우 마음이 편해지더군."

나는 입술을 삐쭉 내밀었다. 야힘이 빙긋 웃었다.

"기다리게. 이야기에는 순서가 있다네."

문밖에서 아낙들이 인기척을 냈다.

"진지 잡수셔야죠."

아낙들이 상을 올렸다. 어느새 저녁이었다. 아쉬운 마음을 누르며 일어섰다.

다음 날 아침 댓바람부터 아낙들이 몰려와 야힘이 무리한다며 말려 달라 잔소리를 늘어놓았다.

"제가 말한다고 듣나요?"

"그래도 여행가 양반이 말하면 우리 말보단 듣지 않겠소."

한 아낙이 타박하듯 말했다. 도리 없이 말이나 해 보겠다고 했다. 야힘 방에 가니 아낙들이 아침 운동을 시키고 있었다. 조카 손자며느리가 감시하듯 앉았다가 내가 책상을 펼치니 팔을 잡았다.

"쉬셔야 한다는데 이러시네."

"그만들 나가 보게."

야힘이 말했다.

"아니, 으르신, 저희가 다 으르신을 걱정해서……."

"어차피 언젠가 떠날 몸이네. 늙은 몸 주물러 봐야 얼마나 더 살겠나……."

"아이구, 그런 말 마소! 얘들아, 뭐 하니?"

아이들이 잽싸게 야힘의 어깨를 주물렀다. 야힘은 침묵했다. 아이들은 아낙과 야힘의 눈치를 살피며 조금씩 손을 멈췄다. 무언의 무게를 견디지 못한 아낙이 슬그머니 나가자 아이들도 뒤따라 사라졌다. 나는 주섬주섬 종이를 펼쳤다.

야힘은 꼬박 3년을 걸었다. 그동안 수없이 많은 고비가 있었다. 산에서 미끄러져 다리가 부러지기도 했다. 야힘은 스스로 부러진 다리를 맞추고 나무로 부목을 대 보름을 걸어 사람이 사는 마을에 도착했다.

다리가 나은 후 다시 떠난 길에서 곰을 만나 급한 대로 나무에 올랐다. 정신없이 오른 나무가 마침 곰이 오르기엔 작고, 부러뜨리기에는 컸다. 안심한 것도 잠시 곰은 나무 주위를 떠나지 않았다. 야힘은 꼼짝도 못 하고 나무 위에 며칠을 매달려 있었다.

나뭇잎에 맺힌 이슬을 핥으며 이제 정말 죽는구나 싶을 때 지나가던 이들이 곰을 사냥했다. 야힘이 내려와 고맙다 말하자, 사냥꾼들은 웃으며 붙들어 마차에 태웠다. 마차에는 열서너 살부터 쉰이 넘은 자들까지 열 명이 넘는 사람들이 있었다.

야힘은 손짓 발짓으로 그들과 이야기를 나눴다. 몇몇은 혼자 사냥을 하거나 밭일을 하던 중 영문 모르고 끌려왔고, 대부분 돈을 많이 벌 일자리를 준다는 꼬임에 따라나섰다. 그들은 마차에 실려 근 2주를 이동했다. 그동안 쉰이 넘었던 사내가 쇠약해져 죽었고, 서너 명이 더 잡혀 왔다.

그들이 도착한 곳은 풀 한 포기 자라지 않는 돌산이었다. 그들을 붙잡아 온 사내가 돈주머니를 건네받는 모습이 보였다. 나중에 알았지만 사람 한 명 값이 곡괭이 두 자루 값에 채 미치지 못했다. 그들은 산길을 닦는 노예로 팔렸다.

"아무리 노예라지만 그런 대우가 다 있나 싶었네."

야힘이 말했다.

야힘을 잡아간 자들이 돌산에 길을 내라며 준 도구라곤 곡괭이, 끌, 망치 따위가 전부였다. 힘이 약한 아이나 노인은 망치

와 끌로 허리 한 번 펼 새 없이 바위를 쪼았다. 야힘처럼 그나마 힘을 쓸 수 있는 젊고 건강한 이들은 곡괭이로 바위를 부수고, 깨진 조각을 삽으로 퍼 날랐다.

안 그래도 지대가 높아 공기가 희박해 숨쉬기가 힘든데 돌을 깨느라 먼지가 날려 온 사방에서 기침이 터졌다. 야힘은 겉옷을 잘라 얼굴을 가렸다. 찢을 옷자락도 없거나 먼지를 막을 의지조차 잃은 이들은 맨 얼굴을 노출한 채 시체처럼 일했다. 얼굴을 가렸든 가리지 않았든 하나 같이 눈은 벌겋게 충혈되고, 수없이 다치고 터진 손은 바위처럼 단단했다. 하루 14시간씩 고된 노동을 하는데도 식사는 얇은 빵에 불린 콩이 전부였다. 밤이면 강추위가 몰아쳤다. 인부들은 모닥불도 없이 다닥다닥 붙어 체온에 기대 잠이 들었다.

인부들 중에는 산 아래에서 염소를 치거나 작게나마 화전을 일구며 살아가던 이들도 있었다. 어느 날 군인들이 나타나 세를 내라 요구했고, 세를 내지 못하는 자들은 공사에 동원되었다. 그들이 받는 임금은 세도 내지 못할 금액이라 일할수록 빚이 쌓였다. 강제로 끌려오거나 속아서 온 이들은 아비를, 형제를, 친척을 서로 격려하며, 옆에서 일하던 자들을 한순간에 잃으며 하루에 5~10미터씩 길을 닦았다. 아무도 왜 이 길을 닦는지, 이 길의 끝에 무엇이 있는지 알지 못했다.

이들 중 어릴 때 입은 화상으로 얼굴만이 아니라 전신에 흉터가 있는 과니라는 사내가 있었다. 보자마자 화들짝 놀랄 만큼 흉측한 몰골이라 처음엔 다들 그자를 피했다. 하지만 그자는 야힘처럼 일에 서툰 사람만이 아니라 아이들이나 노인들을 살뜰히 챙겼고, 목표량을 달성하지 못한 사람들을 슬쩍 도와 감독들의 매질에서 구해 주었다. 어느 순간부터 다들 그를 의지하며 하루하루를 버텨 나갔다.

하루는 낙석이 떨어졌다. 다들 몸을 숙이는데 하필 절벽 가까이 있던 과니가 중심을 잃었다. 몇 번 팔을 휘젓는가 싶더니 뭐라 외칠 새도 없이 사라졌다. 야힘이 달려가 밑을 살피니 과니는 솟아 나온 바위에 부딪혀 튀어 올랐다 까마득한 절벽 아래 한 점이 되었다.

아무도 아무 말도 하지 못했다. 그저 망연자실 아래를 바라볼 뿐이었다. 감독이 일을 시작하라고 고함을 질렀다. 그날은 유독 사고가 많아 여럿이 낙석에 깔려 거동을 못 했다. 더 이상 일을 하지 못하는 자들은 보살피는 자 없이 한쪽에 방치되어 죽어 갔다. 어떻게든 그들을 돌보던 과니도 없었다.

야힘은 그날 밤 보통 사람들보다 월등히 힘이 센데도 감독들에게 일꾼들의 행동거지를 일러바치며 살랑거려 편한 일만 맡는 자에게 눈을 떼지 못했다. 그자가 일하던 자리에도 몇 번 낙석이 떨어졌는데 하늘이 돕는지 매번 긁힌 상처 하나 입지 않았다.

과니가 허무하게 죽은 후 야힘은 뭐라도 해야 한다는 의무감을 느꼈다. 그는 여행길에서 얻은 지식으로 다리나 팔, 손가락을 다친 자들에게 긴 돌조각으로 부목을 대 주고 한 벌뿐인 겉옷 끝자락을 찢어 묶어 주었다. 그러며 필사적으로 그들의 말을 익혔다.

얼마 후 한 자가 달아나는데 합류할 생각이 있는가 묻자 두 번 생각하지 않고 그러겠노라 답했다. 한밤중에 도망했으나 얼마 가지 못해 들켜 절벽으로 내몰렸다. 다른 자들은 무릎을 꿇고 살려 달라 빌었다. 야힘은 절벽에서 뛰어내렸다.

정신을 차리니 강가에 쓰러져 있었다. 숨을 쉴 때마다 가슴이 묵직하게 아픈 게 갈비뼈에 금이 간 듯했다. 빠져나온 게 어디냐 위안하며 옷으로 가슴을 동여매고 걸었다.

하루는 깎아지른 듯한 골짜기를 만나 벽에 바짝 붙어 숨마저 죽여 걸었다. 가까스로 한 발 한 발 떼던 야힘의 눈이 한 곳에 멎었다. 커다란 회색 뿔이 안쪽으로 휘어진 산양이 절벽을 타고 있었다. 처음엔 어쩌다 절벽에 떨어진 줄 알았다. 자세히 보니 늘 다니던 곳처럼 능숙하게 움직였다. 산양은 보는 사람 심장이 떨리게 절벽을 디디며 이끼를 찾았다. 어느 순간 회색 털에 검은 점박이 무늬 표범이 산양을 노리며 다가갔다. 산양은 표범의 존재를 눈치채지 못하고 계속 이끼를 뜯어먹다가 갑작스레 달리기 시작했다. 표범도 놓칠 수 없다는 듯 뛰었다. 표범도 산양도 도대체 어딜 디디는지 짐작도 못 할 곳에서 먹히지 않고 살아남고자, 먹어 살고자 뜀박질을 했다. 표범이 한순간 날아올라, 자기 몸의 7~8배는 될 거리를 뛰어 산양의 목덜미를 물었다. 둘 다 미끄러져 떨어진다 싶은 순간 산양이 늘어졌다. 표범은 산양을 놓지 않고 버텼다. 그리고 힘겹게 사냥감을 끌고 오르기 시작했다. 야힘은 표범이 사라질 때까지 기척도 내지 못했다. 그는 한 번 뛰지도 못하고 잡힐 터였다.

날이 밝고, 밤이 오고, 다시 날이 밝았다. 몇 달이 지나자 바람 소리가 사람 소리처럼 들렸다. 산꼭대기에 오르면 영원히 끝나지 않을 것 같은 수많은 산들이 보였다. 하나를 넘으면 다음 산이 나왔다. 오르막길을 오르면 한 발만 잘못 디뎌도 미끄러질 내리막길이 기다렸고, 간신히 평평한 땅을 만났다 싶으면 어느새 풀뿌리를 잡고 기어야 할 오르막길이었다.

야힘은 아무리 추워도 개울을 마주칠 때마다 몸을 씻고, 머리를 다듬었다. 정신을 똑바로 차리기 위해서였다.

"검은 사막에서도 그랬다네. 매일 아침 손 감각에 의지해 수염을 깎았지. 날 믿을 수 없을 땐 습관에 기대는 게야."

야힘이 말했다.

야힘의 희망은 노비들이 그들을 다스리는 자들을 군주라 불렀다는 것뿐이었다. 그는 목적지가 멀지 않았다며 스스로를 다독이며 앞으로 나아갔다.

나뭇잎들이 붉고 노랗게 물들어 갔다. 야힘은 산딸기, 설익은 밤, 신 배를 따 먹으며 부디 눈이 내리기 전에 사람이 사는 곳에 당도하기만을 빌었다.

어느덧 해가 기울었다. 노을이 지는 하늘에 새매가 날았다. 어디선가 매를 부르는 휘파람 소리가 들렸다. 야힘은 또 환청인가 의심하며 소리 나는 쪽으로 걸었다.

한 무리의 사람들이 공터에 몰려 있었다. 그들은 한 번도 본 바 없는 새까만 피부에 머리도 피부만큼 까맣고, 눈은 시린 파란색이었다. 무두질한 가죽에 비단으로 장식한 옷을 입었고, 머리에는 두꺼운 귀가 밑으로 늘어진 토끼 가죽 모자를 썼다. 저런 귀를 한 토끼는 본 적이 없었다.

그들의 시중을 드는 이들은 하얀 피부에, 눈은 토끼처럼 빨

갈고, 귓불이 없으며 귀 끝이 유독 뾰족한 사람들이었다. 그들은 목에 사슬을 걸었고, 이마에는 불로 지진 낙인이 있었으며 여자고 남자고 간에 하반신에 천을 하나 둘렀을 뿐 벌거숭이나 마찬가지였다. 헐벗은 몸 곳곳에 긴 상처가 보였다. 흰 사람들은 바삐 장작을 모아 모닥불을 지피고 솥을 올려 식사 준비를 했다.

갑자기 소란스러워지더니 사냥을 갔던 사람들이 돌아왔다. 앞장서서 오는 이는 190센티가 넘는 거구였다. 행동거지를 보니 학식을 갖춘 듯했고, 태도는 엄격하면서 품위가 있었다. 머리에는 토끼 여러 마리를 이용해 만든 모자를 쓰고 어깨에는 커다란 색색의 깃털 장식을 달고 있었다. 그의 모자가 가장 높고 화려한 걸 보니 우두머리인 듯했다.

그는 상석에 앉아 주위에 있는 자들과 이야기를 나누었다. 다들 안색이 좋지 않은 게 사냥이 제대로 되지 않은 모양이었다. 흰 자들은 겁에 질려 그들과 눈을 마주치지 못했다. 우두머리가 흰 자들 중 한 여자를 가리켰다. 흰 사내들이 여자를 잡았다. 여자는 비명을 지르며 손으로 배를 보호했다. 흰 자들이 순간 주춤하자 검은 자들이 채찍을 휘둘렀다. 등에 채찍을 맞은 자가 무릎을 꿇고 쓰러지자 다들 더 이상 주저하지 않고 달려들어 여자를 형틀에 묶었다.

검은 자 중 하나가 나서 끝이 갈라지고 징이 박힌 쇠가죽 채찍으로 여자를 내리쳤다. 야힘은 여자의 말을 알아들을 수 없었지만 여자가 자비를 구하고 있으며, 검은 자들이 사냥이 실패한 걸 그 여자의 잘못으로 돌린다는 건 짐작할 수 있었다.

그들은 여자가 죽은 듯 늘어져서야 채찍질을 멈추고, 미리 준비해 온 음식과 매가 잡아 온 몇 안 되는 사냥감에 술을 깃들여 먹고 마셨다. 야힘은 그동안 숨죽이며 숨어 있었다.

마침내 그들이 짐을 챙겨 떠나자 여자에게 달려갔다. 야힘은 여자를 묶은 줄을 풀고, 옷자락을 적셔 입술을 축여 주었다. 여자가 눈을 들었다. 붉은 눈에 눈물이 맺혀 달빛에 반짝였다. 여자는 알아들을 수 없는 말을 중얼거리고는 숨이 끊어졌다.

나는 뻐근한 팔을 주무르고 이어질 이야기를 기다렸다. 야힘은 눈을 감고 있었다. 회상에 빠진 줄 알았더니 입가를 따라 침이 흘렀다. 소매로 야힘의 입을 닦았다. 밖으로 나가 어느 날부턴가 야힘 집에 살다시피 하는 조카 손자며느리를 불렀다.

"잠들었으니 살펴 주세요."

"알겠소."

아낙이 방으로 들어갔다. 나는 멀거니 툇마루에 앉아 구름이 껴 흐릿한 하늘을 바라보았다. 해가 지려면 아직 멀었다. 남은 시간은 뭘 하며 보낼까?

내 여행기를 쓸 마음이 들지 않았다. 야힘이 겪은 이야기에 비하면 너무 초라했다. 그가 지난 며칠 간추려 한 이야기만으로도 여행기 몇 편은 나올 것이다.

겨울에도 쉬지 않고 걸으며 최선을 다해 여행기를 써 왔다 자부했다. 하지만 야힘의 여행은 나와는 규모가 달랐다. 그의 방에는 지난 몇 년간 쓴 여행기가 가득 쌓여 있었다. 내가 지금까지 여행가로 살아오며 쓴 여행기는 발끝도 못 미칠 방대한

양이었다. 내가 야힘만큼 나이가 들면 저만큼 여행기를 쓸 수 있을까? 그가 검은 사막에 다녀온 나이에 나는 서가에서 첫 여행기도 마치지 못하고 낑낑댔다.

나는 게을렀는가. 난 대충 여행했나. 나도 최선을 다해 내 방식을 찾으며 여행한 것 같은데. 애초에 그 방식이, 내가 너무 하찮아 여기서 노력한다고 발버둥 쳐 봐야 아무 소용없는 걸까. 작은 그릇에 아무리 눌러 담은들 큰 그릇에 적당히 담은 만할까. 혹 내가 야힘 나이에 서가에 갔다면, 그럼 달라졌을까?

오래전 엘야르히무의 여행기를 읽고 나는 안 될 거라 너무 쉽게 좌절했나. 더 치열하게, 최선을 다해 썼다면, 기죽지 말고 야힘을 목표로 삼았다면, 더 먼 곳을 탐색할 용기를 냈다면 어땠을까. 지금이라도 그래야 할까. 난 아직 젊다. 내가 그럴 수 있을까? 뱁새가 황새 따라가다 가랑이만 찢어지려나. 그때 엘야르히무의 여행기를 읽지 않았다면 어땠을까? 그럼 앞서 포기하지 않고 지금보다는 나은 여행가가 됐을까?

"이보오, 여행가 양반."

조카 손자며느리가 다른 아낙들을 이끌고 와 나를 불렀다. 사나운 암탉 무리에게 둘러싸인 수평아리가 된 기분이었다.

"왜 그러세요?"

"으르신 상태가 좋지 않소이다."

"그렇군요."

나는 야힘에게 가 보려 일어났다. 아낙들은 길을 내주지 않았다.

"이만 떠나셔야겠소."

171

나는 당황했다.

"너무 야박하게 듣지 마시오. 여행가 양반이 온 후로 으르신 건강이 악화됐는데, 매일 여행가 양반을 붙들고 이야기를 하느라 더 나빠지는 듯하오. 여서 며칠만 가면 이보다 큰 마을이 하나 있소이다. 날이 풀리면 떠나시오."

머리가 아득했다.

"엘야르히무에 대해 그리 모른단 말입니까?"

내가 말했다. 야힘은 이 여행기를 끝마쳐야 했다. 어쩌면 그걸 위해 힘들게 버티고 있는지도 모를 일이었다.

아낙들이 코웃음을 쳤다. 야힘이 뭐라고 한들 날 보낼 생각이었다.

사람들은 한때 야힘이 마을에 돌아와 세를 내지 않게 된 것만으로도 고마워했다. 야힘이 죽어 가자 더 이상 고마운 사람이 아닌 어떻게든 오래도록 살려야 하는 존재가 되었다.

"야힘이 내게 해 주는 이야기가 얼마나 대단한 가치가 있는 줄 모르나 본데, 야힘을 얻고자 도시 하나를 건넨 영주도 있다고요. 봐요, 야힘은 늙었어요. 올겨울은 어찌 넘긴다 해도 내년까지 버틸 수 있을까요? 하지만 야힘의 여행기는 두고두고 남을 거라고요. 그게 얼마만 한 가치가 있는지 댁들이 아십니까?"

나는 궁둥이를 털며 일어났다.

"네네, 갑니다, 갑지요. 꼬맹이 몇이 글줄 좀 배웠다고 여행기를 제대로 흥정이나 할 줄 알려나 몰라. 뭐, 잘들 해 보십쇼."

팔까지 휘저으며 휘적휘적 안으로 들어가려는데 조카 손자 며느리가 소맷자락을 잡았다.

"도시 하나? 그게 사실이오?"

조카 손자며느리가 긴가민가한 눈으로 물었다.

"이 마을만 해도 그래요. 아, 야힘을 위해 물건 가져다주는 심부름꾼들이 말 안 합디까? 호화로운 영지를 하사하려 했는데, 야힘이 마다하고 고향으로 돌아왔다는 거? 여기서 세만 걷어도 야힘 혼자 먹고살기 어렵지 않은데, 왜 영주가 철마다 곡식이며, 비단이며, 종이며, 붓이며, 바리바리 싸서 보내겠소? 그게 다 야힘 여행기 때문 아니겠소이까? 그렇다고 영주가 감시를 붙여 야힘이 여행기를 몇 편이나 썼는지 일일이 확인하진 않으니, 댁들이 알아서 하쇼. 여기서 두어 달만 가면 서가가 있는 대도시가 있으니 직접 흥정해 보시구랴. 나 원 참, 야힘은 자기가 죽은 뒤에도 댁들 편히 살게 할 궁리하는 줄도 모르고, 날 쫓아내려 들어? 갑니다, 네, 갑니다, 야힘! 저 이만 갑니이이……"

안채를 향해 소리 지르는데 조카 손자며느리가 입을 막았다.

"아이구, 여행가 양반, 무슨 그런 섭섭한 소릴 하고 그래?"

"섭섭한 소리? 서업섭한 소리이이이이? 섭섭한 소리는 누가 했는데 그래요?"

나는 목청을 높였다.

"아유, 우린 그냥, 우리 같은 것들이 뭘 알아야 말이지, 우리나 여행가 양반이나 다 으르신 걱정하는 사람들 아니오?"

"으르신이 그렇게 깊은 뜻이 있을 줄 우리가 어찌 알았겠는가……"

아낙들이 팔을 잡으며 아양을 떨었다. 나는 못 이기는 척 방에 들어왔다. 아낙들이 푸짐한 상을 내왔다. 나는 거드름을 피우며 알아서 먹겠으니 나가 보라고 다 쫓아냈다.

아낙들이 사라지자 다리가 떨렸다. 어디서 그런 말이 튀어나왔는지 모를 일이었다. 카누인은 내가 절대 거짓말을 하지 않는다며 예쁘게 봐 주었다.

"어르신, 제가요, 일부러 그런 게 아니에요, 이건 어르신도 봐 주셔야 해요. 야힘의 이번 여행기는 반드시 끝까지 써야 하는 여행기예요, 아시죠?"

인기척도 없이 문이 열렸다. 화들짝 놀라 벌떡 일어났다. 갈리가 다 안다는 눈으로 날 바라보았다. 큰일 났다, 이제 꼼짝없이 쫓겨나는구나.

"엄마가 내일부터 다시 여행가 아저씨한테 글 배우래. 아저씨 간 다음에도 으르신 여행기 받아 적을 사람이 필요하다나? 내 참, 염치없이 궁둥이 들이밀 때부터 알아봤어. 그럼 그렇지. 어디 내가 으르신 등쳐 먹게 놔두나 봐!"

갈리는 자기 할 말만 하고 홱 돌아섰다. 갈리의 엄마는 짬이 날 때마다 바느질감을 던지며 갈리가 글을 배우지 못하게 방해했고, 갈리도 나한테 배우는 걸 좋아하지 않아 한동안 가르치지 않았다. 갈리가 나한테 배우고 싶지 않은 까닭은 뚜렷한 말로 설명하진 못할지라도, 내 여행기가 야힘의 여행기보다 형편없다 느껴서였다. 아낙이 갈리에게 다시 글을 배우라 한 이유는 사심 때문이었지만 결과로 봐서는 잘된 일이었다. 야힘이 못다 한 여행기가 이 여행기 하나는 아니리라.

갈리는 다음 날 아침 일찍 찾아왔다. 나는 종이를 펼쳤다.

"내 여행기는 감히 야힘의 여행기에 견주지 못하는데 말이다."

"알긴 아네?"

갈리가 뜻밖이라는 듯 말했다.

"마을 사람들은 야힘이 정정할 때 들려준 이야기보다 내 이야기를 더 쳐주지. 우리 둘만 알아. 감히 비교할 수 없다는 걸……. 그러니 네가 글을 배워다오. 내가 간 뒤에도 야힘의 여행기를 받아쓰도록……."

갈리는 물끄러미 날 보았다.

"여행기 팔아먹을 궁리하는 거 아니었어?"

"세상엔 돈으로 젤 수 없는 게 있어."

나는 간절한 바람을 담아 말했다. 갈리가 이 말을 이해해 내가 떠난 뒤에도 야힘의 여행기를 지킬 수 있다면……. 야힘을 후원한 영주는 여행기에 관심 없다 했다. 방에 처박혔다 물정 모르는 사람들에게 불쏘시개로 쓰이지만 않는다면…….

"우리 둘만 아니까, 우리 둘의 비밀로 하자."

갈리가 힘차게 고개를 끄덕였다.

"야힘 시중들기 힘들지?"

"할머니 때보다 훨 나아. 막판에 노망이 들어가지구설랑 엄마한테 엉덩이 가벼운 년이라느니, 찾아오는 사람마다 붙들고 시어밀 굶겨 죽인다느니 별소리를 다 했거든. 뭐, 울 엄마도 만만치 않았어. 밥을 줘도 굶긴다고 난리를 치니까 진짜 굶기기도 했거든. 제일 싫었던 게, 할머니가 내 팔목 꽉 쥐면서 "내가 빨리 죽어야 하는데……." 하면서 뭐라 대답하는지 보려고 사람 무섭게 노려보던 거…….

하도 징글징글하게 굴다 가서 죽으니까 하나도 슬프지 않고 그냥 후련하더라고. 그때 진짜 끔찍했거든. 낮에는 엄마랑 할머니가 서로 물어뜯고, 밤에는 아빠랑 엄마가 세간 다 박살 내며 싸우고. 그놈이 다시 올 것 같으냐는 둥, 이제껏 누가 먹여 살렸는데 운운하며…… 엄마는 자기가 이렇게 살 팔자가 아니었는데 다 네 놈 때문에 망쳤다며 악다구니를 쓰고…… 그래 놓곤 작년에 아빠 죽으니까 대성통곡하더라."

"그놈?"

"내 친아빠 여행가래. 여행가가 떠나고 얼마 있다 엄마랑 아빠가 혼인했는데 내가 일곱 달 만에 나온 거야. 잊을 만하면 그거 가지고 싸웠어. 그럼 엄마는 자기 친구랑 놀아난 건 뭐라고 변명할 거냐고 따지고. 저러다 하나 죽나 싶게 싸우곤 온 동네가 시끄러울 만큼 요란스럽게 방아를 찧어. 다음 날 집 밖을 나서기 창피할 정도였다니까? 가끔 그러려고 싸우나 싶었을 만큼……."

갈리가 망설이다 이름 하나를 댔다.

"내 진짜 아빠 이름이래. 들어 본 적 있어?"

나는 고개를 저었다.

"여행가들이 서로 다 알고 지내는 건 아니니까……."

"괜히 위로하려 들지 마. 이때까지 안 왔는데, 설마 오겠어? 어르신이 귀향하니까, 내 진짜 아빠도 어르신처럼 대단한 여행가가 되어 올 거라며 사방팔방 자랑하고 다닌 거 알아? 그러더니 아빠 죽은 지 1년도 안 지났는데 재혼한대."

갈리가 날 선 목소리로 말했다.

"아빠가 널 많이 아꼈나 보네."

"뭐, 그렇게 살가운 부녀지간은 아니었어. 그냥…… 한 번은 동생이 싸우다 나한테 우리 아빤 너네 아빠 아니지 않느냐고 하니까, 마당에서 장작 패다 말고 뛰어왔어. 애 잡겠다 싶어 엄마가 아빠 허리춤 붙든 사이에 나는 동생 감추고…….

뭐, 엄마가 재혼하는 거 뭐라 그럴 생각 없어. 간 사람은 간 사람이고, 산 사람은 살아야지. 나 같아도 어쩌겠어? 혼자보단 둘이 낫잖아. 몇 년 안에 누구든 눈이 맞는 남자와 혼인할 테고, 남편이 계집질 안 하고, 오래 같이 늙어 가는 거, 그거 외에 달리 바랄 게 있겠어?"

이제 열셋인 아이가 세상 다 산 노인 같은 얼굴을 했다.

"여행가가 되고 싶니? 서가에 데려다줄까?"

"응, 여행가가 되고 싶어. 한 마을에서만 사는 건 지긋지긋해."

나는 서가가 있는 가장 가까운 도시를 머릿속에서 더듬었다.

"두 달은 걸릴 테니 튼튼한 신발을 마련해 놔. 가는 길에 보이는 풍경이나 풍속을 잘 봐 둬야……."

"대도시에 가면 자수만으로도 먹고살 수 있다더라."

갈리는 이어 앞으로 하고 싶은 여러 가지 일에 대한 이야기를 늘어놓았다. 적당히 맞장구치다 수업에 들어갔다. 다른 삶에 대한 막연한 동경이 있을 뿐 진짜 떠날 아이는 아니었다.

야힘은 며칠 후 다시 기력을 회복해 날 불렀다. 나는 받아쓰던 여행기를 펼쳐 어디까지 이야기했는지 큰 소리로 읽었다.

"귀 안 먹었어, 고함지르지 않아도 돼."

야힘이 말했다. 나는 멋쩍어 뒷머리를 긁었다.

야힘은 여인을 묻어 주고 산을 내려갔다. 산 아래에는 밭이 넓게 펼쳐져 있었다. 밭에는 가시덩굴처럼 억센 줄기에 날카로운 가시가 잔뜩 돋은 식물이 자랐다. 야힘은 처음 보는 식물이었다. 그 밭에서 흰 자들 사이에 드문드문 검은 자들이 섞여 맨손으로 잎을 땄다. 감독들은 모두 검은 자들로 채찍을 들고 돌아다니다 그저 손이 심심해서라는 듯 멀쩡히 잎을 따는 자들에게 한 번씩 휘둘렀다. 그래도 같은 검은 자들은 일을 게을리하는 모습이 들키지 않는 한 때리지 않았다.

흰 자들은 감독들이 움직이는 대로 일했다. 감독들의 시야에 들어온 자들은 성실히 잎을 모았다. 감독과 좀 떨어진 자들은 대충 일하는 시늉만 했고, 감독이 볼 수 없는 곳에 있는 자들은 아무 일도 하지 않았다.

야힘은 허리를 낮추고 밭을 빙 돌아 밭 가장자리에 있는 오두막으로 가 옷을 훔쳤다. 두건을 깊이 눌러쓰고 나오는데 비명 소리가 들렸다. 감독들이 열대여섯 정도 된 피부가 흰 아이의 목에서 사슬 목걸이를 벗기고 있었다. 아이가 무릎을 꿇더니 살려 달라 빌었다. 감독들은 둘러서서 낄낄 웃으며 아이의 등을 떠밀었다. 아이는 다리를 붙들고 매달려 애걸했다. 감독들이 땅에 채찍질을 했다. 땅이 파이고 먼지가 흩날렸다. 아이는 비틀거리며 일어나 사방을 살폈다. 다들 아이를 못 본 척 고개를 숙였다. 아이를 도와줄 수 있는 자는 아무도 없었다.

아이는 다른 도리가 없음을 받아들이고 돌아서서 달아났다. 감독들이 활에 살을 매겨 쏘기 시작했다. 아이는 똑바로 달리지 않고 지그재그로 달렸고, 이따금 몸을 숙이거나 엎드렸다 다시 뛰었다. 화살은 아이의 머리를 스치거나 발치에 꽂혔다. 아이의 모습이 점점 작아졌다. 감독들이 술렁이더니 한 자가 말을 끌고 왔다. 그때쯤 아이는 손가락만 하게 보였다. 말에 올라탄 감독이 칼을 뽑아 말을 몰았다. 아이는 삽시간에 따라잡혔다. 작은 점처럼 보이던 아이가 바닥에 쓰러졌다.

야힘은 두건을 깊이 눌러쓰고 밭을 떠났다. 멀리 성벽이 보였다. 성벽이 가까워질수록 악취가 풍겼다. 입구에 거대한 구덩이와 형틀이 있었다. 악취는 구덩이에서 풍기는 시체 썩는 냄새였다.

성벽에는 허리를 굽혀야 겨우 들어갈 수 있을 법한 판자를 얼기설기 엮어 만든 집이 다닥다닥 붙어 있었다. 사람 하나 제대로 누울 수 있을지 의문이 들 만큼 작은 집에 노인과 아랫도리를 훤히 내놓은 벌거숭이 아이들이 드나들었다.

도시 중앙에는 구름을 뚫을 듯 탑들이 솟았다. 거리 곳곳에 일없이 주저앉았거나, 갈 곳 없이 서성이는 자들이 보였다. 대부분 신발도 없이 맨발이었고, 어깨에는 닻 모양의 낙인이 찍혀 있었다. 팔이나 다리를 잃은 자들도 심심찮게 눈에 띄었다.

야힘은 사람들 속에 섞여 가능한 한 고개를 들지 않고 걸었다. 뒤에서 고함 소리가 들렸다. 야힘은 다른 사람들처럼 길가로 피해 고개를 숙였다. 흰 자 십수 명이 멘 가마를 탄 이가 길을 지나갔다. 어젯밤 사냥터에서 본 우두머리였다.

야힘은 살그머니 가마 뒤를 따랐다. 우두머리는 중앙에 높은 탑을 세우고, 창문마다 색유리를 넣은 성으로 들어갔다. 벽은 처음 보는 재질의 하얀색에 붉은 점들이 반짝이는 돌을 깎아 쌓아 만들었다. 야힘은 드나드는 이들을 지켜보며 아까 그자가 군주이며, 저곳이 군주가 사는 성이라 짐작했다.

불현듯 성벽에 따개비처럼 붙어 있던 집들, 맨발로 돌아다니던 사람들이 떠올랐다. 보통 사람들이 입는 옷과 사는 곳, 군주의 옷과 그가 사는 성은 너무 달랐다. 많은 곳을 떠돌았으나 이렇게 극심한 빈부차가 있는 곳은 본 바 없었다. 맨발로 걷는 이들은 하나같이 흉흉한 눈빛으로 주변을 살폈고, 창을 든 군인들이 수시로 거리를 순찰했다.

야힘은 군인들이 오는 모습을 보고 살그머니 뒷걸음질을 쳤다. 누군가 야힘을 잡았다. 놀란 가슴을 누르며 두건을 더 깊이 쓰고 돌아보니 늙수그레한 여인이 뒤에 있는 열 살가량의 여자아이를 가리켰다. 여인의 피부는 검었지만, 여자아이는 노파만큼 까맣지 않았다. 혼혈임에 분명했다. 설마 저 어린아이의 몸을 사라는 건가? 야힘은 고개를 젓고 빠져나가려 했다. 노파가 성을 내며 야힘의 뒷덜미를 잡았다. 두건이 벗겨졌다. 노파가 비명을 질렀다. 군인들이 달려왔다. 그들은 야힘의 검지도, 희지도, 그렇다고 혼혈로 보이는 피부도 아닌 얼굴을 보더니 선뜻 가까이 오지 못하고 창을 들이댔다. 사방이 뾰족한 창으로 가로막혀 달아날 곳이 없었다. 그들은 야힘에게 무어라 말을 했지만 야힘은 한 마디도 알아듣지 못했다.

군인들은 자기들끼리 의논하더니 그중 한 명이 짐승 잡듯 올가미를 던졌다. 야힘은 꼼짝 못 하고 끌려갔다.

그들은 야힘을 군주가 사는 성 지하 감옥으로 데려갔다. 들어가는 순간 머리가 아프고 기침이 터졌다. 빛도 들어오지 않았고, 환기도 되지 않아 썩은 내와 곰팡내가 진동했다. 그들은 야힘을 피부가 검은 자들 속에 넣을지, 흰 자들 속에 넣을지 고민하다가 흰 자들이 있는 곳에 넣었다. 흰 자들은 야힘 때문인지, 보초들을 보고 겁을 먹어서인지 몸을 움츠렸다. 보초들은 야힘의 목에도 흰 자들처럼 사슬 목걸이를 걸어 벽에 묶은 후 나갔다.

감옥 안에서 시간을 알 수 있는 방법은 끼니와 일감이 내려올 때뿐이었다. 아침이면 간수들이 삼을 가져와 죄수들이 맨발이든 아니든 상관하지 않고 질긴 데 하나 없이 발로 짓이기게 했다. 다리가 말을 듣지 않도록 발을 움직이고 나면 쉰내 나는 빵과 주전자 하나를 주었다. 주전자에 든 물은 한 사람당 두 모금씩밖에 배당되지 않았다.

사슬은 한 걸음 움직일 길이도 못되어 볼일은 각기 옆에 있는 양철통에서 봤다. 4~5일이 지나면 넘치는 데도 일주일에 한 번 치워 다들 자기 배설물 위에서 자야 했다.

오물통이 네 번째 치워진 날 군인들이 다시 와 야힘, 야힘과 같은 방에 있던 흰 자들과 옆방에 있는 검은 자들을 끌고 갔다. 몇몇은 울부짖으며 부질없는 저항을 했고, 대부분 이미 죽은 자의 눈을 한 채 끌려 나갔다.

방문이 열리더니 갈리의 엄마가 보약을 들고 왔다.
"쉬엄쉬엄하세요."
"고마우이."

아낙은 두 손으로 약그릇을 받치고 야힘은 힘겹게 약을 삼켰다.

"주전부리라도 올릴게요."

아낙이 나가자 야힘의 입가에 흐뭇한 웃음이 떠올랐다.

"말년에 무슨 복이 있어 이런 사람들과 지내는지 모를 일이야, 안 그런가?"

"네, 야힘, 전 잠깐 뒷간 좀……."

나는 뒷간에 쪼그리고 앉아 주먹으로 눈두덩을 눌렀다. 마을 사람들은 여전히 야힘에게 지극정성이었지만 분명 눈빛과 태도가 달라졌다. 예전에는 보살폈다면 지금은 사육했다. 야힘은 그 차이를 감지하지 못했다. 야힘의 총기가 사라지고 있었다.

억지로 마음을 추려 방으로 돌아왔다. 야힘은 깜빡 졸다가 날 보더니 언제 졸았냐는 듯 시침 뚝 떼고 이야기를 이었다.

며칠 만에 햇빛을 받자 눈이 아팠다. 야힘은 눈을 찡그리고 눈앞의 풍경을 살폈다. 네댓 명 들어갈 만한 나무 창살이 달린 수레가 보였다. 중죄수 네댓은 수레에 타고 나머지는 걸어가나 보다 했는데, 군인들이 죄수들을 하나씩 짐짝처럼 집어넣기 시작했다. 실제 물건이라 해도 그렇게 함부로 취급하진 않을 것 같았다. 삽시간에 다섯 명이 들어간다 싶더니 열 명이 들어갔다. 깔린 자들이 비명을 질렀지만 군인들은 그저 짜증 나고 귀찮은 일처럼 쑤셔 넣을 뿐이었다.

야힘은 열네 번째로 구겨 들어갔다. 그는 차례가 다가올 때부터 마음을 단단히 먹고 몸을 돌려 다리부터 들어가 위에 있는 창살을 붙들고 매달렸다. 밑에 깔린 자들이 앓는 소리를 냈다. 그들에게 무게를 주고 싶지 않아도 뜻대로 되질 않았다. 한동안 혹사당하며 제대로 먹지 못해 팔에 힘이 들어가지 않은 데다 사람들이 포개져 야힘이 매달린다고 될 일이 아니었다.

야힘은 눈을 굴려 어디로 가는지 파악하고자 애썼다. 수레는 도시 입구를 향해 나아갔다. 사람들은 수레를 따라오며 욕설과 조롱을 퍼부으며 썩은 채소와 과일, 배설물을 집어 던졌다. 야힘은 얼마 가지 않아 매달린 걸 후회했다. 2층 창문이나 난간, 옥상에서 아래로 던지는 썩은 달걀, 채소 따위를 고스란히 맞아야 했다. 심지어 바지를 내리고 소변을 갈기는 자까지 있었다.

성문을 지나자 사람들의 야유와 환호 소리가 커졌다. 수레가 서더니 들어갈 때처럼 하나씩 끌려 나왔다. 나와 보니 도시 입구에서 봤던 거대한 구덩이와 형틀이 있는 곳이었다.

누더기를 입은 도시 주민들이 형벌을 구경하기 위해 몰려왔다. 낮부터 취한 자들이 태반이었고, 어린아이들조차 술을 마신 듯했다. 구경꾼들은 술병을 흔들며 고함을 질렀다.

군주가 상석에서 지켜보는 가운데 군인들은 피부가 검은 자들을 교수대에 올렸다. 하나씩 떨어질 때마다 사람들은 발을 구르며 흥분했다. 죽은 자들은 거대한 구덩이에 버려졌다. 피부가 흰 자들은 말뚝에 묶였다. 다른 흰 자들이 그들에게 기름을 붓자, 관리가 불을 붙였다. 살이 타는 냄새가 코를 찌르고 시커먼 연기가 하늘로 치솟았다. 말뚝에 묶인 자들이 발버둥을 치며 몸부림을 쳤다. 그러다 줄이 타 끊어지니 묶였던 자가 빠져나오려 했다. 구경꾼들은 막대를 들고 몸부림치는 다리를 두들겨 도로 집어넣으며 웃어젖혔다.

관리 하나가 군주에게 다가가 머리를 조아리며 무어라 말했다. 군주가 화를 냈다. 죄수에 비해 장작을 충분히 준비하지 못한 것이다. 군주가 무어라 말하자 관리가 군인들에게 전달했다. 군인들은 지시대로 장작이 모자라 화형을 면한 자들을 산 채로 구덩이에 집어 던졌다. 그러더니 주변에 있는 흰 자들에게 그들을 향해 돌을 던지게 시켰다. 노예 신세인 흰 자들은 아무 표정 없는 얼굴로 살려 달라 울부짖는 자기와 같은 자들에게 돌과 바위를 던졌다.

어떻게든 구덩이에서 빠져나오려던 자가 아래 묻혔던 시체의 팔에 걸려 넘어졌다. 그자의 머리로 돌덩이가 떨어졌다. 머리뼈가 박살 나며 뇌수가 흘렀다. 그자의 몸이 경기라도 일으킨 듯 떨렸다.

군인들이 흰 자들에게 아직 멀쩡한 자들을 가리켰다. 흰 자들은 군인들이 가리키는 자들에게 돌을 던졌다. 몇은 아예 제대로 맞춰 달라는 듯 무릎을 꿇고 몸을 가져다 대었고, 몇은 아예 넋이 나가 꼼짝도 하지 않았다.

그중에 열서너 살 먹은 아이도 있었다. 아이는 흙더미를 기어오르려 용을 썼다. 군인들은 오르는 꼴이 재밌어 낄낄 웃었다. 군인 중 하나가 자갈을 던졌다. 자갈은 아이의 얼굴을 스쳤다. 다른 군인들도 가담했다. 어른 아이 할 것 없이 신이나 누가 누가 잘 맞추나 경쟁이라도 하듯 자갈을 집었다.

아이가 몇 번이고 돌에 맞아 피를 흘리면서도 끝까지 기어

오르자, 이때만을 기다리던 군인이 당나귀처럼 크고 흰 이를 한껏 드러내며 양손에 들고 있던 바위를 머리에 내리쳤다. 아이는 떨어져 꿈틀거리다 잠잠해졌다.

더 이상 자기 힘으로 구덩이를 빠져나올 자가 보이지 않자 군인들이 타다 남은 시체를 구덩이에 던졌다. 그중에는 아직 숨이 붙은 자도 있었다. 흰 자들이 얇게 흙을 덮었다.

야힘은 내내 한 가지 생각만 했다. 정신을 놓으면 안 된다, 절대 정신을 놓으면 안 된다.

군인들은 야힘은 어떻게 처리할지 의논했다. 흰 자 중 하나가 군인의 지시에 따라 그의 옷을 모두 벗겼다. 군인들은 야힘의 성기를 신기한 듯 구경했다.

야힘은 몇 달을 홀로 산에서 지냈지만 개울이 보일 때마다 몸을 씻었고, 늘 지니는 칼로 얼굴과 수염을 다듬어 왔다. 그는 자기를 사람으로 보지 않는 태도를 이해할 수 없었다.

야힘은 아는 언어는 총동원해 자기 이름은 엘야르히무고, 여행가라는 말을 반복했다. 아무도 귀 기울이지 않았다. 군인 중 하나가 흰 자들 중 여자에게 무어라 말했다. 여자가 인형처럼 다가와 야힘의 성기를 만졌다. 군인들이 가까이 와 야힘이 발기하는 모습을 보며 웃고 떠들었다. 처형을 구경하는 구경꾼들도 목을 길게 뺐다. 이렇게 수치스러운 적이 없었다.

상석에 있던 군주가 뭐라 말하자 여자가 그에게 떨어졌다. 검은 자 한 명이 다가와 야힘의 주머니에서 떨어진 붓을 들어 보였다. 종이는 모두 잃었고, 다른 붓은 망가지거나 꺾여 하나만 남아 소중히 지녀 온 붓이었다.

군주가 야힘에게 무언가 물었다. 야힘은 무릎을 꿇고 손가락으로 바닥에 "내 이름은 엘야르히무입니다. 나는 여행가입니다."라고 썼다. 군주가 다가와 유심히 들여다보았다. 야힘은 아는 언어로 모두 같은 말을 썼다. 여자가 군주의 지시를 받아 그에게 옷을 입혔다.

야힘은 다시 잠이 들었다. 나는 야힘을 눕히려 가만히 그의 어깨에 손을 댔다. 야힘이 늙은 황소처럼 느리게 눈을 끔벅였다.

"아이쿠야, 또 깜빡했는가?"

"오늘은 이만할까요?"

"아니야, 자네만 괜찮다면 조금 더 해 보세."

나는 자리로 돌아가 붓을 잡았다.

군주는 야힘을 자기 성으로 데리고 갔다. 흰 자들이 그를 씻기고 새 옷을 입혔으며, 목에 자기들처럼 사슬 목걸이를 걸었다. 그중 나이는 50줄에 이르고, 체격이 왜소하며 유독 눈이 빨간 자가 그의 목에 걸린 줄을 잡고 군주에게 데려갔다.

군주의 방 벽에는 검은 자들이 배를 타고 섬으로 가는 모습, 섬에서 흰 자들과 싸우는 모습, 검은 자들이 흰 자들에게 쓰러지는 모습, 재차 배를 타고 가 마침내 승리해 흰 자들을 대륙으로 끌고 오는 모습을 그린 태피스트리가 걸려 있었다.

군주는 태피스트리 아래 참나무로 만든 책상에 앉아 야힘을 맞이했다. 가까이서 보니 예순은 넘은 듯했는데 젊은이 못지않게 건강했다. 코는 큰 편이며 하관이 발달해 억센 인상을 주었으며, 턱수염을 공들여 길렀다. 그는 야힘을 면밀히 살펴, 야힘이 태피스트리의 그림을 이해했음을 간파했다. 군주가 야힘에게 말을 걸었다. 야힘은 이름을 묻는 것이리라 짐작하고 자기 자신을 손가락으로 가리켰다.

"엘야르히무."

그는 또박또박 발음했다.

"엘야른무?"

군주가 뒤에 몇 마디를 더 했다. 야힘은 자기 자신을 가리키며 "엘야르히무."라는 말을 반복했다. 그는 손짓 발짓을 섞어 자기가 여행가라는 걸 설명했다. 군주가 이해했는지는 알 수 없었다. 군주는 잠시 생각하더니 야힘을 끌고 온 늙은이에게 무언가 지시를 내렸다.

늙은이는 야힘을 방으로 데려가 한참 고민하다 의자를 가리키며 무어라 말했다. 야힘은 따라 말했다. 늙은이는 야힘이 한 번에 정확하게 발음하자 놀랐다. 야힘은 의자에서 일어나 앉는 시늉을 하며 의자라는 단어를 반복했다. 야힘의 질문을 이해한 늙은이가 '앉다'는 말을 가르쳐 주었다. 이어서 '서다', '걷다', '먹다', '마시다' 등 간단한 단어를 익혔다. 그 후 일사천리로 말을 배워 나갔다. 늙은이는 자기처럼 흰 자들은 모두 노예고, 검은 자들은 주인이라 했다.

얼마 후 군주가 다시 그를 불렀다. 군주는 헤엄이라도 칠 수 있을 법한 욕조에 들어가 있었다. 김이 모락모락 오르는 욕조에는 꽃잎이 떠다녔고, 향기로운 향이 풍겼다. 흰 자들이 줄지어서 그의 땀을 닦거나 청포도로 빚은 술을 따르고, 물이 식지 않게 새로 데운 물을 넣었다. 군주가 늙은이에게 무어라 말하자 늙은이가 통역했다.

"어떻게 여기로 왔는지 묻는군."

"산을 넘어왔네."

늙은이가 말을 옮겼다. 군주가 갑자기 흥미를 보였다. 나중에 알았지만 이들은 지난 수백 년간 산 너머에 무엇이 있는지 알아보고자 수차례 사람을 보냈다. 하지만 누구도 돌아오지 못했다.

"산을 넘는 데 얼마나 걸렸는지 묻는군."

"6개월 정도 걸렸네."

야힘은 이어 곰을 만나 나무에 매달려 있던 이야기, 길을 닦는 데 팔려 간 이야기를 했다. 군주는 길을 닦는 자들에 대해 꼬치꼬치 묻더니 또 무어라 말했다.

"어떻게 그렇게 빨리 말을 배우느냐 묻는군."

"온갖 곳을 떠돌아다니다 보니 말을 배우는 게 빠르지. 왜 내게 주인의 말을 가르치지 않는지 물어보게."

늙은이는 그 말에 두려운 기색을 감추지 못했다. 노예는 질문하면 안 되었다. 그는 군주의 눈치를 보며 말을 옮겼다. 군주가 대답했다.

"짐승은 사람 말을 배워선 안 되기 때문이라고 하네."

"난 짐승이 아니라 사람일세."

늙은이가 아까보다 더 겁에 질려 말을 옮겼다. 군주는 호탕하게 웃더니 알몸을 보이는 데 전혀 개의치 않으며 욕조에서 일어나, 그만 물러가라 손짓했다.

이후 군주는 사나흘에 한 번씩 야힘을 불러 그간 겪은 일들을 묻고 들었다. 군주가 가장 흥미를 보인 이야기는 산을 넘으려 길을 닦는 자들이었다. 하지만 얼마 지나지 않아 그들에 대한 흥미를 잃었다. 그들 또한 사람이 아니고, 언제고 길을 다 만들어 이곳에 당도하면 흰 자들처럼 자기들을 섬기게 하면 된다고 결론지은 듯했다.

  "난 사람이라 하게."

  야힘이 말하자 늙은이가 통역했다.

  "자네 같은 피부를 한 사람은 본 적이 없다 하네."

  "당신도 나와 피부색이 다르나 사람이지 않은가?"

  "난 사람이 아니야. 짐승이고, 노예야."

  늙은이가 떨리는 목소리로 말했다. 군주가 둘이 무슨 이야기를 나누는지 물었다. 늙은이가 즉시 말을 옮겼다. 군주가 늙은이에게 말했다.

  "우린 사람이 아니고, 자네도 사람이 아니라 하네."

  "내가 사는 지역 사람들은 모두 나와 피부색이 같아. 난 평생을 떠돌아다녔고, 다양한 피부를 가진 사람을 봐 왔어. 구불구불한 강에 사는 사람들의 피부는 붉은색이지. 피부색으로……."

  늙은이가 말을 자르더니 옮겼다.

  "피부색으로 사람인지 아닌지 가를 수 없어."

  야힘이 마저 말했다. 늙은이가 군주에게 말을 옮겼다.

  "한 번에 너무 길게 말하지 말게."

  늙은이가 야힘에게 말했다. 야힘은 알겠다고 고개를 끄덕였다.

"난 글을 읽고 쓸 줄 알아."

야힘이 말했다. 늙은이가 말을 옮겼다.

"붉은 피부를 가진 이들도 글을 읽고 쓸 줄 알았어."

늙은이가 말을 옮겼다.

"난 그들의 말과 글을 배웠네."

늙은이가 말을 옮겼다.

"그들에게도, 우리에게도 법이 있고, 질서가 있고, 예의와 규범을 지키며 살아. 그런데 어떻게 내가 사람이 아니라는 건가?"

늙은이는 말을 제대로 옮기지 못하고 헤맸다. 주인들은 노예 중 몇 명에게만 일을 시키는 데 꼭 필요한 말만 가르쳤다. 늙은 노예는 가까스로 야힘의 말을 옮겼다. 군주는 한참 동안 말을 늘어놓았다.

"주인께서 법이 아니라 하시네."

늙은이가 한 문장으로 옮겼다.

"그보다 더 길게 말하지 않았나?"

"예의가 예의가 아니라 하시고……."

군주는 늙은이가 제대로 옮기지 못하는 걸 눈치채고 답답해했다. 그는 무언가 설명하려다가 그만두고 손짓해 그들을 내보냈다.

그날 저녁, 피부가 검은 자가 와 야힘에게 주인의 말을 가르쳤다. 야힘은 노예의 말을 배울 때보다 더 빠른 속도로 말을 익혔다. 그를 가르친 자는 관리나 부유한 이들의 아이들을 가르치는 자이기에 가르치는 법을 알았다. 그 역시 야힘이 말을 배우는 속도에 혀를 내둘렀다.

야힘이 주인의 말에 능숙해지자 군주가 불렀다.

"배우는 솜씨가 빠르다 들었네."

군주가 말했다.

"곳곳을 떠돌며 많은 말을 배우고 익혀 와 그렇습니다. 감히 주인께 말씀드립니다. 주인께선 노예를 사람이 아닌 짐승이라 여기신다는데 사실이신지요."

"벌써 그 정도로 말을 익혔는가?"

군주가 감탄해 말했다.

"주인께 다시 말씀드립니다. 주인께선 저나 노예들을 사람으로 여기지 않는다 들었습니다."

"저들은 사람이 아닐세. 자네도 마찬가지야."

군주가 당연하다는 듯 말했다.

"저들에게 글자는 없으나 저들 사이에 사용하는 저들만의 말이 있습니다. 짐승은 말하지 못합니다."

야힘은 일단 저들부터 사람임을 설명하고자 말했다.

"원앙 새끼도 어미가 내는 소리를 구분하네. 매가 떴다는 경고인지, 먹이를 찾았다는 건지, 가까이 오라는 뜻인지 말일세. 원앙이든 침팬지든 하이에나든 수많은 짐승들이 그 정도는 할 줄 아네. 그래서 그것들이 사람이겠나?"

"짐승들도 분명 몇 가지 소리로 의사소통을 합니다. 하지만 사람만큼 다채롭진 않습니다. 저는 저들의 말도 계속 익히고 있습니다. 저들의 말은 주인께서 쓰는 말만큼 다양한 어휘가 있습니다."

"저들이 원앙이나 침팬지보다는 나은 수준으로 의사소통을 하는지도 모르지. 그래서 어휘력으로 사람인지 아닌지를 판단하라는 말인가? 난 사냥개가 100마리도 넘게 있네. 그중에는 와라, 가라, 기다려 따위 말만 겨우 알아듣는 놈들도 있고, 30개가 넘는 말을 이해하고 지시에 정확히 따르는 똑똑한 놈도 있지. 그럼 똑똑한 놈이 다른 개보다 사람에 가깝거나 사람이겠나? 사람에겐 법과 질서, 예의, 도덕이 있네. 저들에겐 상위 개념을 표현하는 말이 없어."

군주는 야힘이 뭐라 반박할지 예상한 듯 여유로운 웃음을 짓고는 장사치들이 물건을 소개할 때처럼 줄줄이 대답을 이어 갔다. 한두 번 해 본 말이 아닌 듯했다.

"잠시 저들과 이야기하도록 허락해 주시겠습니까?"

"그렇게 하게."

야힘은 그를 데리고 온 늙은 노예와 이야기를 나눴다. 늙은 노예는 야힘의 질문에 알 수 없는 얼굴을 하며 침묵했다. 야힘은 자기 말이 서툴러 질문을 이해하지 못했나 싶어 말을 바꿔 다시 물었다. 늙은 노예는 몇 번이나 묻고 독촉해서야 겨우 대답했다. 야힘은 이야기를 마치고 군주에게 말했다.

"저들에게도 질서가 있습니다. 나이 든 이의 말을 따르고, 아이들을 보호합니다. 가장 현명한 자가 족장이 되고, 의술을 쓰는 이들도 있습니다."

"개들도 훈련시키면 주인과 적을 구분해. 들개들도 우두머리의 말을 따르지. 먹잇감을 습격하기 전 우두머리의 지시에 따라 대열을 짜고, 숨고, 유인하고, 몰 줄 알아. 새끼를 먹이고 보살피는 건 물론일세. 다시 묻겠네. 그래서 내 사냥개나 들개가 사람인가? 저들은 머리를 손질하고, 옷을 입는 법도 몰라. 겨울이 오면 짐승 가죽을 두르지만 여름에는 여자고, 남자고 헐벗고 다니며 아무 때나 뒤엉킨다네. 저들은 수치심이 없어."

"아예 아무것도 입지 않았습니까? 분명 치부는 가렸을 겁니다. 저들이 입던 것도 옷일 수 있습니다. 저는 여러 곳을 여행했습니다. 각기 다른……"

"저들이 어떤 꼴로 사는지 못 봐서 하는 말일세."

군주가 말을 잘랐다. 야힘은 자기에게 말을 가르친 늙은 노예를 가리켰다.

"이자는 제가 하는 말을 모두 정확히 이해하고 알아들었습니다. 제가 지금껏 만나 온 다른 사람들처럼요. 글도 가르치면 분명 익힐 겁니다."

"익히지 못해. 저들은 숫자가 없네. 몇 번 가르치려 해 봤으나 아무 소용없었어. 저들은 수를 이해하지 못해."

야힘은 늙은 노예에게 수에 대해 물었다. 노예는 야힘의 말을 이해하지 못했다. 야힘은 군주에게 시간을 달라 청했다. 군주는 어디 해 보라는 듯 선선히 허락했다.

늙은 노예는 야힘을 데리고 방으로 돌아갔다. 야힘은 자기 손가락을 하나하나 가리켰다. 노예는 각 손가락의 이름을 말했다. 그에게 검지와 엄지는 각기 다른 손가락일 뿐이었다. 몇 번을 설명해도 검지와 엄지가 각기 다르되 수로는 같은 하나라는 사실을 이해하지 못했다. 사물로 설명해 봐야 마찬가지였다.

야힘은 포기하지 않고 무리 지어 사냥을 나갈 때 사람 수를 어떻게 헤아리는지 물었다. 늙은 노예는 침묵했다. 야힘이 질문을 이해하지 못했나 싶어 다른 방법으로 물어도 마찬가지였다. 지친 야힘이 군주에게 어떻게 설명할지 궁리할 때 노예가 대답했다. 손가락으로 물었을 때와 같았다. 개별 사람으로 구분할 뿐 세지 않았다.

"답답하지?"

다시 군주의 부름을 받아 간 날, 그가 다 안다는 듯 말했다.

"뭐든 물으면 대답을 듣기까지 한나절이 걸리지. 저자는 우리가 교육시킨 덕에 그나마 빨라진 게야."

야힘도 그간 이들이 뭘 묻든 바로 대답하지 않는 걸 느껴왔다. 야힘은 늙은 노예가 질문을 제대로 이해하지 못했거나, 노예 생활을 하다 보니 자기들에 대해 말하는 걸 두려워해서라 여겼다.

"이들이 수는 이해하지 못할지 모르나 대신 기억력은 정말 놀랍습니다. 글을 가르치면 바로 익힐 수 있을지도 모릅니다. 숫자도 시간을 더 주시면……."

"말을 할 줄 알고 글을 쓴다 하여 다 사람이 아닐세. 그럼 말 못하고 글을 쓰지 못하면 사람이 아니란 말인가? 내 두 번째 부인은 아들을 낳다 죽었지. 아들은 뭐가 문제인지 제대로 말하지도, 사람과 눈을 마주치지도 못해. 수많은 의사들이 그를 고치려 했고, 많은 선생들을 불렀으나 끝내 배우지 못했네. 그래서 그 아이는 사람이 아니란 말인가?"

"그 아이는 아픈 아이일 뿐입니다. 피부색을 제외하면 저와 노예들, 주인이 다른 점이 무엇입니까? 왜 저나 노예가 사람이 아니라 하십니까?"

"우리가 그저 피부가 허옇고, 눈은 빨갛다는 이유로 저들을 짐승이라 판단한 줄 아는가?"

군주는 태피스트리 옆에 있는 초상화를 가리켰다. 초상화 속 인물은 50대 정도로, 뒤로 넘긴 머리 아래 이마는 단단했으며, 움푹 파인 눈은 강인했고, 잘 발달한 하관에 턱수염을 길렀다. 섬세한 세공을 넣은 갑옷 차림에 오른손에는 칼자루를 단단히 쥐고 있었다.

"내 부친일세. 부친은 어릴 때부터 모험심이 넘치고, 하고자 하는 일은 반드시 이루는, 의지가 굳은 분이었지. 부친께서 젊은 시절 우리 지역은 사정이 좋지 않았네. 연이어 흉년이 들어 농민들은 농지를 버리고 일자리를 찾아 도시로 와 도시에 부랑자가 넘쳐났네. 부친은 이 문제를 해결하려면 결단이 필요하다 여겼지."

그는 태피스트리로 눈길을 돌렸다. 태피스트리에는 이들이 사는 육지, 육지 너머 폭풍이 몰아치는 바다, 그 바다를 건너면 나오는 커다란 섬이 그려져 있었다.

"오래도록 저 섬은 엘도, 혹은 황금 섬이라 불렸네. 땅만 파면 금이 나오고, 폭포에서 금가루가 쏟아진다고 했지. 오래도록 많은 이들이 저 섬에 가려 했으나……."

"잠깐만요, 잠깐만요, 야힘!"

손이 떨려 붓을 들고 있을 수가 없었다.

"거기가 거긴가요? 황금의 섬? 그렇죠? 그자의 부친이 가려던 곳, 황금 섬, 맞죠? 그래서 그 섬에 간 건가요? 정말 자루만 들고 가서 주우면 될 정도로 금이 넘치더래요? 얼마나 찾아왔대요?"

나는 정신없이 말을 쏟았다. 야힘은 말이 없었다.

"야힘!"

나는 대답 없는 야힘을 원망스레 불렀다. 노예로 잡힌 자들의 처지가 가엾긴 하나 일단 정말 금이 있는 섬인지 아닌지 정도는 알려 줄 수 있는 것 아닌가. 야힘은 처연한 눈으로 날 보더니 말했다.

"들어 보게."

"그것만 알려 주세요, 네? 정말로 금이……."

나도 모르게 더 조르지 못하고 입을 다물었다. 야힘의 얼굴이 너무 슬퍼 보인 탓이었다. 문득 내가 흰 자들도 같은 사람이라 말하는 내용은 관심 없고, 야힘이 말한다는 사실만 신기해한 군주처럼 느껴졌다.

"죄송해요."

나는 다시 붓을 들었다.

처음 그 섬의 존재가 알려진 건, 3, 400년 전의 일이었다. 군주들이 사는 지역은 높고 험한 산이 많아 각 영지들은 주로 뱃길로 교류했다. 어느 날 무역을 하던 배가 정처 없이 바다를 떠돌던 구명선을 발견했다. 배에는 세 사람이 타고 있었는데, 이들은 자기들이 탔던 배가 폭풍우에 휩쓸렸다고 말했다. 선장과 선원은 다 죽었고, 이들만 구명선에 의지해 낯선 섬에 도착했다가 구명선을 개조해 섬을 빠져나왔다고 했다.

군주는 이들이 배에서 반란을 일으키다 실패해 구명선에 버려졌다 여겼다. 그중 한 명은 과거에도 선상반란에 연루되었던 적이 있었다. 그들은 반란을 일으킨 게 아니라 폭풍우에 휘말려 전설 속 황금의 섬에 도착했다고 주장했다. 섬에는 토끼처럼 피부가 하얗고, 눈은 빨간 자들이 사는데 족장들이 금장식을 하고 있더라며, 그곳이 다시없는 지상낙원이었다고 했다.

군주는 왜 지상낙원을 떠났느냐고 물었다. 셋 중 한 명은 저주받은 섬이라 사람은 살지 못할 곳이라 떠났다 했고, 다른 한 명은 다시 배를 몰고 가 금을 가져오기 위해서라고 했으며, 마지막 사람은 정신이 나가 제대로 된 말을 하지 못했다. 군주는 그럼 금은 어디 있느냐 물었다. 그들은 파도에 휩쓸려 잃어버렸다고 말했다. 군주는 더 들을 가치가 없다 여겨 셋을 처형했다.

당시 군주의 어린 아들은 이들의 주장을 인상 깊게 들었다. 구명선을 수선한 나무는 분명 이 지역에서는 자라지 않는 나무였으며, 이들이 물병으로 쓴 꼬리가 가는 비버 가죽도 처음 보는 형태였다.

아들은 자라 군주의 자리에 올랐고, 그 일은 잊고 살았다. 그러던 어느 날 토끼 사냥을 갔다가 유독 털이 희고 고운 토끼를 잡았다. 불현듯 "토끼처럼 피부가 하얗고, 눈은 빨간 이들"이라는 말이 떠올랐다. 그는 오래전 재판 기록을 찾아, 그들이 남긴 말을 토대로 섬의 위치를 추정해 배를 보냈다.

배는 몇 달을 항해한 끝에 섬을 발견했다. 섬에 가까이 갈수록 안개가 꼈으며, 암초가 많아 쉬이 다가갈 수가 없었다. 거기에 더해 접근을 금지하는 거인의 울음소리가 들려왔다. 선원들은 겁에 질려 당장이라도 반란을 일으킬 듯했다. 선장은 상륙을 포기하고 귀환을 명했다.

돌아오는 길에 폭풍우를 만나 어딘지 모를 곳으로 떠내려가 낯선 바다에서 헤매는 동안 식량이 떨어졌다. 선원들은 괴혈병과 굶주림으로 하나둘 쓰러졌다. 선장은 하루가 멀다 하고 선원을 잃으면서도 필사적으로 해로를 다시 찾았다. 떠난 자들은 98명이었는데 돌아온 자는 17명이었다. 선장은 몸을 회복하지 못하고 며칠 뒤 숨을 거뒀다.

이후 긴 세월 동안 수많은 자들이 섬에 상륙하려 했다. 큰 배는 댈 곳이 마땅치 않아 작은 배를 따로 끌고 갔다. 상륙했던 자들은 아무도 돌아오지 못했으며, 기다리던 선원들은 겁에 질려 섬을 떠났다.

"부친은 바로 그 섬에 가고자 했어. 당시 군주였던 조모의 도움을 받지 않고 스스로 해내고자 고리대금업자에게 가진 재산을 모두 저당 잡혀 사병을 모집했다네. 그러자 고모가 조모에게 부친이 다른 마음을 품고 있다 모함했지. 조모는 부친이 출항하지 못하도록 막는 명령서를 보냈네. 하지만 부친은 굴하지 않고 떠났어."

군주는 이야기를 계속했다.

군주의 부친은 떠나기 전 그간 황금의 섬에 도달하려던 시도를 아주 사소한 것 하나 빼놓지 않고 다 찾아보며, 왜 실패했는지 면밀히 연구했다. 큰 배는 애초에 무리라 판단해 날렵하면서 튼튼한 배를 새로 지었고, 섬에 보낼 배도 따로 제작했다.

준비를 마친 부친은 배 다섯 척에 선원 718명을 태워 출발했다. 하늘이 도왔는지 큰 고비 없이 두 달 만에 한 섬에 도착했다. 부친은 선수루에 서서 섬을 바라보았다. 깎아지른 절벽으로 에워싸인 점이나 가까이 갈수록 안개가 짙어지며 땅을 울리는 음산한 울음소리가 들리는 점 등등 모두 기록 그대로였다. 감격한 부친과 달리 선원들은 겁에 질려 저주를 막는 몸짓을 하며 이 이상 섬에 접근하기를 거부했다.

군주의 부친은 선원들에게 울음소리는 그저 땅이 흔들리는 소리에 불과하다 말했다. 그는 섬에서 들리는 소리가 잦은 지진으로 인한 소리라 확신했다. 겁먹은 선원들을 달래기 위해 제일 먼저 섬에 발을 디딘 선원에게 그가 지니고 간 자루 가득 금을 담게 해 주겠노라 약속했다. 결국 배를 지킬 최소한의 인원만 남고 모두 작은 배 22척에 30명씩 타 노를 저어 갔다.

배 가장자리마다 등을 밝혔으나 안개는 바로 뒤에 앉은 사람도 제대로 확인하기 어려울 만큼 짙었다. 그나마도 습기로 인해 오래 버티지 못하고 하나둘 꺼져 갔다. 그들은 이따금 고함을 쳐 서로의 위치를 확인했다.

갑자기 다른 배에 탄 자들이 비명을 질렀다. 선원들이 바다에 빠지는 소리, 살려 달라는 절규, 물을 차며 거칠게 헤엄치는 소리가 들려왔다. 군주의 부친은 아랑곳 않고 전진하라 명했다. 누군가를 구할 여유가 없었다.

얼마 가지 않아 또 다른 배가 부서지고, 사람이 물에 빠지는 육중한 소리, 격렬하게 물장구치는 소리, 물속에 끌려가지 않으려 버티는 소리, 물을 먹으며 끌려 내려가는 소리가 들렸다.

군주 부친의 배에 탄 자들이 이 섬은 저주를 받았다며 돌아가 자고 악을 썼다. 부친은 칼을 뽑아 제일 먼저 주장한 자의 목에 겨눴다. 그는 다른 배들은 소용돌이에 휩쓸렸을 뿐, 저주 따윈 없으며 돌아갈 길 또한 없다고 단언했다. 그들은 멈추지 않고 절벽 틈으로 노를 저어 섬에 도착했다. 이후 7척이 더 상륙했다. 다른 배들은 끝내 나타나지 않았다.

해변을 지나자 안개가 걷히더니 우거진 숲이 나타났다. 숲에서는 단말마 비명처럼 우는 새소리가 들렸다. 다들 두려워했으나 부친은 섬에 깃발을 꽂고 이제 이 섬은 그들의 영토라 선언했다.

"나도 부친의 배에 있었다네. 그때 고작 열두 살이었지. 지금도 그 순간을 잊을 수가 없어."

군주의 눈시울이 붉게 물들었다.

"아버지가 얼마나 자랑스러웠는지 말로는 표현할 길이 없네. 수백 년간 수많은 사람들이 도전했으나 실패했어. 조모는 고모 말만 듣고 아버지가 자기에게 반란을 일으키려 사병을 모은다 믿었지. 그러나 아버지는 해냈다네. 나는 곧 금을 가지고 돌아가 우리 지역의 문제를 모두 해결하고 아버지가 역사에 길이 남을 군주가 되리라 믿어 의심치 않았다네."

그때 선원 중 한 명이 어딘가를 가리키며 소리를 질렀다. 색깔이 없는 피부에 검은색으로 몸에 요란한 그림을 그리고, 머리에는 새 깃털을 꽂고, 눈동자는 횃불처럼 타오르는 자가 나무 창을 들고 그들을 바라보고 있었다.

부친과 선원들은 그자가 사람인지 짐승인지 구분할 수 없었다. 부친은 자비롭게도 그리고 결과적으로 너무나도 어리석게도 그들을 인간으로 대우하리라 결심했다. 그자는 나무 창을 들고 그들을 위협하는데도 부친은 그가 경계하지 않도록 무기를 내리고 다가갔다.

당시 어렸던 군주는 부친의 용기 있는 뒷모습을 벅차오르는 마음으로 지켜보았다. 부친은 그자에게 이제 이 땅은 군주의 영지이며 그들은 군주의 보호를 받게 되리라 설명했다. 하지만 그자는 다짜고짜 부친을 공격했다. 부친은 무례에 대해서는 엄격한 사람이었다. 그는 공격에 공격으로 대응해 그자를 죽였다.

그들은 얼마 가지 않아 무색인들이 사는 마을을 발견했다. 마을에 있던 자들은 그들을 환영하지 않았다. 부친은 그자를 죽인 건 그자가 먼저 공격해 어쩔 수 없었다 설명했으나 무색인들은 들어 보려고도 하지 않고 부친과 일행을 공격했다.

무색인들은 철을 다룰 줄 몰랐다. 무기라고는 나무와 동물 뼈, 돌로 만든 조잡한 창과 활이 전부였다. 부친은 어렵지 않게 그들을 정복하고, 다시 한 번 해를 가할 생각이 없다 달랬다. 아무 소용 없었다. 누구도 그들의 말을 알아듣지 못했으며 그들도 사람의 말보다 짐승 소리에 가까운 무색인들의 말을 이해하지 못했다.

군주의 부친과 선원들은 무색인들이 사람인지 아닌지 확인하기 위해 그들을 면밀히 관찰했다. 무색인들은 나무로 기둥을 만들어 짐승 가죽으로 두른 후 커다란 나뭇잎으로 지붕을 얹은 차마 집이라 부를 수 없는 곳에서 살았다. 문자도, 예의도, 질서도, 재판하고 다스릴 관리도 없었다. 옷을 지어 입을 줄도 모르고, 남녀가 지켜야 할 법도도 없이 서로 뒤엉켰으며, 부락 단위로 살았는데, 우두머리는 부락 내 모든 여자를 취했다. 심지어 제 딸도 마다하지 않았다.

그들의 우두머리와 첫 번째 부인은 금목걸이와 금팔찌를 걸고 있었다. 하지만 금의 가치에 대해선 몰랐다. 그들에게 금은 반짝이는 돌에 불과했다.

그들은 부친이 아무리 좋은 말로 금을 건넨다면 진짜 옷을 주고, 사람처럼 살 수 있는 법을 알려 준다 해도 말을 듣지 않았다. 뿐만 아니라 음식에 독을 타, 이들이 내 온 음식을 먹은 자들이 하나둘 병에 걸려 쓰러지기 시작했다. 독을 먹은 이들은 피부가 두꺼비처럼 부풀어 오르고, 눈은 그들처럼 붉게 충혈되었으며, 혀가 마비되어 제대로 말도 못 하다 며칠 지나지 않아 죽었다.

부친은 음식에 독을 탄 자들을 처형하고, 우두머리에게 금이 있는 곳을 안내하라며 끌고 갔다. 하지만 남은 자들이 다른 마을에 연락해 이들이 하류에 있는 걸 뻔히 알면서 상류에서 개울에 독을 풀고 무리 지어 공격했다.

한 달이 지나지 않아 200명이 넘던 병사들이 50명도 남지 않았다. 일단 돌아갈 수밖에 없었다. 부친은 그들이 자신들을 두려워해서 그러나 보다 하고 온화한 정책을 쓰고자 그들 몇을 데려와 자신들이 사는 모습을 보여 주려 했다. 그럼 무색인들도 교화하고 깨달으리라 여겼다.

데리고 온 자들 중에는 처음 갔던 마을의 우두머리와 그에게 농락당하던 딸도 있었다. 돌아오는 배에서 우두머리가 병들어 죽자 부친은 그 딸을 친딸처럼 아꼈다. 하지만 성에 도착한 후 딸은 함께 온 사내들과 짜, 임신한 모친을 살해한 뒤 무기를 훔쳐 달아나려 했다.

"내 모친은 그들을 거두어 살뜰하게 보살폈거늘, 그들은 내 모친과 태어나지도 못한 동생을 잔인하게 살해했네. 그뿐이 아니야. 내 모친의 배를 갈라 태어난 아이를 잡아먹었다네."

분노한 부친은 그들에게 사지절단형을 내렸다.

"난 그자들이 형을 받는 자리에 있었지. 그들은 어떤 벌을 받아도 모자랐어."

군주가 말했다.

섬 주변은 한 발만 내디뎌도 깊은 바다였고, 사나운 상어들이 득시글거렸다. 상어는 배를 공격하고, 강철 같은 이빨로 노를 물어뜯었다. 부친은 배를 개량해 몇 번이고 섬을 찾았다. 반복하며 차츰 물길에 익숙해져 배를 잃는 일도 줄었으며, 상어를 상대할 작살도 마련했다. 한 마리라도 피를 흘리면 상어들은 배 대신 다친 상어를 공격했다.

상륙은 갈수록 쉬워졌지만 무색인들이 물에 독을 흘려보내고, 공기 중에 그들만이 아는 방법으로 독을 살포하는 건 막을 도리가 없었다. 선원들은 대부분 일주일을 견디지 못했다. 그래도 부친과 그는 어떻게든 버텨 나갔다.

어느 날 그 또래의 피부가 흰 여자가 자진해서 그들을 찾아왔다. 여자는 더 이상 짐승 같은 자들에게 농락당할 수 없다며 부친에게 도움을 청했다. 부친은 이미 그들에게 속은 적이 있는데도 여자에게 자비를 보여 보살피겠노라 약속했다. 은혜를 모르는 여자는 군주의 부친이 잠든 틈을 타 살해했다.

그때 군주는 열아홉 살이었다. 그는 부친이 하지 못한 일을 자기가 끝내리라 다짐했다. 의사들을 불러 모아 독에 대항하는 방법을 연구해 마침내 섬에서 자유롭게 숨 쉬고 물을 마실 수 있게 되었다. 그러나 그들은 끝내 금을 내놓지 않았고, 군주에게 복종하려 들지도 않았다. 고모는 시시탐탐 그를 해칠 궁리를 하며 아버지를 모함했듯 조모에게 그가 하는 짓이 얼마나 무모하고 가망성 없는 일인지 속살거렸다. 군주인 조모는 마지막 기회라며 또다시 실패하면 그를 추방하리라 말했다.

군주는 1,000명의 병사와 선원을 데리고 섬으로 갔다. 엄격하면서도 공정했던 부친의 뒤를 이어 그들이 자기 부모를 살해했는데도 섣불리 그들이 인간이 아니라 판단하진 않으려 했다. 군주는 오래도록 무색인들을 면밀히 살핀 끝에 그들이 분명 짐승이나 짐승으로 사는 삶에 고통받아 인간이 와 자기들을 다스리길 기다려 왔다는 사실을 깨달았다.

"무슨 말씀이신지요?"

야힘이 물었다.

"저들은 색깔이 없는 피부를 수치스러워하네. 우리처럼 인간이 되고자 검은색을 몸에 바르지. 그게 바로 그 증거일세."

"그 말씀만으로는 납득하기 어렵습니다."

군주는 태피스트리에서 한 장면을 가리켰다. 흰 자들이 검은 자들을 불에 구워 먹고 있었다. 옆에 있는 나무에는 살가죽을 벗긴 검은 자들이 거꾸로 매달려 있었다.

"다음에 먹으려고 사람을 고기처럼 널어두는 걸세. 사람은 사람을 먹지 않아. 저들은 자기들끼리도 잡아먹네. 그런데 어떻게 저들이 사람이라는 겐가? 난 저들에게 충분히 기회를 줬어."

"저들은 어떨지 모르나 전 사람을 먹지 않습니다."

야힘이 말했다. 군주는 코웃음 쳤다.

"맹세하는가?"

"물론입니다! 전 절대 사람을 먹지 않습니다."

"그럼 오늘 자네가 먹은 건 뭔가?"

"그야 주인께서 보내신⋯⋯."

야힘은 말을 멈췄다. 등골을 따라 식은땀이 흘러내렸다. 군주가 아침상에 특별히 마련했다며 고기를 보냈다.

"설마⋯⋯."

"자네가 사람이라면 그걸 먹지 않았을 걸세."

군주가 의기양양하게 말했다.

"전 몰랐습니다!"

야힘은 무릎이 풀려 자리에 주저앉았다.

"저들은 말일세, 불구로 태어난 아기는 잡아먹지. 자네가 아침에 먹은 아기처럼 말일세."

야힘은 그 자리에서 토했다. 머리가 먹먹하고 위장이 뒤틀렸다. 노예들이 달려와 토사물을 치웠다. 이어 정신을 못 차리는 그를 끌다시피 방으로 데려가 목에 걸린 사슬을 벽에 묶었다.

"정말 내가 오늘 아침에 먹은 게 사람의 아기인가?"

야힘이 절망에 빠져 늙은 노예에게 물었다. 노예가 고개를 끄덕였다.

"말도 안 돼! 도대체 어떤 아기인가? 누구 아기였나?"

야힘이 물었다.

"주인의 아기일세."

늙은 노예가 초점 없는 눈으로 대답했다. 야힘은 입을 벌렸지만 소리가 되어 나오지 않았다. 늙은 노예는 이전에 그에게 검은 자들은 수시로 여자 노예를 취하고, 아기가 태어나면 노예보다 못한 취급을 한다고 했다. 그때만 해도 야힘은 대관절 노예보다 못한 취급이라는 게 있을 수 있나 싶었다. 그는 다시 토했다.

"저들은 때로 갓난아이를 돼지 먹이로 던지기도 한다네."

늙은 노예가 말했다.

야힘은 며칠간 물도 삼키지 못하며 토했고, 위액이 나오다 못해 피를 쏟았다. 늙은 노예가 죽을 끓여 가져왔다. 야힘은 고개를 저었다.

"자네가 죽으면 주인은 우리가 자넬 제대로 보살피지 못했다며 살려 두지 않을 게야."

늙은 노예가 그의 손을 붙들며 애걸했다. 다른 노예들도 겁에 질려 어쩔 줄 몰라 그를 지켜보며 서 있었다. 야힘은 억지로 숟갈을 들었다.

"혹시 말이네……."

야힘은 언젠가 매 사냥터에서 죽은 여자가 했던 말을 옮겼다.

"내가 제대로 기억하는 건가? 앞에 말은 흔히 여자에게 붙는 이름이고, 뒤는 '내 아가'라는 말이 맞는가?"

늙은 노예가 고개를 끄덕였다.

"자네들은 죽은 자를 어찌하는지 몰라 묻어 주었네."

노예는 늘 그러듯 들었는지 어쨌는지 알 수 없는 침묵 끝에 말했다.

"자네 방식으로 죽은 이를 돌려보내 주었군. 고맙네."

　야힘은 그제야 이들의 침묵을 이해했다. 이들은 말하며 생각하지 않고, 생각한 후에 말했다.

"그 앤 내 딸이었다네. 주인이 취해 손녀가 태어났는데 젖을 제대로 물지 못하고 허약했어. 건강하게 자랄 기미가 보이지 않자 제대로 여자가 되기도 전에 사창가에 팔았다네⋯⋯. 그러고도 또 건드려 임신한 아이를⋯⋯."

　노인이 이를 악물고 울음을 삼켰다. 운 모습을 들켰다간 채찍질을 당했다. 이들은 사람이 아니고, 사람이 아닌 것은 울어선 안 되었다.

　얼마 후 야힘은 건강을 회복해 다시 군주 앞에 섰다.

"그래도 주인의 자식이 아닙니까? 어떻게 그런 짓을 할 수 있습니까?"

　노예들이 화들짝 놀라 어깨를 움츠렸다. 그들은 야힘에게 사실대로 알려 줬다는 이유로 주인이 매를 들까 겁에 질렸다.

"자식?"

"그렇습니다, 주인이 취한 여인이 낳은 아이가 아니었습니까?"

"저것들의 암컷은 그저 생식을 위해 존재한다네. 그들에게 짐승을 낳는 일보다는 나은 일을 할 기회를 줬을 뿐이야."

"주인의 자식입니다!"

"저들을 보게."

　군주가 늙은 노예를 가리켰다.

"그날 식사를 가져다준 게 저자가 아니었나? 저자는 알고 있었네."

"원해서 한 일이 아닙니다!"

"그걸 요리한 것도 저들 중 하나야."

"하고 싶어 했겠습니까? 주인께서 시키시니 다른 도리가 없지 않았겠습니까?"

"바로 그걸세! 사람과 사람이 아닌 것의 차이가 무엇인지 물었나? 진정 사람이라면 옳지 않은 일은 아니라고 말해야 하네. 신념을 위해 목숨을 바칠 수 있는가 없는가, 그것이 바로 사람과 사람이 아닌 것을 가르는 기준이지. 위험을 무릅쓴 내 부친과 나처럼 말일세."

군주가 늙은 노예에게 물었다.

"자넨 내가 이자에게 가져다주라 명한 게 무엇인지 알고 있었겠지?"

"네, 주인님."

"그걸 가져다주는 게 싫었나?"

"아닙니다, 주인님."

늙은 노예가 공손히 대답했다. 군주는 내 말이 맞지 않느냐는 듯 어깨를 추켜올렸다.

"온전히 자유로운 상태에서 물어보셔야지요. 누가 감히 싫다 말할 수 있겠습니까?"

야힘이 말했다. 군주는 참으로 딱하다는 듯 야힘을 바라보더니 재차 물었다.

"네가 어떤 대답을 하든 채찍질을 당하거나 벌 받지 않을 것이다. 싫었느냐?"

군주가 늙은 노예에게 물었다.

"아닙니다, 주인님."

늙은 노예가 대답했다.

"기쁘게 내 명령을 따랐느냐?"

"그렇습니다, 주인님. 주인님의 명령을 따르는 게 저희 일입니다."

"바란다면 요리한 노예에게도 물어보겠네."

"아니요, 아닙니다! 그러지 마십시오!"

야힘이 간절하게 외쳤다.

"내 말이 맞다는 사실을 인정한다는 뜻인가? 저들은 사람이 아니라는 걸?"

"아닙니다, 차마 그 말을 하게 할 수 없기 때문입니다."

야힘이 비통하게 대답했다.

"자네를 보아하니 자네가 떠나온 곳에 있는 자들은 참으로 나약하고 어리석은 자들이겠군. 내 큰아들처럼 말일세. 그놈이 어릴 때 망아지를 한 마리 선물했지. 하루는 망아지가 돌부리에 걸려 넘어져 다리가 부러진 게야. 그러니 어쩌겠나? 병사에게 죽이라 하니 아들놈이 울며불며 안 된다 매달리더군. 가엾다나? 결국 의사가 돌보게 했네. 처음 며칠은 아침저녁으로 들여다보더니 새 망아지를 사주자 금세 흥미를 잃었지. 나중에 큰아들이 보지 않는 데서 처리하라 시키고, 저녁 식사 자리에서 이야기하니 음식을 앞에 두고 할 이야기가 아니라나? 나참……."

야힘은 군주를 어떻게 설득하고 이해시켜야 하는지 한참을 고민하다 물었다.

"섬에서 금을 찾으셨습니까?"

"몇 년을 찾아 헤맸지만 금은 없었네."

"섬에 금이 없는데 어떻게 군주의 자리에 오르셨습니까? 고모께서 주인의 부친께 그러했듯, 주인의 앞길을 막으려 했는데도요."

군주는 내심 그 질문을 기다린 듯 수염을 쓰다듬으며 뜸을 들이다 말했다.

"안타깝게도 금은 찾지 못했지. 그래도 섬에는 튼튼한 나무와 붉은색이 점점이 박힌 단단한 바위, 털이 아름다운 동물들이 있었네. 나무를 베 가공하고, 모피로 옷과 모자를 만들었지. 내 고모는……."

그는 창밖에 보이는 탑을 턱짓했다. 아마도 꼭대기 층에 유폐했다는 뜻인 듯했다.

"그리고 이 사람들도 상품으로 판매하신 겁니까?"

야힘이 물었다. 군주가 눈살을 찌푸렸다.

"뭐가 다르단 말인가? 이자들은 짐승일세."

야힘이 무언가 항변하려는데 병사가 들어와 군주를 만나러 온 이가 있다 전했다. 군주는 들어오라 했다. 들어온 자 역시 토끼 모양이 그대로 살아 있는 모자를 쓰고, 질 좋은 가죽 망토를 두르고 있었다. 모자를 쓰는 건 부유한 상인이나 군주의 일가친척만이 누리는 특권이었다.

"목장 준비가 거의 끝났습니다. 직접 보시렵니까?"

"그러지. 아, 자네도 같이 가면 좋겠군. 저들이 진짜 짐승이라는 걸 확실히 보여 주겠네."

군주가 야힘에게 말했다.

"저것이 바로 그……."

상인이 야힘에게 호기심을 보였다.

"그래, 자네가 보기엔 어떤가?"

"제게 파시죠."

"자네는 뭐든지 다 돈으로 살 수 있다고 믿는군. 그렇지 않아, 세상에는 값을 매길 수 없는 게 있다네. 하늘 아래 하나뿐인 물건처럼 말일세."

상인이 냉큼 값을 말했다. 군주는 팔지 않겠다는 뜻으로 말했으나 상인은 알아듣지 못했다. 군주는 그런 상인을 이해하듯 호탕하게 웃으며 어깨를 두드렸다.

늙은 노예가 야힘의 목에 걸린 사슬을 잡고 따라왔다. 군주와 상인은 노예 십수 명이 등에 짊어진 가마에 타 이야기를 나누었고, 야힘은 옆에서 걸었다.

"초기 비용이 너무 많이 들었어."

군주가 말했다.

"절대 손해 보지 않으실 겁니다. 분명 불타나게 팔릴 테니까요. 한 번 맛들인 자들은 정신을 못 차리고 달려듭니다. 이미 수차례에 걸쳐 시험해 봤습니다. 머지않아 얼마 전 해전에서 잃은 배로 인한 손실도 메우실 겁니다."

"그 섬은 내 지배하에 있는 곳이야. 감히 우리 영토를 공격해 상품을 가로채려 들어? 다른 군주들이 연합해 내게 대항하려

들고 있어."

"염려 마십시오. 이 일만 잘되면 그자들은 모두 무력해질 겝니다. 어느 군주를 섬기는 자든 눈에 불을 켜고 한 잔이라도 더 마시겠다며 덤빌 테니까요. 아무도 감히 군주께 대항하지 못하리라 장담합니다."

그들은 한참을 걸어 도시 외곽에 있는 건물에 도착했다. 야힘은 어리둥절했다. 목장이라 들었는데 소나 양, 말이 보이지 않았다.

건물 내부는 마치 사창가처럼 좁은 복도 양쪽에 방이 늘어서 있었다. 그곳을 관리하는 자가 가까이 있는 방문을 열었다. 안에서 한 노예가 다른 여자 노예의 가슴에서 젖을 짜고 있었다. 젖이 분 여자는 이제 갓 초경을 마쳤을 법한 나이로 눈이 퀭하고 초점이 없었다. 젖을 짜는 여자도 눈빛이 몽롱했다.

"하나당 3~4년씩은 거뜬합니다. 마를 무렵 다시 임신시키면 되고요."

그들은 몇 곳 더 문을 열고 여자들을 살폈다. 여자들은 모두 약에 취해 있었다.

그들은 건물을 나왔다. 야힘은 새삼스레 다시 건물을 살폈다. 3층 건물이었다. 어림잡아 100~150개의 방에 임신한 여자들이 있다는 말이었다. 관리는 저택으로 돌아왔다. 야힘은 무언가 말하려 했지만 입이 바짝 말라 말이 나오지 않았다.

성으로 돌아온 후 군주가 물었다.

"감상이 어떤가?"

"도대체, 도대체 무슨 짓을, 무슨 짓을 하시는 겁니까?"

야힘이 가까스로 입을 뗐다.

"저들에게 더 나은 삶을 살 기회를 주는 걸세."

"몸도 제대로 움직이지 못할 곳에 누워 자기 뜻과 상관없이 임신하고, 아기에게 줄 모유를 뺏기는 것 말입니까?"

"저들이 원래 살던 삶보다는 훨씬 나은 삶일세. 도대체 몇 번이나 말해야 알아듣겠는가? 저들은 아둔하고, 법도, 질서도, 예의도 없네. 질병을 치료할 줄도 몰라 누가 병에 걸리면 그 옆에서 요란한 춤을 추고, 노래를 부르면 병이 떠나는 줄 아네. 남녀 사이에 지켜야 할 도리와 존중도 없고, 옷을 지어 입을 줄도 모르고 남녀노소 할 것 없이 수치도 모른 채 벌거벗고 그저 짐승의 본능에만 얽혀 살고 있었네. 집에 비가 새도 게을러 고치지 않고, 애들이 굶어도 내버려 두고, 일할 수 없는 늙은이는 버리고, 먹을 걸 구하러 가기 귀찮으면 제 자식들을 잡아먹던 놈들이네.

이들은 싸울 때만 부지런해. 협력해서 사냥을 하느니 서로 가진 걸 뺏는 걸 낫다 여기거든. 여자를 약탈하고, 서로 애들을 훔쳐 불에 구워 먹어. 우린 저들을 질병과 무지에 찬 삶에서 데려와 문명과 지성을 가진 인간들을 섬기며, 짐승보다 사람에 가깝게 살게 해 주고 있네."

군주는 자기 모자를 쓰다듬었다.

"그 섬에서만 사는 토끼일세. 저들은 이 토끼를 사냥하는 걸 싫어했지. 저들의 조상은 토끼가 아닌가 싶네."

"많은 곳을 떠돌며 저 역시 거의 옷을 입지 않고 사는 자들이 사는 곳에도 가 봤습니다. 처음엔 그들이 벌거벗은 줄 알았죠. 하지만 아니었습니다. 그들은 성기를 가리고, 잘 때 다리가 벌어지지 않도록 발목을 묶고 자며, 서로의 가슴이나 성기를 훔쳐보지 않도록 눈을 피하고 이야기하는 법을 배웁니다. 한 여인이 나무에서 열매를 따고 있었는데, 지나던 남자가 실수로 나무 위를 쳐다보는 바람에 여인의 적나라한 성기를 보게 되었습니다. 여인은 부끄러움을 이기지 못해 자살했고요. 그들도 주인만큼 법도를 지키고 수치심을 느낍니다."

"옷을 지어 입고, 남녀 간 법도를 지키는 법을 모르는 걸세."

"이들이 더 나은 삶을 살고 있다면 왜 저들을 묶어 두십니까? 저들이 달아날까 그러시는 게 아닙니까?"

"저들은 묶여 있는 걸 좋아한다네. 우리에게 복종하는 게 자기들끼리 엉망으로 살던 것보다 낫다는 정도는 아는 걸세."

"저들에게 법과 질서, 예의와 도덕을 가르치시면 되지 않습니까?"

"개가 가르친다고 사람이 되는가?"

"주인의 자식은 어떻겠습니까? 주인의 피가 섞였으니 낫지 않겠습니까?"

"저들의 피는 그렇게 해서 희석될 게 아니네. 애초에 어쩔 수 없는 게야."

"어떻게 짐승과 잠자리를 하십니까?"

"저들의 암컷들에게 저들의 수컷보다는 나은 자를 상대할 기회를 주는 거라 이미 말하지 않았는가?"

"때로 저들에게 가하는 처벌이 너무 가혹하다고 생각하시진 않으십니까? 아직 어린아이의 혀를 달군 쇠로 뽑는 걸 봤습니다."

"범법자들을 엄중히 처벌하지 않는다면 질서를 어찌 지키겠나."

"잘못을 저지르지 않은 자들은요? 전 저들에게 이유 없이 채찍질하고, 재미 삼아 도망가게 한 뒤 활을 쏴 죽이는 모습을 봤습니다."

"자넨 그때 말을 할 줄 몰랐네. 활을 쏜 자들이 왜 그랬는지 들었나?"

"듣지 못했으나 분명……."

"분명 뭔가 잘못해 벌한 걸세. 저들은 게을러. 관리들이 조금만 다른 데를 봐도 일을 하지 않네."

"충분히 쉬게 하고, 좋은 음식을 준다면 더 열심히 일하지 않겠습니까?"

"저들은 배부르면 일하지 않아."

"아직 어린아이였습니다!"

"아이라도 법과 질서는 따라야 하는 법일세."

야힘은 흥분해 차츰 언성을 높였다. 하지만 주인은 내내 느긋하게 그를 상대하며 하나하나 차분하게 대답했다. 야힘은 더 이상 참을 수 없어 말했다.

"주인께서는 사람을 짐승 취급하고 있습니다. 아니, 그보다 더합니다. 제가 사는 곳도, 다른 어떤 곳도 짐승에게도 이런 짓을 하진 않습니다!"

"과연……."

군주가 알겠다는 듯 고개를 끄덕였다.

"지금까진 자네 말대로 혹시나 자네가 사람이 아닐까 하는 여지를 두고 있었다네. 허나 사람보다 짐승에게 이입하는 걸 보니 자네 역시 짐승이네.

자넨 온갖 곳을 떠돌았다고 했지? 그런데 자네나 자네가 봐 온 곳에 사는 자들에 대한 이야기를 들어 보건대, 세상에 사람은 우리뿐인 듯하군. 슬픈 일이야."

군주가 짐짓 아쉬운 듯 말했다.

"짐승이어야 하겠죠. 그래야 저들에게 무슨 짓을 하든 정당화할 수 있을 테니까요."

야힘이 말했다. 그는 이제껏 군주에게 그도, 피부가 하얀 자들도 사람이라고 끝없이 이야기해 왔다. 내내 시큰둥하게 듣던 군주가 처음으로 혼란스러운 얼굴을 했다. 야힘이 기회를 잡아 더 말을 이으려는데 군주가 나가 보라는 듯 손짓했다.

"주인님, 부디 조금만 더 들어……."

병사들이 그를 억지로 끌고 나갔다. 늙은 노예가 그의 사슬을 잡아 방으로 데려가 다시 묶었다.

"이보게……."

야힘이 늙은 노예를 불렀다. 늙은 노예가 얼이 빠진 얼굴로 야힘을 보았다. 그도 오늘 본 광경을 보고 야힘만큼 충격받은 것이다.

"영혼을 들여다보게 하는 풀일세."

늙은 노예가 말했다.

"뭐?"

"그곳에 있던 여자들에게 영혼을 들여다보게 하는 풀을 준 거야. 섬에 비가 그치지 않거나, 겨울이 너무 길고 혹독하면 현명한 자가 비를 멈추고 겨울을 보낼 방법을 찾으려 쓰는 풀이지. 혼인을 앞둔 남녀가 서로가 진정한 동반자인지 확인하고자 할 때도 사용하고, 땅으로 돌아갈 때가 된 자에게 자기가 갈 곳을 보도록 주기도 한다네. 과용하면 몸에서 영혼이 떠나. 현명한 자들만이 다루고 양을 조절할 줄 아는데……."

그는 멀거니 야힘을 보다 물었다.

"대관절 금이 뭔가? 금은 어디에 쓰는 건가?"

"금은……."

야힘은 사유재산 개념이 없는 이들에게 금을 뭐라 설명해야 좋을지 몰라 말을 헤맸다. 늙은 노예는 야힘이 대답하길 기다렸다.

"금이 있으면 더 큰 집에 살 수 있고, 더 많은 사람을 부릴 수 있지."

"큰 집을 바란다면 크게 지으면 될 일 아닌가?"

"군주가 사는 이런 큰 집은 혼자 짓지 못하네."

"혼자 짓지도 못할 큰 집에 사는 이유가 뭔가?"

"큰 집에 사는 건 집주인이 힘을 가진 자리는 뜻일세."

"그 힘으로 뭘 하나?"

"더 많은 자를 부리지."

야힘이 중얼거리듯 말했다.

"왜 다른 사람을 부리나?"

야힘은 고개를 가로저었다.

"나도 모르겠네."

늙은 노예는 야힘이 군주가 묻는 말에는 꼬박꼬박 대답하면서 그가 묻는 말은 왜 제대로 대답하지 못하는지 이해하지 못했다.

"설명하게. 저들은 도대체 왜 우리에게 이런 짓을 하는 겐가?"

"더 많은 걸 갖고 싶은 욕심 때문이라네."

"이 집에 있는 방 중에서 주인이 쓰는 방은 몇 되지 않아. 쓰지도 않으면서 왜 이런 큰 집을 갖고 있는가?"

"자기 지위가 높고 강한 자라는 걸 보이기 위함이네."

"지위가 높고 강한 자는 자기 걸 기꺼이 나누는 자네. 뛰어난 사냥꾼만이 더 많은 사냥감을 나눌 수 있으니까. 그런 자는 많은 이의 존경을 받네. 우리 부족 사람 중 물건을 쌓아 둘 뿐 나누지 않는 자, 고기를 혼자 간직하다 썩게 두는 자는 아무도 가까이하지 않아. 결국 고립될 수밖에 없지. 주인은 아무것도 나누지 않는데, 왜 아무도 주인을 고립시키지 않는 겐가?"

"그게 금 때문일세. 주인의 말을 들으면 주인이 가진 것 중 일부를 나누어 주니까."

"주인은 나누지 않아. 대가 없이 주는 게 나누는 걸세."

"나누는 게 아니라 금을 준다는 말로 사람들을 속인다는 게 맞겠네. 이들은 모두 금을 좋아하거든. 금에 미쳤어."

늙은 노예는 침묵했다. 야힘의 말을 듣고 더 물을 말이 없는 것인지, 다른 질문을 생각하는 중인지 알기 어려웠다. 노예가 다시 입을 열었다.

"저들은 섬에서 금을 찾지 못하자 우릴 노예로 끌고 와 다른 군주들에게 팔며 우릴 '하얀 금'이라 불렀다네. 이들에게 금이 그토록 중요하다면, 그 중요한 금인 우리를 왜 이렇게 취급하는가?

저들은 우리를 배 밑창에 가둬 여기로 데려왔다네. 좁은 공간에 얼마나 많이 밀어 넣었는지 모로 눕지도 못했어. 싫든 좋든 포도알처럼 웅크리고 붙어 있을 수밖에 없었네. 작은 창문이 몇 개 있었지만 그나마도 비바람이 불 땐 닫았다네.

살이 익는 더위 속에서 깨끗한 공기도 없으니 모두 땀범벅이 되었고, 쓸리고 까진 상처에선 고름이 터졌지만 아무도 어떻게 할 도리가 없었네. 여기 오는 내내 배설물과 피고름 속에서 누워 있어야 했어.

시간이 지나니 점점 누울 자리가 생겼지. 하루가 멀다 하고 죽어 나가는 이들이 있었기 때문일세. 살아서 배를 나온 이가 채 반이 되질 않았지.

배에서 내리기 전 선원들이 설사병에 걸린 이들의 항문을 뱃밥으로 막았네. 배설한 흔적만 보이지 않으면 건강한 자로 인정받거든. 한 번에 여럿을 사 가는 자들은 체중으로 값을 매기지. 우릴 파는 자들은 몸무게를 늘리고자 목구멍에 호스를 밀어 넣고 억지로 물을 먹였어. 그들은 진정 좋아하는 걸 이렇게 다루나?"

"내가 주인 말에 반박한 건 주인이 틀려서야. 자네가 내 말을 이해하지 못하고 내가 제대로 설명하지 못하는 까닭은 자네가 옳기 때문이야. 잘못된 걸 어떻게 납득시킬 수 있겠나."

"그자들이 틀렸다면서? 자네가 바른말을 했는데 왜 받아들이질 않는가?"

"틀린 걸 틀린 줄 알고, 잘못된 걸 잘못된 줄 아는 자들이면 이런 짓을 하겠나?"

노예는 혼자 생각에 잠겼다 말했다.

"자네는 저들과 가까워. 저들이 왜 금을 좋아하는지 알아."

"나도 금을 마다할 인간이 아니니까. 하지만 금을 위해 이런 짓을 하진 않아."

야힘의 얼굴이 벌겋게 달아올랐다. 부끄러웠다. 말을 뱉기 전에 생각했다면 입에 올리지 않았을 말이었다.

야힘은 가까스로 용기를 내어 입을 뗐다.

"나도 묻고 싶은 게 있네. 주인이 말하길 섬에서 데려온 자들이 자기 어미와 태어나지 못한 동생을 죽였다던데……."

"나도 들었네. 아마도 아이를 살리려 했을 게야. 아이가 제대로 태어날 수 없을 때면 산모의 배를 갈라 꺼내는 수밖에 없네. 산모의 배는 다시 묶는데, 산모가 살아남긴 힘들다네. 그래서 산모가 가망이 없다 판단하지 않으면 절대 그 방법을 쓰지 않아. 주인이 오해한 거네."

늙은 노예는 잠시 말을 끊었다 이었다.

"주인은 거짓을 말하고 있어. 여자가 자발적으로 주인의 부친을 찾아왔을 리 없네. 여기 온 자들은 모두 억지로 끌려왔어. 주인이 여자를 어떻게 대하는지 보았지? 주인의 부친은 더했다네. 아직 여자가 되기 전 어린아이만 상대했어."

늙은 노예는 시체처럼 방을 나갔다. 야힘은 군주를 찾아온 상인과 군주가 나누던 이야기를 되새겼다. 군주는 영혼을 바라보게 하는 풀을 마이플이라 불렀다. 그는 여자들에게 마이플을 먹여 마이플이 섞인 모유를 팔려 했다.

야힘은 딸이 병든 어미에게 자기 모유를 먹였더니 건강을 회복했더라는 이야기를 들은 적이 있었다. 분명 갓난아이에게 먹이는 모유에는 온갖 좋은 것이 다 들어 있을 것이다. 하지만 어미가 좋은 걸 먹지 않으면, 모유를 먹는 아이에게도 좋지 못한 영향이 갔다.

군주는 경쟁하는 다른 군주들과 그들을 따르는 귀족, 상인들을 마이플에 중독시키려 했다. 야힘은 목장에서 여자들의 젖을 짜던 여자들의 모습을 떠올렸다. 고분고분 일을 시키기 위해 모두 중독시켰다.

다음 날 늙은 노예를 대신해 못 보던 계집아이가 야힘에게 식사를 가져다주었다. 목에 건 목걸이만 아니면 검은 자라고 해도 믿을 만큼 까만 피부에 하관이 발달하고 눈도 파랬다. 혼혈인 모양이었다. 이어 경비도 들어와 아이와 야힘을 감시했다.

야힘은 계집아이에게 늙은 노예에 대해 물었다. 아이는 못 들은 척했다. 경비가 삼엄하게 둘을 지켜보고 있었다. 저녁을 가져다줄 때도 마찬가지였다. 그제야 야힘은 노예들과 이야기를 나누는 게 금지되었음을 알았다.

며칠이 흘렀다. 바깥에서 온몸을 얼어붙게 하는 비명 소리가 들렸다. 야힘은 목에 묶인 줄이 닿는 한도 내에서 창밖을 바라보았다. 군주가 몇몇 노예들에게 형벌을 가하는 참이었다. 들리는 소리로 미루어 보아 사냥개들을 제대로 운동시키지 않았다 탓하는 듯했다. 병사들은 노예들을 형틀에 묶고 쇠몽둥이로 관절을 내리쳐 부러뜨렸다. 울부짖는 소리가 온 성에 울려 퍼졌다. 야힘은 귀를 막고 몸을 웅크리며, 정신을 놓으면 안 된다 수없이 읊조렸다. 살아서 고향으로 돌아가야 했다.

그날 저녁 노예들이 와 그에게 좋은 옷을 입혀 치장했다. 마지막으로 사슬 목줄을 빼고 은으로 장식한 새 목줄을 걸었다. 은 목줄에는 사슬 일곱 개가 달렸고, 곱게 차린 노예 일곱이 각기 줄 끝을 잡았다. 노예들은 그를 연회장으로 데려갔다.

야힘은 연회장에 온 이들을 보고 입을 떡 벌렸다. 남자고 여자고 간에 옷이 바닥을 끌어 노예들이 치마나 망토 자락을 붙들어야 했다. 치마와 바지를 어찌나 부풀렸는지 팔을 뻗어도 서로 닿지 않았다. 그들은 건배를 하고 싶으면 잔을 내밀었다. 그럼 그들의 노예가 각기 잔을 받아 부딪친 후 다시 손에 쥐여주었다. 옷 때문에 가까이 앉을 수 없다 보니 다들 큰 소리로 대화를 해 연회장이 아니라 싸움터에 온 것 같았다.

모자도 옷만큼이나 거대해 작은 것도 높이가 1미터는 되었다. 어떤 모자는 토끼 가죽 서너 개를 원형 그대로 얹어 토끼 가족이 정원에 옹기종기 모여 풀을 뜯는 모습으로 꾸몄다. 화려한 꽃밭에 살아 있는 새가 들어 있는 새장을 얹거나, 꽃으로 장식한 분수를 모자로 쓰고 있는 사람도 있었다. 어떤 이는 부끄러움도 모르고, 그들이 짓밟은 섬 모양으로 모자를 만들었다. 노예들이 바짝 옆에 붙어 모자를 받치고, 새에게 먹이를 주고, 분수가 마르거나 꽃이 시들지 않도록 사이사이 물을 뿌렸다.

검은 자들은 야힘 둘레에 모여 그를 구경하며 감탄했다. 야힘은 정신이 아찔했다. 부풀린 옷에 높이 올린 머리 때문에 거인들이 사는 세상에 온 난쟁이가 된 듯했다.

군주가 그에게 그간 겪은 일을 이야기하라 일렀다. 야힘은 연단에 서서 연회에 온 사람들에게 이야기를 들려주었다. 사람들이 즐겁게 듣자 군주는 흡족했다. 이후 군주는 아끼는 개를 데리고 다니듯 연회마다 야힘을 데려갔다.

"으르신, 밤이 늦었어요."

갈리 엄마가 들어와 이부자리를 폈다. 야힘은 고분고분 누워 잠이 들었다.

"여행가 양반은 안 주무셔?"

갈리의 엄마가 물었다. 나는 멀거니 노인 특유의 '쉐애액 쉐애액' 소리를 내며 잠든 야힘을 바라보다 방으로 갔다.

꼭두새벽부터 시끌벅적한 소리에 잠에서 깼다. 갈리 엄마 혼인 잔치로 바깥이 분주했다. 갈리 엄마가 재혼한다는 이야기는 익히 들어 알고 있었지만 야힘 집에서 혼인식을 올릴 줄은 몰랐다. 먹을거리가 떨어졌을 때에만 뒷문으로 살그머니 드나들던 모습은 온데간데없었다. 이들은 제 것처럼 야힘의 창고에서 곡식을 꺼내 술을 빚고, 우리에서 통통하게 살이 오른 돼지를 골라 잡았다.

"이걸 다 야힘이 먹었다고 믿으려나……."

혼잣말처럼 말했는데 옆에 있던 아낙이 듣고 전달했다. 잔칫집이 싸해졌다. 이들은 그제야 매달 오는 관리를 걱정하기 시작했다. 관리가 오면 틀림없이 창고에 남은 곡식을 셀 터였다. 누군가 안채로 뛰어들어 가더니 야힘을 두툼한 이불로 둘둘 말아 데려와 상석에 앉혔다. 야힘이 연 잔치로 꾸밀 셈이었다.

야힘은 어린아이처럼 웃으며 두 사람을 축복했다. 갈리만 풀이 죽어 구석에 홀로 서 있었다. 음식도 거의 손대지 않았다.

"저치 너한테 잘 하던데?"

갈리에게 다가가 둥근 얼굴에 시종일관 함박웃음을 짓는 신랑을 향해 턱짓했다.

"칫."

갈리는 샐쭉하니 고개를 돌렸다.

"여기 있었구나!"

엄마가 오자 갈리는 못 본 척 자리를 떴다. 갈리 엄마는 한숨을 내쉬었다.

"저것이 여행가 양반을 따르니 글 가르칠 때 말 좀 해 줘요. 아니 남은 평생 독수공방하라는 거야?"

나는 말이나 해 보겠노라 하고 문득 생각난 바를 물었다.

"갈리 아비가 여행가였어요?"

"그랬죠, 이 마을이 첫 여행이었다고 합디다. 멋진 풍경을 써가 영주의 후원을 받을 거라고 했다오. 내 이 마을 절경을 보여 줬지. 그것 때문에 후원받았을 거야."

별다른 풍속도, 달리 볼만한 풍경도 없는 마을이었다. 그 여행가도 이 여인이 아니었다면 그냥 지나쳤을 것이다. 나는 굳이 따지지 않고 맞장구쳤다.

"참, 혹시 그치를 만나거든 내가 재혼했다는 말은 입도 뻥긋 말아요!"

갈리 엄마가 사납게 눈을 부라렸다. 나는 고개를 움츠려 그러겠노라 답했다.

"그리고 갈리가 얼마나 참하고 똑똑하게 컸는지 전해 주고……. 저런 딸이 있다면 천릿길도 마다 않고 달려올 만하지 않우?"

"그럼요, 저 같았으면 틀림없이 그랬을 거예요."

아낙이 무언가 더 말하려는데 사람들이 우루루 몰려왔다.

"아, 신부가 여기서 뭐 한대?"

아낙 하나가 갈리 엄마의 팔을 잡아끌었다. 신랑이 불쾌한 눈으로 날 훑었다. 눈치껏 자리를 피했다.

잔치는 밤이 이슥해서야 끝났다. 보통 혼인 잔치는 3~4일은 하기 마련인데, 다음 날 갈리 엄마가 "처음도 아닌데 뭘 그리 요란하게 해."라는 말로 시작해 한참 수선을 떨며 잔치를 어제로 끝내기로 했다고 말했다. 아마도 관리가 와 창고를 확인할 일이 염려되었던 모양이었다. 나는 잔치가 끝나 조용해져 다행이라 여기고 야힘 방으로 갔다.

"연회에 끌려가 그간 겪은 이야기를 하셨다고 했어요."

"안 했어."

"네?"

야힘이 우물거리는 소리로 말했다.

"거기까지 이야기 안 했어."

"분명히 하셨어요, 은사슬로 바꾸고……."

"안 했다니까!"

야힘이 완고하게 말했다. 나는 쓴 부분을 읽으려다 말았다. 야힘이 짜증과 노여움을 섞어 날 노려보고 있었다. 저런 눈을 하는 야힘은 본 적이 없었다.

"죄송해요, 야힘, 제가 착각했어요. 저한테 화나셨어요?"

"아니야, 화나긴."

야힘이 서둘러 얼굴을 풀더니 검버섯이 핀 손을 내밀었다.

"이리 찾아와 적어 주니 얼마나 고마운데……."

야힘은 목장을 찾아간 부분부터 이야기를 시작했고, 나는 새 종이를 꺼내 모두 받아 적었다. 위대했던 정신이 육체의 틀 안에서 사라져 갔다. 가슴에 돌이라도 얹힌 듯 무겁고 답답했다.

며칠 후 노예들이 다시 야힘을 데리고 나갔다. 야힘은 연회 덕에 근 2, 3년 만에 바깥 구경을 할 수 있었다. 야힘이 나올 때마다 거리를 거닐던 이들이 발걸음을 멈추고 검은 피부로 인해 더 하얗게 보이는 흰자위를 크게 뜨며 그를 신기한 구경거리로 보아 졸졸 따라왔다.

야힘은 항구로 가 커다란 배의 아래 간판으로 끌려갔다. 간판으로 내려가는 순간 머리가 아찔하고 욕지기가 치밀었다. 언젠가 들어갔던 감옥 냄새도 이에 비하면 향기로웠다. 작은 창문 몇 개로 환기를 하기에는 턱도 없이 넓은 곳에서 50여 명의 노예들이 손은 노에, 발목은 의자 다리에 빽빽하게 묶여 있었다. 사슬과 살이 닿는 부분은 썩어 고름이 흘렀고, 몇몇은 뼈가 드러났다. 제대로 일어설 수도 없어 엉덩이가 쓸려 앉은 자리도 피투성이였다.

야힘은 소매로 코를 가렸다. 야힘과 함께 들어온 노예들도 숨을 제대로 쉬지 못해 괴로워했다. 삽시간에 속옷까지 땀에 젖었다. 야힘은 냄새 때문인지, 눈앞에 보이는 참혹한 광경 때문인지 더워서인지 정신을 차리지 못했다.

노예들이 신호에 맞춰 노를 젓기 시작했다. 감독관은 술병을 들고 돌아다니며 제대로 젓지 못하는 자들은 가차 없이 채찍질했다. 때로 멀쩡히 잘 젓는 자들에게도 채찍을 내리쳤다. 더 이상 놀랍지도 않았다.

야힘은 이만한 크기에 수백 명이 몸을 돌리지도 못하고 빽빽이 실려 수개월 동안 항해하는 모습을 상상했다. 자기가 처형장에 끌려갈 때 수레에 들어간 경험이 없었다면 늙은 노예가 과장했다 여기고 믿지 못했을 것이다.

계단에서 노예가 내려와 야힘을 데려오라는 지시를 전달했다. 아래 간판에서 벗어나자 살 것 같았다. 위 간판에서는 연회가 한창이었다. 노예들이 바짝 붙어 옷과 머리 시중을 드는 속에서 호화롭게 차려입은 여자와 남자들이 먹고 마셨다.

야힘은 노예들이 우유에 술을 타 건네는 모습을 보았다. 그 우유가 분명했다. 사람들은 급속도로 취했고 누가 옆에 있거나 말거나 끊임없이 서로를 희롱했다.

노예들이 야힘을 지정된 자리에 세우자 사람들의 시선이 그에게 쏠렸다. 모두 호기심에 차 그를 바라보았고, 몇몇 젊은 남자들은 용기를 내어 만져 보기도 했다. 지켜보던 자들이 탄성을 질렀다.

"주인께서 재미있는 이야기를 들려주기 바라십니다."

노예가 말했다. 야힘은 생면부지의 사람에게 도움받은 이야기, 좋은 제도, 아름다운 풍습을 이야기하며 겉모습이 달라도 같은 사람임을 알아주기 바랐다. 하지만 이들은 그의 이야기에는 아무 관심이 없었다. 그저 짐승이 사람 말을 하니 신기해할 뿐이었다.

이야기를 마치자 젊은이 하나가 그를 고기 자르는 칼끝으로 쿡쿡 찔렀다. 야힘은 어찌할 바를 몰랐다. 그자는 점점 대담해져 자기 노예에게 야힘의 옷을 벗기라 말했다. 다들 호기심에 차 그의 둘레에 모였다. 여자들은 야힘의 음모가 그의 머리색과 같자 징그럽다며 입을 가리고 웃었다.

"그만, 그만, 난처해하잖아요."

점잖은 인상의 노부인이 나서 야힘이 도로 옷을 입게 했다. 야힘은 노부인에게 감사했다. 노부인은 분홍색으로 물들인 작은 토끼 모자를 썼고, 다른 사람들처럼 과하게 치장하지 않았다.

"감사합니다, 부인. 참으로 아름다우십니다."

야힘이 정중하게 인사하자 부인이 온화한 웃음을 지었다.

"화려하게 꾸미지 못하는 늙은이를 놀리는군."

큰 모자는 무거워 쓰지 못하는 모양이었다.

"아닙니다, 진심으로 드리는 말씀입니다."

노부인 주위에 있는 노예들은 다른 노예보다 건강 상태가 양호했다. 노부인은 그들을 함부로 대하지 않았다. 야힘은 이때다 싶어 노부인에게 노예들의 처지에 대해 하소연했다. 노부인은 부드럽게 말했다.

"내가 이들을 다 책임질 수는 없는 노릇이라오."

"마음이 너무 고우십니다. 이러면 노예들이 건방져집니다."

야힘을 칼끝으로 찌른 젊은이가 불만스레 말했다.

"아니 아니, 꼭 그렇진 않아. 내가 아끼던 계집이 있었어. 계집도 날 진정 좋아했지. 사냥터에서 멧돼지가 덤볐는데 자기 몸으로 막더라니까. 죽는 걸 보니 안쓰럽더군. 보기 드문 고운 계집이었는데……. 노예들은 조금만 잘해 줘도 모든 걸 바치지. 마누라보다 나아. 이런, 부인, 죄송합니다. 여성을 폄하하려는 뜻은 아니었습니다."

중년 사내가 대화가 끼어들었다. 노부인은 다 이해한다는 듯 포용력 있는 웃음을 지었다. 야힘은 더 말을 붙이지 못하고 물러났다. 노부인도 이들을 인간으로 보지 않았다. 어미 잃은 새끼 고양이를 거두듯 작은 자비를 베풀 뿐 그들의 실상에는 무관심했다.

간판에서 연회를 즐기는 이들은 간판 아래에 있는 자들을 모르고, 알아서도 안 되었다. 그들을 그저 배를 움직이는 짐승이라 여겨야 했다. 그러지 않으면 자기들이 어떤 토대 위에서 이토록 많은 부를 누리는지, 그로 인해 자기들이 어떤 존재인지 직면해야 했다.

야힘은 군주가 부르길 기다렸으나 사람들이 그에게 흥미를 잃자 다시 아래로 내려가야 했다. 배는 새벽녘에 항구에 돌아왔고, 그는 다시 방으로 끌려갔다.

군주는 더 이상 야힘을 따로 부르지 않았다. 그리고 이번 연회에서 그가 재미없는 이야기를 했다며 그를 돌보는 노예들을 징 박힌 채찍으로 내리쳤다.

야힘은 더 이상 연회에서 이들이 싫어할 법한 이야기인 피부가 흰 자도 사람이라거나 자기도 사람이라는 이야기는 입에 올리지 않았다. 그들이 재밌어할 만한 이야기만 골라 하며 기거이 말하는 원숭이처럼 행동했다. 그들의 경계를 풀어 가능한 한 연회에 오래 남아 그들이 하는 이야기를 통해 정보를 얻기 위함이었다.

군주는 섬을 지키기 위해 필사적이었다. 섬에는 질 좋은 목재, 붉은빛이 점점이 박힌 아름다운 바위, 모피를 얻을 수 있는 사냥감, 숨어 사는 노예들이 있었다. 다른 군주들이 호시탐탐 섬을 노렸다.

소젖이나 양젖보다 영양가가 높고, 젊음을 유지시킨다는 그들의 '우유'는 급속도로 팔렸다. 군주는 목장을 늘렸다. 더불어 더 힘세고 일 잘하는 노예를 만들기 위해 수시로 건강한 여자 노예와 건장한 남자 노예를 짝 지웠다. 그러다 사이가 좋지 않아 몇 대째 서로 말도 섞지 않는 부족 남녀를 짝으로 정하기도 했다. 노예들이 받아들이지 못하고 싸움을 벌이면 양쪽 모두 가혹하게 처벌했다. 서로 사이가 좋지 않은 부족만이 아니라 오누이, 부녀, 모자지간이라도 상관하지 않았다. 다른 군주들이 노예들을 번식시키는 걸 막기 위해 남자는 모두 거세해 팔았다.

이들은 사소한 범죄도 가혹하게 처벌했다. 야힘이 군주에게 잡힌 날 함께 형장으로 끌려갔던 검은 자들은 빵을 훔치거나 술에 취해 주먹싸움을 벌이거나 살 곳이나 직업이 없어 구걸하다 잡힌 자들이었다. 공개 처형을 할 정도로 악랄한 범죄를 저지른 게 아니었다. 함께 처벌받은 노예들 중에는 달아나다 잡힌 자들도 있었으나 역시 일하다 작은 실수를 했거나, 늦잠을 잤거나, 아파 더 이상 쓸모가 없는 자들이었다.

군주는 공개 처형을 범죄에 대한 경고 겸 인기 있는 오락으로 삼았다. 그래야 아랫것들이 불만을 토로하는 따위 쓸데없는 짓을 하지 않는다는 논리였다. 아무 잘못이 없는 노예도 처형할 마땅할 자가 없을 때 유흥거리로, 새 형틀을 시험하고자 처형했다.

한동안 처형이 없으면 황소 괴롭히기를 했다. 이들은 교배를 거쳐 작지만 한 번 물면 절대 놓지 않는 고집 센 개를 만들었다. 야힘도 그 자리에 본 행사 전 말하는 원숭이로 유흥을 제공하기 위해 갔다.

검은 자들은 황소의 코에 후추를 듬뿍 탄 물을 넣어 황소가 미쳐 날뛰게 만들고 개를 풀었다. 개들이 황소에게 달려들어 목덜미를 물어뜯고, 다리를 잡아 뜯었다. 황소가 발버둥 치다 개를 걷어차자 개가 허공으로 날아가 바닥에 처박혀 피거품을 뿜었다. 남녀노소 할 것 없이 박장대소하며 즐거워했다. 처형장 주변에서는 매춘부들이 군인들의 눈을 피해 술과 몸을 팔았다.

야힘이 보기에 이들은 모두 제정신이 아니었다. 거리는 거지와 부랑자로 넘쳤다. 대부분 한때 자기 농지를 가지고 있던 자들이었다. 부유한 자들은 군주에게 뇌물을 바쳐 세금을 추가할 핑계를 받아냈고, 세금을 내지 못한 자들은 부유한 자들에게 땅을 저당 잡혀 돈을 빌렸으며, 결국 빚을 갚지 못해 하루아침에 집과 농지를 잃었다. 땅을 잃은 자들은 일자리를 찾아 도시로 왔지만, 도시에도 그들이 일할 곳은 없었다. 군주나 부유한 상인, 토지를 가진 자들은 값이 덜 드는 노예에게 일을 시켰다.

설사 운이 좋아 일자리를 얻는다 해도 언제든 쫓겨날 수 있는 불안한 자리가 대부분이었다. 결국 가난한 이들은 돈이 들어올 때마다 술을 마시며 허송세월했다. 부유한 자들은 습지를 개간해 호밀밭을 만들어 호밀로 질 나쁜 술을 빚어 팔았다. 군주와 부유한 자들 모두 하나 같이 자기 도시민들을 술독에 빠진 부랑자로 만들려 작정한 자들 같았다.

하루는 연회에 가려고 길을 걷는데 귀청을 찢는 고양이 울음소리가 들렸다. 아이들이 지붕에서 갓 태어난 새끼 고양이들을 발견했다. 아이들은 새끼 고양이를 잡으려 했다. 어미 고양이가 담을 타고 올라와 털을 있는 대로 세우며 위협했다. 몇몇 아이들이 돌을 던져 어미 고양이가 다가오지 못하게 하는 동안 다른 아이들이 서로 무등을 태워 지붕에 올라 새끼 고양이를 내렸다. 아이들은 아직 눈도 못 뜬, 손가락 두 개만 한 새끼 고양이를 바닥에 내려놓고 한참 구경하더니 발로 밟았다. 한 아이는 고양이 꼬리를 잡았다. 채 눈도 뜨지 않은 새끼 고양이가 무슨 일인지 몰라 꼬물거렸다. 아이는 새끼 고양이를 벽에 던졌다. 어미 고양이가 담장 위에서 울부짖었다. 아이들은 올가미를 던져 어미 고양이를 잡았다. 어미 고양이는 끌려 내려오지 않으려 안간힘을 썼지만 여러 아이들의 힘을 이길 리 만무했다. 결국 바닥에 내동댕이쳐졌다. 아이들은 신이 나 막대기로 고양이를 때리기 시작했다. 고양이는 몇몇 아이들을 할퀴었지만, 아이들은 그 정도 상처에는 눈 하나 깜빡하지 않았다. 아이들은 고양이가 죽을 때까지 차고 던지며 명랑하게 웃었다.

도처에 비인간적인 일들이 넘쳐났다. 그 일들에 익숙해지고 둔감해지면 야힘 또한 이들처럼 될 것이다. 그렇다고 모두 감당하며 온전한 정신을 유지할 자신이 없었다. 야힘은 밤마다 자기가 미치지 않기를, 눈을 뜨면 모두 악몽이었길 바라며 잠이 들었다.

눈을 뜨면 어김없이 똑같은 날이 시작되었고, 악몽은 끝날 기미가 보이지 않았다. 결국 압도당해 미칠 날이 머지않은 듯했다.

야힘은 다음 연회 때 재미있는 재주를 보인다 했다. 한 젊은이가 나섰다. 야힘은 그에게 금화를 받아 오른 주먹에 쥐고 양손을 내밀어 어느 손에 금화가 있을지 물었다. 젊은이는 당연히 오른쪽을 가리켰다. 야힘은 오른손을 폈다. 금화가 없었다. 이어 왼손을 폈다. 왼손에도 없었다. 야힘은 청년의 귀 뒤에서 금화를 꺼냈다. 다들 유쾌하게 웃었다. 청년만 짐승에게 놀림받았다며 야힘의 뺨을 때렸다. 야힘이 군주의 재산이 아니었다면 더 심하게 때렸을 것이다.

야힘은 방에 돌아와 밤새도록 낑낑댄 끝에 청년의 옷에서 훔친 옷핀으로 목에 있는 자물쇠를 땄다.

"어떻게요?"

내가 물었다. 야힘이 짓궂게 웃었다.

"어쩌다 익힌 재주라네. 가르쳐 주고 싶은데, 지금 손으로 될지 모르겠군."

야힘이 떨리는 손을 들었다.

야힘은 자물쇠를 풀고 방을 살폈다. 몸이 자유로워지니 방이 낯설고 넓었다. 작은 방은 아니나 묶인 줄이 짧아 잠자리와 요강이나 겨우 오갔다. 이제껏 오물도 다른 이가 치웠다. 몇 걸음만 허락하면 그가 직접 처리할 수 있는 일이었다.

창문에는 단단한 나무 창살이 있어 쉽게 부서질 것 같지 않았다. 창밖으로 순찰 도는 이들이 보였다. 야힘은 때를 기다리기로 하고 다시 스스로를 사슬에 묶었다. 며칠 동안 묶고 풀기를 반복하며 밖을 살폈으나 경비들은 수시로 교대 시간과 순시를 도는 장소, 순서를 바꿨다. 섬을 노리는 다른 군주들로 인해 군주가 얼마나 많은 암살 위험 속에 사는지 생각하면 당연한 일이었다. 섬을 놓고 벌이는 싸움에 동원되어 많은 이들이 다치고 불구가 되었고, 불구가 되면 일자리를 얻지 못해 구걸하거나 도둑질로 연명했다.

군주는 그에게 비싼 값을 치른 자에게 하룻밤 야힘을 빌려주었다. 야힘은 그자가 연 연회에서 군주가 자기를 '번식'시키려 한다는 사실을 알게 되었다. 늘 군주 옆에 붙어 있는 상인이 야힘의 '새끼'는 비싼 값에 팔리리라 이야기한 것이다. 이들은 또한 야힘과 노예 여자 사이에 태어난 새끼도 번식이 가능할지, 노새처럼 튼튼하고 일은 잘하되 번식은 하지 못할지 궁금했다. 하늘이 노랗게 변했다.

얼마 후 군주가 새 부인을 맞으며 성대한 연회를 열었다. 연회 유흥으로 송아지를 개들에게 던졌다. 송아지는 후추를 탄 물을 콧속에 들이부어도 화내지 못하고, 그저 겁에 질려 울부짖었다. 개들은 송아지를 쓰러뜨리더니 살을 물어뜯고 내장을 씹어 먹었다. 송아지는 몸이 반 이상 먹힐 때까지 살아 큰 눈에서 눈물을 흘렸다.

야힘은 이를 악물고 못 본 척하며 연회석상에 가서 그가 살던 곳과 여기까지 오는 길에 있던 고난과 이전 여행에서 겪은 일들을 이야기했다. 야힘이 이야기를 마치자 노예들이 늘 그러듯 그를 방에 가두고, 목걸이에 달린 사슬을 벽에 걸어 자물쇠를 채웠다.

야힘은 반복하며 능숙해진 손놀림으로 자물쇠를 땄다. 일주일간 열릴 연회가 끝나면 그를 번식시킬 것이고, 그의 아이는 새 부인을 위한 선물이 될 터였다. 되든 안 되든 달아나야 했다.

그는 창밖을 살폈다. 연회에 참석하러 온 손님과 그들이 데려온 하인, 노예들로 낯선 이들이 많아 경비들이 처음 보는 얼굴이라고 하나하나 확인하지 못했다. 그래 봐야 이 지역에 그와 같은 피부를 가진 이는 한 사람뿐이었다. 얼핏 봐도 눈에 띌 수밖에 없었다. 그 정도 위험은 감수해야 했다. 오늘이 아니면 다시는 기회가 없을 터였다. 상대 여자도 원치 않을 텐데 강제로 아이를 만들고, 그렇게 태어난 아이가 자기처럼 구경거리로 살게 하느니 차라리 죽는 게 나았다.

야힘은 폭죽이 터지는 소리에 맞춰 의자로 창살을 부수고, 재차 폭죽이 터지길 기다려 창문을 깼다. 커튼과 이부자리를 찢어 줄을 만들어 담쟁이덩굴에 의지해 내려갔다.

저택을 빠져나간 지 얼마 지나지 않아 경비들의 고함이 들렸다. 벌써 들킨 것이다. 야힘은 오물이 가득한 하수구에 납작 엎드렸다. 투실투실하게 살이 오른 시꺼먼 쥐가 야힘을 밟고 지나갔다.

날이 밝을 무렵 하수구 앞에서 돼지를 잔뜩 실은 수레가 멈춰 검사를 받았다. 야힘은 수레 밑으로 기어들어 가 매달렸다. 성을 빠져나갈 때 다시 경비들이 수레를 멈추게 해 살폈다. 경비들의 발이 바로 코앞에 보였다. 심장이 터질 것만 같았다. 다행히 경비들은 수레 밑까지 살피지는 않았다.

야힘은 수레가 한적한 오솔길로 들어서자 손을 놓고 풀숲으로 숨었다. 몇 시간을 매달려 있던 터라 팔이 얼얼했다. 그래도 쉴 틈이 없었다. 성에서 너무 가까웠다. 야힘은 무작정 달리다 도시를 가로지르던 강줄기를 발견했다. 그는 씻고 물을 마시고, 강을 따라 걸었다.

강아지풀, 세모고랭이가 떼를 이루고, 갈대들이 바람에 누웠다. 노랑부리백로가 갯벌에 긴 부리를 박았다. 멀리 지평선에서 뭉게구름이 솟아오르고, 괭이갈매기 한 무리가 야힘을 무심히 바라보았다.

물은 걱정 없으나 음식이 문제였다. 야힘은 괭이갈매기 무리를 살폈지만 나는 새를 잡을 도리도, 포란기가 아니라 알을 구할 수도 없었다. 갯벌을 뒤져 봐야 나오는 건 새끼손가락 끝 마디만 한 엽낭게 따위뿐이었다.

강은 가도 가도 끝나지 않았다. 사람의 그림자는 보이지 않았고, 이따금 무성한 갈대 풀 사이로 재두루미가 긴 다리를 한 발씩 내밀며 걷거나, 검둥오리가 무리 지어 헤엄쳤다.

배가 고파 더는 걸을 기력이 없었다. 야힘은 생선을 날로 먹는 지역에도 가 본 적 있었다. 그 사람들이야 어려서부터 먹어 괜찮다지만, 야힘은 혹 탈이 날까 우려해 당시에는 먹지 않았다. 지금은 가릴 때가 아니었다. 그는 돌을 뒤집어 피라미 몇 마리를 잡아 뾰족한 돌로 내장만 발라 씹어 먹었다. 우려보다는 먹을 만했지만, 손가락만 한 피라미 몇 마리 잡으려 설치다 손이며 발을 긁히고 다쳐, 먹어 회복한 것보다 손실이 더 큰 듯했다.

어느덧 밤이 찾아왔다. 야힘은 마른자리를 찾아 누웠다. 성에서는 어찌 달아났지만 여기가 어디쯤인지, 어떻게 돌아가야 할지, 과연 돌아갈 수 있을지, 아니 살아남을 수나 있을지 앞날이 막막했다. 여기까지 와서 여행기도 남기지 못하고 죽는단 말인가?

선잠에 들었다가 새벽녘에 깨어나 얼어붙은 몸을 문대며 해가 떠 기온이 오르길 기다렸다. 야힘의 처지를 반영하듯 시커멓던 세상에 검푸른 빛이 비친다 싶더니 놀랄 만큼 따뜻한 빛깔의 노을이 갈대밭을 물들였다. 솟는 해와 지는 해는 맨눈으로 볼 수 있으나 떠 있는 해는 제대로 볼 수 없듯, 여행도 삶도 중간에서는 어디쯤인지 알 수 없는 법이다. 시작할 때는 안다. 끝날 때도 자연히 알게 되어 있다. 지금이 어디에 와 있는지 모른다는 건 더 걸으라는 뜻이리라. 야힘은 뾰족한 돌로 팔목을 긋고 걸었다.

"군주의 저택을 빠져나온 뒤로 날짜를 헤아릴 방법이 없더군. 그래서 생각해 낸 거라네. 악몽에 시달리다 깨어나면 아직 죽지는 않았구나 하며 빗금을 그었지."

야힘이 팔을 걷어 빗금 스물세 개를 보였다. 그는 상처를 쓰다듬더니 말을 이었다.

물을 따라 걸으며 날짜를 헤아리고, 아침저녁으로 공들여 손과 얼굴을 씻었다. 야힘은 최소한의 일상에 의지해 허물어져 가는 정신을 놓지 않으려 했다.

스물세 개째 빗금을 그은 날 인적 없는 곳에서 허름한 집을 한 채 발견했다. 여기 사는 사람이 그를 신고하기라도 하면 기껏 도망친 게 헛일이 될 것이다. 그렇다고 혼자 힘으로 살아남는 건 불가능했다. 그는 이래 죽나 저래 죽나 매한가지라는 생각에 문을 두드렸다. 아무도 나오지 않았다. 혹시 몰라 밀어도 보고 당겨도 봤지만 문은 단단히 잠겨 꼼짝도 하지 않았다. 더는 한 걸음도 걸을 여력이 없었다. 갈 곳 없는 절망이 분노로 터졌다. 그는 어디서 솟았는지 모를 힘으로 문을 발로 걷어차며 아는 언어를 총동원해 욕설을 퍼부었다. 살고 싶었다. 살아남으려면 누군가 그를 도와야 했다. 이제껏 살아오며 아무도 그를 알지도 못하는 곳에서 사람이 아니라 짐승이라는 소리를 듣다 죽을 만큼 잘못한 일 없었다. 등 뒤에서 칼끝이 느껴졌다. 피가 식고 정신이 돌아왔다. 그를 도울지도 모를 사람에게 욕설을 퍼붓다니. 어떻게든 좋은 모습을 보여 살아남아야 했다. 아니, 그만 다 포기하고 싶었다.

"뭐하는 작자야?"

노예들이 쓰는 말이었다.

"죽이려면 그냥 죽이시오. 어차피 죽은 목숨이오."

야힘이 대답했다. 칼을 겨눈 자가 돌아보라는 듯 칼끝으로 등을 찔렀다. 야힘은 뒤를 돌았다. 축 늘어진 가슴이 아니었으면 성별도 구별하지 못했을 만큼 얼굴이며 팔이 말린 대추처럼 쭈글쭈글한 노파가 누런 눈을 희번득했다. 상체는 벌거벗었고, 아랫도리는 마른 풀을 엮어 만든 치마로 가렸다.

"사람이냐?"

"사람이오, 피부색이 이럴지 몰라도 나 역시 사람이라오."

노파가 그를 데리고 있던 자의 이름을 중얼거렸다.

"그자가 말하는 짐승을 잡았다더니 너구나."

"그자에게 다시 갈 수는 없소. 날 도울 수 없다면 차라리 죽여 주시오."

야힘은 주저앉아 노파의 칼을 기다리다 기절했다.

몇 시간 후 깨어나니 노파가 그를 내려다보고 있었다. 야힘은 둘레를 살폈다. 집 안이었다. 천장은 앉으면 머리가 닿을 듯 낮았다. 문은 나뭇가지에 깃털을 엮어 만들었고, 창문은 없었다. 일어나는데 목에 무언가 걸렸다. 노파가 목에 사슬 목걸이를 걸어 벽에 박은 나무못에 묶어 두었다. 기가 막혀 한동안 말이 나오지 않았다.

"이보오, 그대도 이 물건이 어떤 물건일지 알지 않소? 나 역시 그대들과 같은 처지요. 내 아무것도 바라지 않겠소. 그저 잠시 회복할 때까지만 머물게 해 주오. 그럼 죽은 듯이 떠나겠소."

야힘은 노파에게 사정했다. 노파는 그가 이야기하는 내내 칼을 쥔 채 이글거리는 눈으로 그를 바라보았다. 그를 어떻게 죽이고, 시체는 어디다 치울지 고민하는 듯했다.

"사람 보는 눈이 있다 자부하며 살아왔네."

야힘이 나도 그렇지 않으냐는 눈으로 말했다.

"그렇죠."

나는 순순히 대답했다. 길을 걸으며 수없이 많은 사람들을 겪다 보면 사람을 파악하는 눈이 늘기 마련이었다.

"그 노파의 눈에 담긴 건 한 맺힌 증오였어. 겉보기엔 100살도 넘어 보였지만 그 정도로 나이 들진 않았으리라 생각했네. 증오가 노파를 갉아먹은 게야. 솔직히 사람의 형상으로 보이지도 않았다네. 그 눈 하며, 손, 몸짓……."

야힘이 새삼 몸서리를 쳤다. 밖에서 인기척이 들렸다. 갈리였다.

"약을 가져왔어요."

"고맙구나. 게 놓고 가거라."

야힘이 말했다. 갈리가 나가자 야힘이 약을 먹도록 그릇을 받쳐 주었다. 그리고 입가심을 하라고 찻잔에 새 차를 따라 주었다.

"자네도 들게."

"전 통 무슨 맛인지……."

"몸에 좋은 거네."

야힘이 빙그레 웃었다. 마지못해 나도 찻주전자에서 한 잔 따르자 야힘이 이야기를 이었다.

노파는 야힘이 말하는 내내 섬뜩한 눈으로 야힘을 노려보았다. 노파가 증오로 가득한 건 그의 사람들이 겪은 일을 보아 이상한 일이 아니었다. 아마도 일가친척을 모두 잃고 혼자 달아나 겨우 목숨을 부지하는 것이리라.

　"네가 그자들에게 잡히면? 나에 대해 말하지 않으리라 누가 장담할까?"

　"내 설마 은인에게……"

　노파는 코웃음을 치더니 그의 몸을 뒤져 핀을 찾았다.

　"어찌 빠져나왔나 했더니 솜씨가 제법이군."

　야힘은 절망에 빠졌다. 늑대 굴을 피해 호랑이 굴에 왔단 말인가?

　노파는 야힘을 죽이지 않았지만 풀어 주지도 않았다. 그래도 끼니는 챙겨 아침저녁으로 얇은 빵이나 죽을 가져왔고, 이따금 생선 조각이나 두루미 고기 따위도 주었다. 야힘은 잘 먹고, 밤이면 꿈도 꾸지 않고 깊은 잠에 빠졌다.

　며칠 지나지 않아 노파가 자기에게 약을 먹인다는 걸 알아챘다. 그렇다고 피할 방법도 없었다. 노파는 그가 먹는 모습을 끝까지 지켜보고 빈 그릇을 받아 갔다.

　이대로는 군주에게 잡혀 있을 때와 다를 바가 없었다. 아니 더 비참했다. 노파는 그에게 음식과 물을 가져다줄 뿐 한 마디도 하지 않고, 그가 말을 붙이지도 못하게 했다. 창이 없으니 바깥을 볼 수도 시간이 얼마나 흘렀는지도 알 도리가 없었다. 노파가 깃털을 엮어 만든 문을 걷어 들어올 때 머리부터 보이는 걸로 보아 그가 있는 곳이 2층이려니 짐작할 따름이었다.

새들이 지저귀며 물고기를 잡느라 물을 치는 소리가 들리면 아침인가 했고, 물새들이 자러 가 강물 흐르는 소리만 남으면 밤인가 했다. 야힘은 어두컴컴한 방에 갇혀 씻지도, 수염을 다 듬지도 못하고 줄이 허락하는 한도 내에서 몸만 이리저리 돌렸다.

노파는 악으로 살아가고 있을 뿐 시체나 다름없었다. 그간 이곳을 찾는 이도 보지 못했다. 그도 인적을 피하다 하늘이 도와 발견한 곳이었다.

"처음 그 집을 발견했을 땐 그런 줄 알았다는 걸세."

야힘이 말했다.

노파가 죽는다면 그는 이대로 침대에 묶인 채 죽게 될 것이다. 야힘은 왜 밤마다 재우는지 그 까닭부터 알아야겠다 싶어 하루는 노파가 나간 후 오물통에 토했다.

물총새, 왜가리, 도요새 따위가 몰려 먹이를 잡고, 자기들끼리 떠들어 대는 소리가 하나둘 사라지고 적막이 찾아왔다. 이따금 부엉이가 우는 소리만이 밤의 고요를 깼다. 늘 약에 취해 잠들다 깨어 있자 감각이 더 예민하게 느껴졌다.

야힘은 기다렸다. 아무 일도 일어나지 않았다. 깜빡 잠이 들었다가 화들짝 놀라 깼다. 심장이 뛰고 식은땀이 흘렀다. 처음엔 왜 깼는지 알 도리가 없었는데 오래지 않아 사내가 울부짖는 소리가 들렸다.

잘못 들었나 확인하려 다음 날도 저녁을 토했다. 비명 소리에 이은 살려 달라는 말을 알아들을 수 있었다. 노예들이 쓰는 말이었다. 노파의 목소리는 들리지 않았다.

밤이 다가오는 게 두려웠다. 음식을 먹으면 비명을 지르는 사내에 대해 아무 생각하지 않고 잘 수 있었다. 어차피 그가 할 수 있는 일도 없었다. 그렇다고 계속 모른 척하는 것도 못 할 노릇이었다. 언젠가 그에게도 닥칠 일일지도 몰랐다.

때로는 먹고 때로는 토하며 며칠이 지났다. 노파가 물과 먹을거리를 한 아름 들고 와 뱀이 쉭쉭 거리는 듯한 소리로 말했다.

"날 은인이라 했나?"

"물론입니다."

"아껴 먹게. 쓸데없는 생각 하지 말고."

"알겠습니다."

야힘은 고분고분 대답했다. 노파의 눈이 서늘해졌다. 노파는 그를 믿지 않았다. 노파는 가죽끈을 가져다 복잡한 방식으로 팔목에 매듭을 지어 벽에 묶더니 나갔다.

밤이 깊었다. 사내의 비명은 들리지 않았다. 노파도 돌아오는 기척이 없었다. 그래도 주의해야 했다. 노파는 소리 없이 걸어 다녔다. 이 집이 얼마나 낡고 오래됐는가를 감안할 때 놀라운 일이었다. 야힘이 빈 그릇을 내려놓을 때마다 바닥이 요동쳤다. 노파는 음식이 든 그릇을 놓는데도 소리가 나지 않았다.

야힘은 기회가 왔을 때 어떻게든 해 보자는 심정으로 노파가 두고 간 음식을 살폈다. 두루미 고기가 보였다. 살점을 바르고 뼈를 부췄다. 야힘은 뾰족한 뼛조각을 자물쇠 구멍에 넣고 돌렸다. 뼈가 부러졌다. 다른 뼈를 잘랐다. 너무 짧게 잘렸다. 마지막 뼛조각을 집어넣었다. 자물쇠가 돌아갔다. 군주가 쓰던 사슬이면 뼛조각 따위로는 어림없었을 것이다. 노파가 그를 묶은 사슬에 달린 자물쇠는 오래되어 헐거웠다.

그는 소리 없이 환호하고 가죽끈을 풀려 했다. 자물쇠도 풀었는데 이쯤이야 아무것도 아니리라 여겼는데 건드릴수록 손목을 옭아맸다. 피가 통하지 않아 손에 감각이 없어졌다. 이 줄을 목에 묶었다면 지금쯤 죽었을 것이다. 팔을 잘라서라도 달아나고 싶었다.

야힘은 벗어던진 사슬에서 날카롭게 긁힌 부분을 찾아 가죽 줄에 대고 그었다. 일찍 사냥 나온 새들이 재잘대는 소리가 들릴 무렵 가까스로 줄을 자를 수 있었다. 저릿한 팔을 주무르고 위태로운 사다리를 타고 내려가니 9평 남짓한 방이 나왔다. 가죽으로 가려 놓은 창문을 걷자 빛이 쏟아졌다. 오래도록 빛을 보지 못해 눈이 아팠다. 야힘은 눈을 비비고 빛에 익숙해지길 기다렸다.

방 한쪽에는 화로와 그릇 따위를 놓는 찬장이 있었다. 벽에는 말린 나물과 훈제한 두루미, 괭이갈매기, 황쏘가리, 망둑어 따위를 걸어 두었다. 바닥에는 마른 나뭇잎과 깃털로 만든 잠자리가 있었고, 다른 가구는 보이지 않았다.

야힘은 문을 열고 밖을 살폈다. 집 앞은 생전 쓸어 본 적 없는 양 잡초가 가득했다. 그때도 버려진 집이 아닐까 했었다. 야힘은 주위를 살폈지만 다른 사람이 사는 흔적은 보이지 않았다. 그는 다시 안으로 들어갔다. 분명 사내의 비명 소리는 집 안에서 들렸다. 야힘은 구석구석 살폈다. 문득 바닥이 울리는 듯했다. 노파의 잠자리를 치우자 숨겨진 문이 보였다. 문을 당겨 여니 어두운 지하로 내려가는 계단이 나왔다.

야힘은 양초를 찾아 불을 밝혔다. 생선 기름으로 만든 양초에서는 역한 냄새가 났다. 야힘은 용기를 내어 한 발 한 발 아래로 내려갔다. 한 사내가 가죽 줄에 묶여 있었다. 사내가 인기척에 몸을 웅크렸다.

"엊저녁에 안 온다 싶더니, 아침에 오는가……."

사내가 말했다.

"뉘시오? 왜 여기 갇힌 거요?"

야힘이 물었다. 사내가 고개를 들었다.

"당신이야말로 뉘시오?"

"노파에게 잡혔던 사람이오."

"노파는 어디 있소?"

"모르오. 며칠 먹을 걸 주고는 사라졌소."

"살려 주시오!"

사내가 외쳤다.

"여기 갇힌 지 26년째요!"

"26년이라고?"

야힘이 믿을 수 없어 되물었다.

"노파가 해마다 날 잡아 온 날이면 알려 주지. 제발 살려 주시오……."

사내가 애걸했다. 야힘은 촛불에 비친 사내의 피부를 보고 선뜻 풀어 줄 생각을 하지 못했다. 사내는 검은 자였다. 이곳에 와 검은 자들이 하얀 자들을 어찌 대하는지 봐 왔다. 직접 겪기도 했다. 자기가 달아난 뒤 시중을 들던 노예들은 모두 처형

당했을 것이다. 야힘은 그간 그 생각을 하지 않고자 애써 왔다.

야힘은 사내에게 초를 가까이했다. 사내는 70대 초중반으로 보였다. 짙은 눈썹은 갈매기처럼 각이 졌지만 눈가는 밑으로 처져, 눈썹을 보면 강인하고 날카로워 보였고, 눈을 보면 선량하고 부드러운 인상을 주었다. 나이가 들어 주름이 졌어도 코 끝은 선명하고, 입술은 두툼했다. 옷은 닳아 없어져 거의 벌거 벗고 있었으며, 수염은 방치해 엉킨 채 배꼽까지 내려왔다. 야힘은 그의 몸을 자세히 살폈다. 온몸이 채찍질당한 흉터로 뒤덮여 있었다.

벽에는 끝이 갈라지지 않은 채찍이 보였다. 노파는 갈라지거나 징이 박힌 채찍도 구할 수 있었을 것이다. 저 채찍을 사용하는 건 그를 살려 둬 오래도록 괴롭히기 위함일 터였다.

사내의 줄이 닿는 범위 지하실 한쪽은 강과 연결해 물이 고여 있었다. 볼일을 보라는 용도로 만든 것 같았다. 철저하게 준비해 만든 곳이었다.

"노파가 당신을 왜 여기 가뒀는지 알아야겠소. 난 다른 지역에서 와 이 지역에 대해선 잘 모르오. 자세히 말해 주면 좋겠소."

야힘이 말했다. 그는 비로소 야힘을 유심히 살폈다.

"섞인 놈이 아니었소?"

"아니요. 나는 주인과도 노예와도 다른 자요. 아주 멀리서 왔다오."

사내는 두말하지 않고 입을 열었다.

"난 부유하진 않아도 먹고살 걱정은 하지 않는 농부의 셋째 아들이었소. 내 밑으로 여동생이 둘 있었지. 고향 마을 사람들은 작게나마 자기 땅을 가꾸고 함께 경작하는 공유지에서 농사를 지어 먹고 살았는데, 하루아침에 그 땅이 군주의 땅이 되었소. 아버지와 마을 남자들은 군주에게 항의하러 갔다가 시체가 되어 돌아왔고, 우리 가족은 삽시간에 구걸하러 갈 그릇도 없는 처지로 몰락했다오.

큰 형은 선원이 되면 돈을 많이 벌 수 있다는 말에 도시로 간 후 소식이 끊겼지. 얼마 후 도시에서 선원을 모집하는 자가 왔소. 말이 모집이지, 좀 컸다 싶은 남자는 무작정 끌고 갔다오. 어머니는 남은 아들마저 잃을 수 없다고 저항했지만 헛된 일이었소. 작은 형이 열넷, 내가 열한 살일 때 이야기오. 그자들은 형과 내가 황금 섬에 가는 배에서 일할 거고, 거기서 찾는 금은 모두 우리 게 되리라 했소. 어리석게도 그 말을 믿었지.

배에는 우리처럼 잡혀 오거나 속아 온 자들이 가득했다오. 그때 우리 배의 선장이 지금 군주의 아버지요. 나와 형은 지금 군주의 시중을 들었지. 그때 군주가 열 살인가 뭐 그랬을 거요.”

사내가 몸을 떨었다.

“군주의 아비는 아침 식사 전, 그저 몸풀기라도 하듯이 선원을 몇 명 골라 줄지어 놓고 채찍질을 했다오, 믿어지시오? 아무 이유가 없었소! 규율을 어기거나 일을 잘못해서가 아니란 말이오!

나중엔 군주도 아비를 따라 매일 아침, 형과 나한테 채찍질을 가했소. 돌아가며 채찍질한 건 아니오. 그냥 자기 기분 내키는 대로 골랐지. 그런데 나한테 무슨 억하심정이 있는지 3일째 날 지목하더니 그날따라 더 지독하게 굴었소. 등에 뜨거운 역청을 붓더니 달군 부젓가락으로 등을 지졌소! 형이 더 두고 보지 못해 달려들어 부젓가락을 뺏었고…….

정신이 들고 보니 형은 망보다 잠든 자와 함께 활대 끝에 갈비뼈가 묶여 걸려 있었소……. 며칠 후 죽었고, 아무도 내려 주지 않은 채 새들의 먹이가 되었지."

사내 눈에 눈물이 고였다.

"나는 그 섬에 발을 디딘 첫 번째 선원 중 하나였소. 하루에도 몇 명씩 죽어 나가는 중에 운 좋게 목숨을 부지했지. 군주의 아비가 마침내 일단 물러가기로 해 배로 돌아왔소.

항구에 도착하자 선장이 말하길 내가 군주의 아비에게 빚을 졌다는 거요. 배에서 날 먹이고 입혔는데 내가 그만큼 일을 못 했다며 가래 하나 들려 습지를 개간하는 일에 보냈소. 잠자리는 늘 습기가 찼지. 한 번은 자는데 물이 차 죽을 뻔했소.

다음에는 산에서 돌을 깎는 일에 끌려갔다오. 하루는 바위가 굴러떨어져 바로 옆에 있던 사람이 깔렸는데, 감독관이 꺼내 봐야 일도 못 할 거라며 놔두라지 뭐요. 버팀목이 무너져 내린 적도 있고, 지진이 나 흙더미에 파묻히기도 했지. 나는 팔이 부러지거나, 갈비뼈에 금이 가거나 머리를 다치긴 했어도 죽지는 않았소. 차라리 그때 죽는 게 나았을 것을……. 또 황금 섬에 가는 배에 끌려간 거요!

배에서는 하루에 한 번 가죽 물병에 물을 채워 주고, 곰팡이 핀 빵과 썩은 돼지고기를 줬소. 우린 더 참지 못하고 모의해 반란을 일으켰지. 선장을 죽이고, 배를 탈취해 해적질을 했소."

처음에는 사내의 말을 알아듣기 힘들었다. 오래도록 사람과

긴 이야기를 나눈 적이 없다 보니 말을 더듬었으며, 발음도 분명하지 않았고, 같은 말을 여러 번 반복하기도 했다. 다행히 뒤로 갈수록 점점 목소리가 또렷해지더니 해적질을 하던 시절에 대한 이야기로 넘어갈 무렵에는 거의 보통 사람처럼 말했다.

"우린 선장의 갈비뼈를 묶어 배 밖에 걸었소. 내 삶에서 가장 통쾌한 순간이었지. 우리와 합류하길 거부하는 자, 우리에게 채찍질을 가하던 자들은 모두 배 밖으로 던졌소.

우린 배를 가장 잘 모는 자를 선장으로 뽑았지. 하지만 선장이라고 뭐든 자기 마음대로 할 순 없었소. 선장이 마음에 들지 않으면 바꿔버리면 그만이니까.

배를 약탈해 물건을 뺏으면 모두 공평하게 나눴고, 아무도 다른 자들에게 채찍질을 가하지 않았소. 통제할 수 없는 말썽을 일으킨 자는 다음 상륙 때 배에서 내쫓기로 했지만 모두 규칙을 지켰소. 우리가 만든 규칙이었으니까! 먹을 게 떨어지면 똑같이 굶었고, 풍족할 땐 다들 푸짐하게 먹고, 마시고, 피리를 불며 춤추며 놀았소.

우린 모두 이 삶이 영원할 수 없으리라는 사실을 알고 있었소. 하지만 하루라도, 단 하루라도 자유롭게 살 수 있다면 그걸로 족했다오. 그리고…… 결국 군주의 배에 잡혔지. 그때쯤 황금 섬은 우리 사람들은 살 수 없고, 저들 노예만이 살 수 있는 곳이라는 게 밝혀졌다오. 거기는 대기에 독이 떠다니고, 물은 기이한 녹색인데 그게 바로 독이오. 그자들이 아니면 숨을 쉴 수도, 물을 마실 수도 없소."

"그자들이 물에 독을 푼 게 아니고?"

"아니요, 그자들은 그 물을 마시고도 멀쩡하지. 이미 그 섬을 공격하며 몇 번이나 시험했소.

반란을 일으키고 배를 뺏어 해적질을 한 게 우리뿐이었겠소? 감옥이 미어터지고, 공동 무덤을 파기에도 지친 군주는 황금 섬을 죄수들을 보내는 유배지로 만들었소. 몇몇은 본보기 겸 구경거리로 처형시키고, 나머지는 섬에 보내는 거지. 그럼 섬이 알아서 우릴 죽였소. 내 동료들의 1/3은 산 채로 화형당했고, 나와 다른 자들, 거리에서 잡혀 온 부랑자, 좀도둑, 홀치기꾼, 거지, 포주, 술에 취해 영문 모르고 잡혀 온 자들까지 한 무리가 그 섬으로 가게 되었소.

섬이 보이자 물 한 방울 주지 않고 작은 배를 내려 우릴 태웠지. 우리가 바다를 떠돌다 죽든, 섬에 올라 죽든 알 바 아니었던 거요. 우린 섬으로 갔소. 해변에는 우리 앞에 왔던 자들이 어설프게 지은 집과 시체들이 널려 있었다오.

사람 얼굴만 한 나방을 보았소? 나방이 날아가며 날린 가루가 닿기라도 하면 피부가 썩어들어 갔소. 쉰가량 갔는데 첫날 다섯이 쓰러지더니 삽시간에 다들 거동을 못 하지 않겠소?

어떻게든 살아야겠다는 생각에 용기를 내어 먹을 걸 구하러 숲으로 들어갔다가 그자들, 날 잡아 가둔 노파가 살던 마을 주민들과 마주쳤소. 그들은 대뜸 날 잡아갔지. 그들은 산 사람을 잡아먹는 걸 아시오? 이대로 잡아먹히나 보다 했는데……

무색인들이 사는 모습을 보지 못했다면 믿지 못했을게요. 옷 짓는 법도 모르고, 음식도 거의 날것으로 먹었소. 나는 그들에게 음식을 요리하고, 몸을 씻고, 남녀 간에 조심하는 법도를 알려 줬다오. 그들은 차츰 날 고마워했고, 내가 그치들 중 다친 자를 치료하자 날 위해 잔치를 열었다오. 해적질을 할 때 의사였던 자에게 배운 건데 쓸모가 있었지.

잔치 때 노파가, 그땐 젊었는데, 날 유혹하더란 말이오. 명색이 사낸데 어찌 여인을 거부한단 말이오? 그런데 그 노파에게 남편이 있더란 말이지. 맹세하건대 나는 까맣게 몰랐다오. 노파는 남편이 자길 학대한다고 하더군. 그자들은 거의 짐승에 가까운 자들이오. 대낮에도 누가 보든 말든 서로 달라붙지. 여자가 싫다고 해도 소용없소.

나는 이들 덕에 형기가 만료될 때까지 살아남았으니만큼 다음 배가 오면 여자를 데리고 가겠다 약조했소. 하지만 여자를 데려가는 건 무리였소. 선장이 절대 안 될 소리라 했고…… 난 여자를 놔두고 홀로 떠났소. 내가 죽일 놈이었소이다."

사내의 눈에서 눈물이 떨어졌다.

"집이 그리웠소. 고향으로 돌아가고 싶었다오. 그래서 밤중에 몰래 달아났지.

섬에서 지내는 동안 나는 이들이 어떻게 이 섬에서 살 수 있는지 알게 되었다오. 그들이 얼굴에 바르는 염료는 피류라는 상수리나무 비슷한 나무껍질에 섬 비버 똥을 태워 섞은 거라오."

"섬 비버?"

"그 섬에서만 사는 동물로 흔히 보는 비버보다 꼬리가 길며 털이 부드럽다오. 섬 비버 똥을 태운 가루와 피류 껍질을 섞어 만든 염료는 독나방 가루 독을 희석시켰소. 또 이들은 어릴 때는 물을 바로 마시지 않고, 역시 그 섬에서만 피는 붉은 나비라는 꽃잎을 말려 타 마시는데, 그러다 보면 물에 대한 내성이 생겨 나중에는 물만 마셔도 괜찮아지지. 생긴 모양은 고혹적인 나비처럼 생겼는데 맛은 지독해. 처음 붉은 나비를 우린 물을 마실 때는 구역질이 나 혼났다오. 내 똥냄새가 그보단 향긋할 게야.

육지에 돌아오니 군주가 날 불렀소. 내가 몇 년간 어떻게 살아남았는지 묻더군. 내겐 구걸로 연명하는 어머니와 어린 동생이 둘이나 있었단 말이오. 사실대로 말할 수밖에 없었소. 군주는 내 말을 듣더니 새 배에 올라 다시 섬에 가 선장과 선원들에게 섬에 적응하는 법을 알려 주라고, 그러면 거기서 잡은 노예 중 내가 고른 놈은 다 준다 약조했다오. 분명히 약속해 놓고도 나한테 배울 걸 다 배우자 임금 한 푼 주지 않고 다른 배로 보냈어!

새로 간 배의 선장은 내가 전 배에서 받지 못한 임금은 자기가 알 바 아니라며 돈을 받으려면 일을 해야 한다고 했소. 내 덕에 섬을 정복하고도 날 다른 자들과 똑같이 취급했어! 나는 게을러 도둑질이나 하며 연명할 놈이니 방만하지 않게 살려면 선원이 되어야 한다고, 내 어깨에 영구히 선원이라는 걸 알리는 낙인을 찍었어!

노예들을 데려올수록 우리 일자리는 사라졌지. 그자들이 우리보다 훨씬 싸게 먹히니까! 일하다 죽으면 또 잡아 오면 그만이니까! 내가 게을렀던 게 아니오! 선원 목숨값은 무색인들 못지않게 헐값인 걸 아시오? 내겐 아무것도 주지 않았어! 다 자기가 차지했다고! 내 가족은 모두 거리에서 죽었어!"

사내가 비통함을 이기지 못해 몸부림쳤다.

야힘은 사내가 진정하길 기다렸다가 말했다.

"어찌 되었든 마을 일원으로 받아들여 준 자들을 잡아 노예로 팔았단 말인가?"

"난 관리도 아니고, 아무것도 아니란 말이오! 내가 뭘 할 수 있겠소? 보지 못해 하는 소리요! 그자들은 섬에서 짐승만도 못하게 살고 있었어!"

사내가 악을 썼다. 야힘은 더 말을 막지 않고 사내가 말을 잇게 했다.

"몇 년이 흘렀을까, 노파가 날 찾아왔소. 내가 떠나고 나서 육지 사람과 관계를 맺었다는 게 들켜 남편에게 버림받고 마을에서도 쫓겨났다더군. 혼자 떠돌다 잡혀 노예로 지내다 달아났다는 거요. 우리 집에 숨겨 줬는데 발각 나는 건 시간문제 아니겠소? 그래서 둘이 이곳으로 도망했다오. 그날 밤 노파가 준 음식을 먹고 깨어 보니 여기였소. 처음부터 이럴 작정이었던 거요!

26년이 흘렀소. 노파는 날 여기 묶어 두고 매일 밤 내려와 채찍질을 한다오. 처음 몇 년은 날 원망하고 저주하더니 언제부턴가 한 마디도 하지 않소. 그저 내려와 채찍을 휘두를 뿐이야.

나도 우리 사람들이 한 짓을 안다오. 그래서 내가 뭘 어쩔 수 있겠소? 난 한낱 농부의 아들이고 선원일 따름인데! 나한테 도대체 뭘 바라는지 모르겠소이다. 어쩌란 말이오?"

사내는 흥분해 가쁜 숨을 몰아쉬었다. 그는 가까스로 진정하고 말을 이었다.

"내가 버리고 떠난 순간부터 여인은 완전히 다른 사람이 되었소. 상상하기 힘들겠지만 한때는 선량하고 아리따운 여인이었다오. 제발 날 풀어주시오. 그럼 어디든 숨어 그냥 조용히 살리다. 버리고 간 죄가 큰 줄 알지만 노파를 위해서도 여길 나가야 하오. 안 그러면 노파는 얼마 남지 않은 생을 증오로 보낼 거요."

사내는 여인과 비슷한 나이라고 했다. 야힘의 생각이 맞았다. 여인은 겉보기보다 젊었다. 증오와 미움이 여인을 일그러뜨렸다.

야힘은 칼을 찾아 가죽 끈을 자르고 사내를 데리고 나왔다. 사내는 오래도록 걷질 못해 다리를 쓰지 못했다. 야힘은 사내를 둘러업었다. 그는 사내가 겪은 일이 어떤 일인지 짐작할 수 있었다. 그도 영문도 모른 채 노예로 팔려 산에서 길을 닦아 보았다. 그는 차마 사내를 버리고 혼자 달아날 수 없었다. 다만 어디로 가야 할지 막막했다.

"여기서 소리 없이 계시오. 길을 좀 찾아보리다."

야힘은 사내를 풀숲에 숨기고 족히 20미터는 될 법한 후박나무에 올라 지형을 살폈다. 멀리 사람 모습이 보였다. 야힘은 잎이 무성한 가지에 몸을 숨겼다. 노파가 흰 자 둘과 검은 자 한 명과 함께 집으로 돌아오고 있었다.

흰 자 중 하나는 스물이 안 된 젊은 여자로 목에 노예라는 표식인 사슬 목걸이를 걸었고, 다른 자는 40대 남자로 보이는데 성기만 조롱박에 넣었을 뿐 벌거벗었다. 검은 자는 30대로 차림으로 보아 농장에서 도망친 모양이었다.

"잠시만 쉬자."

흰 남자가 말했다.

"물을 길어 올게요."

검은 자가 말했다. 젊은 여자도 돕겠다 일어섰다. 둘이 사라지자 노파는 흰 남자와 잠시 이야기를 나누었다. 이야기를 들어 보니 두 사람은 여자 노예가 도망치게 도왔고, 검은 남자도 섬으로 가서 살고 싶다며 함께 했다. 그들은 사방에 아무도 없다는 걸 재차 확인하고도 목소리를 낮췄다. 노파와 사내는 물을 길으러 갔던 자들이 돌아오자 이야기를 멈췄다.

야힘은 나무에 매달려 그들이 떠나길 기다렸다 내려와 사내를 업고 자리를 피했다. 한계에 이르도록 걷다가 사내를 내려놓고 잠시 쉬었다. 그러다 그만 깜빡 잠이 들었다.

깨어나니 자기 몸이 단단히 묶인 채 어딘가로 실려 가고 있었다. 입도 막혀 신음소리 하나 낼 수 없었다. 옆에는 사내가 자기처럼 묶여 같은 들것에 실려 있었다. 야힘은 몸부림치지 않았다. 그럴수록 줄이 더 옭아매리라는 걸 경험으로 알았다.

사내는 26년 만에 빠져나온 집에 도착할 무렵에야 깨어났다. 야힘은 차마 사내의 절망을 마주하지 못하고 눈을 돌렸다. 노파는 혼자 둘을 끌고 와 야힘은 1층에 두고 사내는 지하실로 내렸다.

"살려 주게, 제발, 이만하면 되지 않았나?"

사내가 애걸하는 소리뿐 노파의 목소리는 들리지 않았다. 노파는 사내가 비명도 못 지르고 나가떨어질 때까지 내려치고서야 멈추고 지하에서 올라와 야힘을 2층으로 끌고 갔다. 삐삐마른 노파라고 볼 수 없는 힘이었다.

노파는 아마도 동물을 사냥하던 경험으로 그들의 발자취를 보고 따라왔을 것이다. 그리고 소리 없이 접근해 기절시켰다. 하지만 어떻게? 달리 아픈 곳이 없는 걸 보니 맞은 것 같지도 않았다. 이 집에 도착해 처음 노파를 본 날에도 갑자기 기절했다. 그게 피로 때문이 아니었는지도 몰랐다.

"내가 어리석었다. 연민이 불러온 결과를 그 긴 세월 동안 겪고도 널 살리다니……. 이게 너희들이 은인에게 하는 짓인가?"

노파가 말했다.

"날 살렸다 했소? 짐승처럼 묶어 둔 게 날 살린 거요?"

야힘이 따졌다.

"널 데려다 음식과 물을 가져다주지 않았다면 넌 얼마 못 가 죽었어! 목숨도 살리고, 풀어도 달라? 네가 뭔데 그렇게까지 해야 하느냐?"

"사람이 산다는 건 여러 뜻이 있는 게요. 이리 사는 게 어디 사는 거요? 그대도 알 것 아니오!"

"네가 뭘 안다고 지껄여?"

노파가 카랑카랑하게 소리를 높였다.

"나도 그자들에게 3년이 넘도록 잡혀 있었소! 목줄 하나에 사슬 일곱 개를 붙여 묶어 두었고, 그자들의 연회 때마다 나가 구경거리가 되었소! 그대들이 수십 년간 겪어 온 일에 비할 바는 아니나, 나도 그대들의 고통은 짐작할 수 있소이다!"

노파가 채찍을 들었다. 야힘은 질끈 눈을 감았다. 괜한 소리를 했다는 자책이 밀려왔다. 맞는 게 두려워서만이 아니었다. 노파가 왜 자기를 가두었는지 깨달았기 때문이었다. 노파는 노예들을 빼돌려 섬으로 돌려보내는 걸 도왔다. 혹 야힘이 달아나다 잡혀 이곳에 대해 말하면 다른 자들도 위험했다. 또한 노파가 가죽 줄을 목에 묶었다면 그는 진작 죽었을 것이다. 혹시 자기가 자리를 비운 틈을 타 달아나려 시도하다 죽지 않게 팔목에 묶었다. 노파는 그에게 최소한의 연민을 보였다. 노파와 노파의 종족이 겪은 일을 생각하면 쉽지 않은 결정이었을 터였다.

채찍은 날아오지 않았다. 야힘은 눈을 떴다. 노파의 손이 부들부들 떨리고 있었다.

"그자는 왜 데려갔느냐? 묶여 있는 꼴을 보니 가엽더냐?"

"그자가 그대와 자기 사연을 말했소이다."

"무어라 하더냐?"

노파가 다가와 무시무시한 힘으로 먹살을 쥐었다.

"그대를 버리고 갔다고…… 잘못했다고……."

노파는 유령이라도 본 듯 그를 놓치더니 뒤로 물러섰다.

"그대를 그리 두고 가 미안하다고, 진심으로 사죄한다 했소!"

노파의 피부는 본디 하얀색이었다. 핏기가 빠져나가자 얼굴이 말 그대로 파랗게 변했다. 야힘은 어쩌면 지금이 기회인지도 모른다 생각했다. 세상엔 어떤 사과를 하고 어떤 보화를 건네도 풀 수 없는 원한이 있다. 하지만 때로 남녀 간의 정이란, 듣고 싶은 바로 그 말을 듣는다면 회복될 수도 있었다. 많은 이들이 바로 그 말을 하지 못해 일을 그르친다. 노파는 26년간 사내를 가두고 매일 채찍질했다. 원한이 가시지 않은 건 감정이 남은 탓이었다. 사람들은 남한테는 쉽사리 말하는 걸 그 말을 들어야 하는 바로 그 사람에게는 못하고는 했다. 야힘은 사내가 자기에게 한 말을 전했다.

"그대를 육지로 데려오겠다고 약속하고도 지키지 못해 진심으로 뉘우치고 있었소. 부디 그의 말을 한 번만 들어보면 안 되겠소?"

"나랑 무슨 약속을 해? 날 어디로 데려가? 난 남편이 있었다!"

노파는 불현듯 무슨 생각이 떠오른 듯했다.

"그자가…… 그리 말하던가? 자기와 내가 무슨 사이라도 되었던 것처럼 말하고, 그걸 뉘우친다 하던가? 그러던가?"

노파는 바닥에 쓰러져 가슴을 뜯으며 빠져나갈 길 없는 덫에 걸린 짐승처럼 울부짖었다.

"그걸 뉘우친다 하던가?"

야힘은 어딘지 모를 먼 곳을 바라보았다. 나는 재촉할 엄두도 내지 못하고 기다렸다.

"그렇게 비통한 울음소리는 그 전에도, 그 후에도 듣지 못했네."

야힘은 더 이야기를 이을 힘이 없었다. 양초도 꺼져 갔다. 종이를 정리하고 방으로 돌아왔다.

길을 떠난 이래 어디서든 잠 하나는 잘 잤다. 날 꼬여 데려간 사내가 비를 맞으면서도, 맨땅에서도 나처럼 머리만 대면 자는 놈은 처음 본다 했다.

이리저리 뒤척이며 자세를 바꿨다. 어떻게 해도 불편해 잠이 들지 않았다. 20년이 넘도록 길에서 살며 산전수전 겪었다 여겼는데 야힘의 경험 앞에서 내 이야기는 너무 초라했다. 이무가 준 돈마저 쓰며 여행할 때 느낀 암담함은 짐승처럼 묶였다 달아난 야힘의 절망에 비할 바가 아니었다.

검은 사막, 황금의 섬……. 나는 왜 그렇게 멀리 가 볼 생각은 하지 못했을까? 야힘은 어떻게 그런 생각을 했을까? 나라면 동행도 없이 홀로 6개월간 산을 탈 수 있을까? 10초도 입을 못 다무는 내가? 산을 넘을 수 있을지 없을지도 모르면서? 어린 시절, 배가 고프고 다리가 아파 더 못 걷겠다 싶으면 집에 돌아왔다. 그때 첫 고개를 앞에 둔 막막함이 떠올랐다. 왜 넘어 볼 결심을 못 했을까? 왜 그리 쉽게 포기했을까?

손이 저리고 어깨가 쑤셨다. 손가락에 붓대 모양으로 자국이 나 있었다. 일어나자마자 야힘 방으로 가, 사이사이 밥 먹고 뒷간 가는 시간만 빼면 계속 여행기를 적었다. 언제 이렇게 열심히 여행기를 쓴 적이 있던가? 내 여행기도 이렇게 쉬지 않고 써 보지 않았다. 야힘 방에는 그가 귀향한 이래 적어 온 여행기가 쌓여 있었다. 내가 어제오늘 받아 쓴 양은 티끌도 못 미쳤다. 그는 매일 이렇게 쓴 걸까? 나도 밤새 끙끙대며 쓴 적이 있거늘 야힘에 견줄 바가 못 되었다. 내가 그간 열심히 써 왔다 날 다독인 건 착각에 불과했다.

어찌어찌 잠이 들었다 눈을 떴을 때는 해가 뜬 지 오래였다. 나는 아침을 들여 달라 하지도 않고 야힘의 방으로 달려갔다. 야힘이 날 보고 환히 웃었다.

"왜 안 오나 했네."

"아이구……."

나는 말을 흐리며 뒷머리를 긁적였다. 야힘은 종이를 펼칠 새도 없이 이야기를 시작했다.

노파는 망연자실해 휘청거리며 방을 떠나 아침까지 돌아오지 않았다. 밤새 사내의 비명 소리만 집의 적막을 깼다. 야힘은 제대로 도망갔어야 한다고 한탄했다. 노파는 사내를 매일 같은 시간에 같은 수를 때렸다. 오늘은 도를 넘었다. 사내가 살아남을지 걱정이었다. 아니, 그 이전에 노파의 한 맺힌 외침이 귓가를 떠나지 않았다.

- 그걸 뉘우친다 하던가?

노파가 음식과 물을 가져왔다. 스스로를 지탱하던 힘이 다 빠져나간 듯 온몸을 떨고 있었다. 체구는 어린아이 같아도 코브라처럼 두렵던 노파가 처음으로 침만 뱉어도 꺼질 불씨처럼 약하고 위태로워 보였다.

"무슨 일인지 들려주지 않겠소?"

야힘이 말했다.

"들어 뭐 하려고?"

노파가 작은 바람에 불씨가 살아나듯 사납게 이를 드러냈다.

"난 그자의 말만 들었소. 그대의 이야기도 들려주겠소? 내가 오해하고 있는 게 억울하지 않소?"

"그따위 건 억울함 축에도 못 들어!"

노파가 가슴을 움켜잡았다. 그렇게 얼마가 지났을까. 마침내 노파의 입술이 떨어졌다.

"한 세대라네."

야힘은 이어질 말을 기다렸다.

"한 사람이 태어나 아이를 낳고, 그 아이가 장성해 가정을 이루어 아이를 낳아 돌볼 때까지의 시간이지. 수천 년간 평화롭게 살아온 섬이 건너온 자들 손에 완전히 무너질 때까지 걸린 시간이 그러하네."

노파는 주저앉아 이야기를 시작했다. 섬에 사는 이들은 글이 없어 기록이 아닌 이야기로 전 세대에 있던 일을 전했다.

오래전 유독 안개가 자욱하고 걷히지 않던 해에 풍랑에 밀려 거대한 배가 섬으로 왔다. 배는 암초에 걸려 박살 나 살아남은 이들은 몇 되지 않았다. 그들은 남은 배의 조각으로 배를 고치려 했다.

섬사람들은 낯선 이들을 보고 놀랐다. 바다 너머에서도 사람이 사는 줄 몰랐다. 섬사람들은 그들에게 다가가 배를 수리하는 걸 도왔다. 일을 돕던 이 중 하나가 선장이 풀어 둔 칼집을 보았다. 칼을 빼 보니 몹시 날카로웠다. 그는 지붕에 얹을 새 잎이 필요했는데, 이 칼이면 수월하게 새 잎을 자르리라 여겨 칼집을 허리에 찼다. 선장이 득달같이 달려와 칼을 달라 요구했다. 그는 몸짓으로 선장이 지금 칼을 쓰는 것도 아니고 당장 쓸 일도 없지 않으냐는 뜻을 전했다. 선장은 화를 내더니 다른 선원의 칼을 뺏어 그를 죽였다. 섬사람들은 모두 놀라 달아났다.

다음 날 섬사람들은 관례대로 나이 든 이를 보내 문제를 해결하고자 했다. 말이 통하지 않는데도 협력해 배를 만들었듯 방법이 있으리라 생각했다. 하지만 선장은 대표로 간 이의 목을 잘랐다. 섬사람들은 돌아가 의논 끝에 무기를 가지고 와 공격했다. 선원들은 그걸 예측하고 밤사이 나무를 베고 돌을 쌓아 진을 만들어 두었다. 선원들의 수는 얼마 되지 않았으나 전쟁으로 단련된 자들이었고, 섬사람들에게는 없는 철로 만든 칼이 있었다.

섬사람들은 죽을 때까지 싸우는 일이 거의 없었다. 때로 분쟁이 일어나면 각 마을에서 나이 든 이들이 만나 대화로 해결했고, 그래도 문제가 풀리지 않으면 젊은이들을 대표로 뽑아 창 싸움을 했다. 그때도 죽는 일은 생기지 않았다. 진 쪽에서 사전에 합의한 물건을 건넸고, 두 마을은 혼기가 찬 이들을 결혼시켜 화해했다.

건너온 자들과 싸우다 섬사람들 십수 명이 죽었고, 더 많은 수가 다쳤다. 섬사람들은 돌아가 대책을 논의했으나 뾰족한 수가 없어 그들을 피해 멀리서 지켜보았다. 얼마 지나지 않아 건너온 사람들은 이들의 조언을 무시하고 물을 그냥 마셔 탈이 나거나, 독충에 쏘여서, 독이 든 열매와 먹어도 되는 열매를 구분하지 않고 먹어 대부분 죽고 몇 명만 조각배를 만들어 섬을 떠났다.

많은 시간이 흘러 또 배가 왔다. 그들은 섬을 맴돌며 정박할 곳을 찾다 포기하고 돌아갔다. 이후 잊을 만하면 한 번씩 거대한 배가 나타나 배를 댈 곳을 찾다 암초에 걸려 부서지거나 배회하다 돌아갔다.

그러다 한 번은 선원들이 큰 배에서 작은 배를 내려 작은 배를 타고 섬에 올랐다. 섬사람들은 아무도 그들을 가까이하지 않았고, 그들이 섬에 적응하지 못해 자멸하는 모습을 지켜보았다.

건너온 자들은 멈추지 않았다. 예전엔 두세 세대에 한 번쯤 오던 자들이 어느 순간부터 몇 년에 한 번씩 찾아왔다. 큰 배를 정박할 곳을 찾는 건 포기하고 미리 큰 배에 작은 배를 묶어 끌고 와서, 작은 배로 옮겨 타 상륙했다. 그들은 마을 사람들에게 금붙이를 보이며 같은 걸 가져오라 했고, 가져오지 못하면 마을 사람들을 죽이고, 키우던 짐승을 뺏어가고 아녀자를 강간했다. 하지만 얼마 가지 못해 병들어 죽었다. 이 일들이 오래도록 반복되었다.

어느 순간부터 한 해가 멀다 하고 사람들을 보내기 시작했다. 배에서 내린 자들은 아무것도 하지 못한 채 해변에서 죽음을 기다렸다. 섬사람들은 시체를 땅에 돌려보내러 숲에 들어갈 엄두도 내지 못했다. 해변에서 썩어 가는 시체가 풍기는 악취가 밀려 왔다.

노파가 사는 마을은 해변에서 가까웠다. 이들은 오래도록 그들을 지켜보았다. 노파가 처음 그들을 본 건 여섯 살 무렵이었다. 그들은 몇 개월에 한 번씩 죽으라고 사람들을 버리고 갔다. 시체가 끝없이 쌓였다.

"내 아버지는 마을 족장이셨네. 아버지가 사람들을 불러 모았지."

노파가 말했다. 아버지는 더 이상 그들이 죽어 가는 모습을 지켜보기만 하는 건 도리가 아니라 여겨 마을 회의를 열었다. 과거 그들이 섬에 와 한 악행을 들며 반대하는 자들도 있었으나 더 많은 이들이 찬성했다.

아버지는 다른 부족을 찾아가 같은 이야기를 했다. 그리고 그 부족민들 중 자원하는 이들과 함께 또 다른 부족을 찾아갔다. 그런 식으로 몇 달에 걸쳐 부족마다 찾아가며 논의했다.

반대하는 자들은 많지 않았다. 이들은 한 세대가 넘는 시간 동안 헤아릴 길 없는 사람들이 무력하게 스러지는 모습을 봐 왔다. 더는 보고만 있을 수 없었다. 도대체 왜 저들이 몇 달에 한 번씩 사람들을 쓰레기처럼 이곳에 내다 버리는지라도 알아야 했다. 노파의 아버지는 섬이 죽음의 땅이 되어선 안 된다고 말했다.

아버지가 섬을 돌며 의논하는 동안 또 다른 배가 와 사람들을 버리고 갔다. 돌아온 아버지가 마을 주민들을 데리고 갔을 때는 이미 늦어 모두 쓰러져 있었다. 아버지는 일일이 사람들의 숨을 확인해 사내를 비롯해 아직 살아있는 사람 셋을 데려왔다. 둘은 얼마 버티지 못해 죽었으나 사내는 가까스로 생명을 이어갔다.

얼마 후 또 배가 와 곧 시체가 될 자들을 내버렸다. 이번에는 관여하지 않았다. 하나 정도는 큰 해를 끼치지 못할 것이나 여럿이 모이면 무슨 짓을 저지를지 알 수 없었다. 예전에 왔던 자들은 하나같이 무기를 휘두르며 섬사람들을 죽였다. 저들이 도대체 왜 이곳에 오는지, 금은 도대체 어디에 쓰려고 찾아다니는지부터 알아야 했다.

노파의 어머니는 치료사로, 여인 또한 뒤를 잇고 있었다. 노파는 최선을 다해 사내를 간호했다. 사내가 고비를 넘긴 지 얼마 되지 않아 노파는 함께 자란 동무와 혼인했다.

"내 삶에서 가장 빛나는 날이었지. 모두 우리를 축하했어. 족장과 치료사의 딸이 마을 최고의 사냥꾼과 올리는 혼인이었으니……. 그는 열세 살 때 벌써 곰 엉덩이를 때렸다네. 금기된 장난이었지만 다들 한 번쯤은 해 보는 짓이지."

"곰 엉덩이를 어떻게……?"

야힘이 물었다.

"우린 어릴 때부터 숲을 소리 없이 거니는 법을 익힌다네. 숲과 하나가 되는 거야. 사슴도, 토끼도 우리가 얼마나 가까이 있는지 몰라. 그렇게 곁에 있다가 사슴 엉덩이를 때리면 놀라 혼비백산해 도망가지.

어른들은 우리와 사슴이 똑같이 숲의 아이들이니 절대 이유 없이 겁주면 안 된다 단단히 야단쳤지만, 어릴 때는 그런 장난을 치고 싶은 유혹을 참기 어렵지. 그중 최고가 곰 엉덩이 때리기라네.

곰은 달아나지 않아. 자기를 때린 자를 쫓아오지. 내 남편은 곰을 때리고 바람처럼 달렸어. 곰이 지쳐 포기했지. 어른들에게 들켜 한 달간 사냥을 금지당했고, 다시는 어떤 동물도 엉덩이 때리기를 하지 않겠다 맹세했네."

노파는 야힘이 무슨 생각을 하는지 뻔히 안다는 듯 말했다.

"내 남편이 정말 약속을 지켰는지 증명하길 바라나? 자네도 저들과 별 다를 바 없군. 우린 말을 하면 지키지. 누구도 진짜인지 묻지 않고, 아무도 따라다니며 정말 맹세를 지키는지 감시하지 않아. 그럴 필요 없으니까."

야힘은 여전히 노파의 말을 믿지 않았다. 그도 어린 시절이 있었다. 아이들은 야단맞으면 절대 다시는 하지 않겠다는 말을 한다. 돌아서면 바로 잊는다. 하지만 노파의 말을 끊고 싶지 않아 고개를 끄덕였다.

"내게 거짓말을 하는군. 내 말을 믿지 않으면서 적당히 맞장구쳐 넘어가려 드나?"

노파가 사납게 말했다. 야힘은 당황했다. 노파가 말하는 진실과 거짓은 야힘이 이제껏 어디서도 본 바 없는 단어의 본질적인 의미가 담겨 있었다.

"나는 그대만큼 정직하게 살아오지 않았소."

야힘은 이 순간 처음 떠오른 진심을 말했다.

"아니, 나는 나를 정직하다 여겨 왔소. 하지만 내가 말하는 정직은 그대가 말하는 정직보다 얕구려. 상대의 마음을 상하게 하지 않기 위해 하는 거짓은, 거짓이 아니라 배려라 여겼소."

"진실과 거짓을 앞에 두고 마음이 상하느니 마느니 하는 게 도대체 무슨 말인가!"

노파가 언성을 높였다. 야힘은 바로 대답하지 못했다. 그는 오래도록 노파의 말을 생각했고, 어느 순간 여행을 다니며 자연의 놀라운 경이를 보았을 때 이상으로 큰 충격을 받았다.

"살아온 관습이 몸에 배어 그대가 바라는 만큼 정직하진 못할지 모르나, 거짓을 말하거나 앞서 그대를 헤아리지 않고 말하도록 애쓰겠소."

야힘이 말했다. 노파는 야힘이 살아온 인생 전부를 훑듯이 그의 눈을 바라보더니 목소리를 누그러뜨리고 이야기를 이어

나갔다. 야힘의 대답이 마음에 들었거나, 그가 최대한 진솔하게 말했기 때문이 아니라, 그가 바로 대답하지 않고 노파의 말에 대해 스스로 생각할 시간을 가진 후에야 대답했기 때문이었다.

섬사람들은 사내를 돌보았다. 건너온 자들이 물을 마시고 탈이 나는 까닭은 물을 녹색으로 만드는 보이지 않는 녹색 때문이었다.

"보이지 않는 녹색은 어떻게 생겼소?"

"보이지 않으니 보이지 않는 녹색이네."

"보이지 않는데 거기 있는지 어떻게 안단 말이오?"

"바람이 눈에 보이지 않아 없다 할 셈인가?"

"나뭇가지가 흔들리고 머리카락이 휘날리지 않소."

야힘은 토론하고 싶지 않았다. 그는 괜한 질문을 했다 후회했다. 이제 와 믿는 척 굴어 봐야 신뢰만 잃을 것이다. 노파는 어쩔 수 없다는 듯 한숨을 쉬었다.

"그럼 물이 녹색으로 보여서 그렇다고 하면, 믿겠나?"

"내가 살아온 세상의 규칙으로 그대의 말을 판단하지 않기 위해 애쓰……."

"그자들이 바로 그랬지! 자기들 세상의 규칙대로 우릴 판단하며 수많은 이유를 들어 우리를 짐승이라고 했네. 그중 첫 번째가 우리가 제대로 된 옷을 입지 않고 흙바닥에서 잔다는 거였네. 우릴 억지로 자기들 세상으로 끌고 가 음식과 옷을 주며 우릴 돌본다고 했어. 몇은 다른 자들처럼 우릴 묶어 놓고 채찍질하지 않는다는 이유로 자기들에게 고마워해야 한다고, 기꺼이 모든 걸 바쳐 충성해야 한다 여기고 우리가 떠나려 하자 배은망덕하다 화를 냈어!

몸에 그렇게 치렁치렁한 걸 걸쳐야 할 이유가 뭐란 말인가? 저들은 소위 사람을 사람답게 한다는 옷을 입고 왔어. 섬은 하루에도 몇 번씩 비가 내리다가 언제 그랬냐는 듯 해가 비친다네. 작은 개울과 강이 도처에 널렸어. 우리는 비가 오면 비를 맞고, 더우면 강에 뛰어들어 몸을 식혔어. 해가 나면 금세 몸이 말랐지.

저들의 옷은 입고 벗는 데도 오래 걸리고, 한 번 젖으면 쉽게 마르지 않아. 체온을 잃고, 체력이 떨어지니 결국 병에 걸리는 게야. 그자들이 우리 섬에 와서 수없이 죽어 나간 이유 중 하나지. 자네도 그자들과 다를 바 없어!"

"이해하지 못 해도 그냥 듣고 받아들이려 하면 거짓이라 화를 내고, 이해 못해 물으면 이해하지 못한다 화를 내니 날더러 어쩌란 말이오?"

"입으로만 받아들인다 말하지 말게! 속으로는 의심하고 판단하지 않나!"

"그대 말을 다 믿으라는 거요?"

"난 진실을 말하고 있네."

"그건 내 전 존재를 바꿔야 가능한 일이오."

"저들이 우리에게 한 짓이 바로 그거야! 억지로 우리를 바꾸려 든 것! 진실처럼 보이는 거짓을 늘어놓는 것! 그자들은 우리가 짐승이라 말했네. 늘어진 귀와 같은 존재라 했지. 우린 그 말을 그대로 받아들였네. 늘어진 귀는 우리에게 귀한 존재야.

늘어진 귀의 똥을 몸에 바르면 전갈들이 달라붙지 않아. 그래서 우린 절대 늘어진 귀는 사냥하지 않았네. 그런데 저들은? 모자를 만들겠다며 늘어진 귀를 보이는 족족 잡기 시작했어! 우린 늘어진 귀를 사냥하지 않았을 뿐만 아니라 다친 모습을 발견하면 데려다 치료해 숲으로 돌려보냈네. 그 덕에 저들은 사람이 다가가도 달아나지 않고 가만히 있는 늘어진 귀를 안아 올리기만 하면 되었어!

도대체 모자는 왜 쓰며, 왜 그렇게 많이 필요하단 말인가? 저들은 모자가 너무 많아 다 쓰지도 못하고 쟁여 두다가 좀이 먹고, 쥐가 쓸고, 썩으면 내다 버린다네! 우리가 짐승 가죽을 두르고, 깃털을 머리에 장식하면 옷을 지어 입을 줄 모르는 짐승이고, 자기들이 다만 가죽을 얻고자 사냥해 고기는 썩게 내버려 두고, 가죽으로 모자를 만들면 사람다운 짓이란 말인가? 그자들은 우릴 짐승이라며 묶어 두었지. 우린 짐승을 묶어 둔 적 없네!"

노파는 말하는 내내 주먹을 휘둘렀다.

"말을 그대로 받아들이지 않는 자라면, 더 이상 말을 섞어 얼마 남지 않은 내 시간을 낭비하지 않겠네."

야힘은 눈을 감았다. 그는 다양한 곳을 돌아다니며 여러 가치를 가진 사람들을 봐 왔다. 열린 마음을 가졌다 자부해 왔지만 노파가 그에게 바라는 걸 할 수 있을지 자신 없었다. 노파는 편안한 자리에서 길게 오랜 대화를 해도 겨우 닿을 듯 말 듯 한 경지를 요구하고 있었다.

"판단하지 않겠소. 열린 마음으로 듣겠소."

야힘은 눈을 뜨고 할 수 있는 최선을 담아 말했다. 노파는 야힘의 대답을 곱씹더니 결심한 듯 입을 열었다. 야힘은 이번이 마지막 기회임을 깨달았다. 또다시 노파의 말을 의심하는 기색을 보였다간 모든 게 끝이었다.

"갓난아이들에게는 물을 끓여 주지. 좀 더 자라면 붉은 나비를 우린 물을 마시게 하고. 그러다 보면 몸이 보이지 않는 녹색을 받아들인다네. 나는 어머니와 함께 사내를 치료했어. 끓인물을 마시게 하고, 그가 붉은 나비를 받아들일 만큼 회복되자우려 타 주었네."

섬사람들은 사내에게 자기들 말을 가르쳤고, 사내에게 배를타고 건너온 자들의 말과 관습을 배웠다. 바다 건너는 언제나전쟁 중이었다. 군주들은 끊임없이 땅을 차지하려 싸웠고, 그들에게 가장 중요한 건 돈과 금이었다.

섬에도 금이 나던 곳이 있었다. 섬사람들은 빛나는 돌이 예뻐 달고 다녔다. 하지만 금은 얼마 나오지 않았고, 대부분 크게의미를 두지 않았다.

사내는 가족도 없고, 육지로 돌아가 봐야 제대로 살 방도도없으니 이곳에 받아 달라 청했다. 마을 사람들은 기꺼이 사내를 마을의 일원으로 맞이해 섬에서 살도록 도왔다. 그들은 사내에게 독충이 싫어하는 향이 나는 꽃을 알려 주었다. 그 꽃을으깨 즙을 내 몸에 바르면 독충이 붙지 않았다. 이어 뱀이 싫어하는 즙과 독나방 가루를 해독하는 법, 사냥술까지 차근차근 가르쳤다. 사내가 처음으로 자기 힘으로 사냥감을 잡은 날,사내를 위해 늦은 성인식을 열었다. 그날 술에 거하게 취한 사내가 노파를 유혹했다.

사내는 몸이 회복되자 마을에서 제법 반듯한 처녀라면 가리지 않고 수작을 걸었다. 아무도 탓하지 않았다. 혼인하기 전에는 누구든 자유롭게 마음에 맞는 자와 어울릴 수 있었다. 하지만 혼인한 뒤에는 배우자가 죽기 전까지는 다른 자와 함께하지 않았다. 혼인한 자를 유혹해서도 안 되었다.

노파는 사내의 수작질에 기겁했다. 남편이 안다면 사내와 싸울 터이고, 사내는 이기지 못할 것이다. 설령 싸움은 피한다 해도 마을에서 쫓겨나야 했다. 노파는 사내가 섬의 규칙을 이해하지 못해 한 실수라 여겨 남편에겐 말하지 않기로 하고 사내를 단단히 야단쳤다. 또 이런 일이 있으면 어떻게 되는지도 엄히 설명했다.

얼마 후 또 바다를 건너 배가 오자 사내가 사라졌다. 노파는 사내가 스스로 한 짓이 부끄러워 모습을 감췄으려니 했다.

몇 달 뒤 사내가 수많은 사람들을 끌고 왔다. 사내는 건너온 사람들에게 섬에서 살아남는 방법을 알려 주었다. 그들은 물을 끓여 마셨고, 독나방이나 뱀이 서식하는 숲은 불을 질러 없앴다.

사내와 건너온 자들은 마을마다 공격하며 금을 가져오라고 했다. 금에 대해 아는 자가 없으면 아녀자는 강간하고, 사내들은 짐꾼을 시켰다. 그중 한 마을에서 노인이 나서 온통 바위뿐이라 아무도 오르지 않는 산에서 금을 캔 적이 있다 했다.

군주가 보낸 자는 마을마다 공격해 2만 명이 넘는 자를 포로로 잡아 노인이 말한 산을 올랐다. 병사 수백과 2만이 넘는 자들을 위한 식량을 구하는 일은 만만치 않았다. 식량이 떨어지자 건너온 자들은 자기들이 타고 온 말을 잡아먹었고, 이들에게는 동료의 시체를 먹으라 했다.

채 1년이 지나지 않아 포로로 끌려간 자들은 모두 죽었고, 금광도 찾지 못했다. 건너온 자들은 수백 년간 섬에 금이 있을 거라는 기대에 배를 저어 왔다. 금이 없다는 걸 안 이들은 광분해 다른 상품을 찾았다. 그들은 섬사람들이, 그들의 표현을 빌려 저렴한 노동력이 된다는 걸 알아차렸다. 그걸 깨닫는 즉시 섬사람들을 끌고 가 농장에서, 밭에서, 집에서 노예로 썼고, 다른 군주와 싸울 때 제일 앞서 내보냈다.

노파의 부족은 건너온 자들을 받아들이자 제안한 값을 치르고자 앞장서 그들과 싸우다 모두 죽었다. 건너온 자들은 노파의 눈앞에서 어린 딸을 장난감처럼 들어 바위에 머리를 내리쳐 죽였다. 노파는 육지로 끌려가 그들의 노예가 되었다.

물을 끓여 마시거나 독충에 적응하는 법을 알았다 해도 섬은 외지인에게 여전히 두려운 곳이었다. 그들은 노인과 아이들을 인질로 해 비버나 늘어진 귀처럼 모자나 옷을 만들 짐승을 사냥해 오라 했다. 이들은 형제에게 칼을 들이대는 심정으로 사냥해 가죽만 벗겨 냈고, 어미의 젖가슴을 도려내는 마음으로 나무를 베었다.

건너온 자들 중 일부는 섬사람들을 짐승 취급하는 데 반대했다. 그러자 수많은 이들이 온갖 이유를 내세워 반대하는 목소리를 파묻었다.

"그들은 우리가 천지에 널린 자원을 그저 놔둘 뿐 가치도 모르고 제대로 활용할 줄 모르니 짐승이라 했지. 그래서 그들이 말하는 소위 자원인 비버, 악어, 늘어진 귀, 나무들을 어찌했는지 아는가? 비버 씨가 마르자 악어를 잡더군. 악어가 사라지자 늘어진 귀를 사냥했어. 수백 년간 자리를 지켜 온 나무들을 하루아침에 모두 베어 갔어!

영혼을 들여다보는 풀을 알고 나선 마이플이라 부르며, 마이플 외에 다른 식물은 다 쓸모없다 말했네. 늘어진 귀, 뛰는 새들의 서식지에 불을 지르고 마이플을 심게 했어. 그자들이 말하는 돈을 벌기 위해 말이야! 도대체 그 돈으로 무얼 한단 말인가? 돈이 있는 자들은 돈이 없는 자들에게 돈을 준다며 섬으로 보내 우리를 짐승처럼 사냥하게 했지. 우릴 잡아간 대가로 그들이 받은 돈은 자기 가족도 제대로 먹여 살릴 수 없는 돈이었어! 우리도 겨울이면 힘들기도 했지만, 자식도 먹이지 못하는 자는 아무도 없었네!

우린 숲과 땅, 동물들과 하나로 어울려 살고 있었어! 저들은 금을 찾는다, 영혼을 들여다보는 풀을 심는다며 땅을 황폐하게 만들었어! 영혼을 들여다보는 풀은 한 번 군락을 이루면 다른 식물을 모두 잡아먹어. 그런 일을 막으려 현명한 자들이 거두며 관리해 왔는데…….

물을 건너온 자들이 땅을 망가뜨린 후 하룻밤도 편히 잠든 적이 없어. 밤마다 땅이 울부짖는 소리가 들려."

노파가 지친 듯 말을 멈췄다. 야힘은 노파가 기운을 차리길 기다렸다. 노파가 문득 그를 보더니 비웃으며 말했다.

"할 말이 있지?"

야힘은 깜짝 놀랐다. 불현듯 질문이 하나 떠오르긴 했어도 입 밖에 내지 않으려 했다. 노파가 알아챈 이상 둘러댈 도리가 없었다. 그는 제발 노파의 비위를 건드리는 질문이 아니길 빌며 입을 열었다.

"그대는 인간과 숲, 땅, 동물이 모두 하나라 했소."

"그랬지."

"허나 그대들도 사냥하지 않소?"

"그래."

노파는 이어질 질문을 기다리다 야힘이 무슨 말을 하려는지 깨달았다.

"동물과 하나면서 어떻게 사냥해 잡아먹느냐?"

노파가 세상에서 제일 바보 같은 질문을 들었다는 투로 되물었다. 야힘은 차마 대답하지 못했다. 노파가 마침내 알았다는 듯 외쳤다.

"그럼 그대들은 비버, 뛰는 새, 늘어진 귀가 그대들과 전혀 다른 존재, 그대들보다 못한 존재라 여기는가? 그러니 죽여도 된다는 말인가? 그래서 그들에게, 우리에게 이러는 건가? 그들과 우리의 고통이 들리지 않는 건가? 고통을 듣지 못하면 사냥해도 된다 여기는가?

고통을 아는 자만이 고통 없는 죽음을 줄 수 있네. 죽음을 존중하는 자만이 꼭 필요하지 않은 죽음은 일어나지 않게 해. 죽음으로 삶을 얻는 걸 알기에 가죽부터 뼈까지 아무것도 낭비하지 않아. 우리 또한 죽으면 주검을 취하는 새와 휘어진 이빨들에게 우릴 건네 우리를 땅으로 돌려보내게 하지."

야힘은 한 마디도 하지 못했다. 노파는 야힘조차 모르는 그의 깊은 속을 읽듯 바라보다 말했다.

"또 묻고 싶은 게 있으면 묻게. 어리석은 질문인가 싶어 주저하지 말게. 자넬 통해 그들을 조금이라도 알게 될지도 모를 일이니……."

노파는 노예로 지낸 이야기를 했다. 얌전히 말을 들으며 신뢰를 얻어 바깥에 심부름을 다니게 되자 길을 익혀 두었다가 달아났다. 노파는 심부름 온 노예처럼 행세해 주점을 뒤져 사내를 찾았다. 사내를 찾는 건 어렵지 않았다. 사내는 한 주점에서 술에 취해 모두 자기 덕인데 군주가 혼자 공과 부를 차지했다며 난동을 피우고 있었다. 노파는 사내를 유혹해 데려와 약을 먹이고 이곳으로 끌고 왔다.

"그간 내가 많이 변했다 하나 그자는 날 알아보지도 못했어."

노파가 비통하게 말했다.

"세월이 흘러 이곳에서 아이들이 태어났지. 아이들은 우리가 살아가는 법을 몰라. 왜 우리가 노예로 살아가는지도 모르고, 한때 우리가 땅을 사랑하고 존중하고, 땅 또한 우리가 행한 만큼 돌려주며 우릴 지켰음을 몰라. 이대로 모든 게 끝난 줄 알았지. 저자를 처리하고 나면 나도 더 살 생각이 없었어.

그러다 몇 년 전 도망쳐 나온 우리 사람을 만났지. 나만큼 나이 든 자였어. 그치가 말하길 여럿이 힘을 합쳐 달아나 배를 훔쳐 섬으로 갔다는 거야. 섬은 엉망으로 헤졌고, 살던 마을은 폐허가 되어 가족도, 친척도, 친구들도 모두 죽었는지 살았는지 알 도리가 없었다더군.

자기 마을만이 아니라 더 이상 멀쩡한 마을이 남아 있질 않다고 했어. 살아남은 자들은 뿔뿔이 흩어져 숨어 산다고. 건너온 자들이 두려워 겨울에도 불을 피우지 못해 맨땅에서 얼어 죽는 자들이 부지기수고, 놈들에게 발각되는 날에는 제대로 운신하지 못하는 노인과 어린아이들은 그 자리에서 죽임을 당하고 젊은 자들은 끌려간다고. 일꾼이 필요하면 일할 자들만 데려가면 되지, 왜 아무 힘없는 자들을 살육한단 말인가?

그치는 분노해 싸우자며 사람들을 모았네. 건너온 자들의 무기를 훔쳐 대항하고, 어린아이와 늙은이들은 싸우는 데 데리고 다닐 수 없어 버렸다더군.

일단 저자들의 무기를 손에 넣고 나니 싸움이 수월해졌지. 섬에선 우리가 유리하니까. 그치는 제법 성과를 올렸어. 한 번은 놈들이 멀지 않은데 갓난아기가 울기에 어미에게 아기를 죽이라 시켰네. 안 그러면 다 죽는다고. 어미는 어차피 저들에게 잡히면 죽음에 대한 존중도 없이 죽게 될 거, 자기 손으로 아이를 죽였지."

노파는 눈을 감았다. 문득 공기가 차가워졌다. 이 자리에 노파와 그만이 아닌 다른 누군가가 있는 듯했다. 야힘은 추위와 알 수 없는 공포에 사로잡혀 저도 모르게 몸을 움츠렸다.

"안개가 짙게 낀 밤이었다네. 건너온 자들은 이런 밤이면 꼼짝 못하지. 우리에게 유리한 밤이야. 나는 새벽에 놈들을 기습할 생각이었어.

아이의 어미가 먹을 걸 구해다가 남자들에게 나눠 주더군. 내게 제일 먼저 줬어. 내가 있어야 무리를 이끌고 저들과 맞설 수 있다고 말일세. 여자는 싸움이 시작되면 자길 제일 앞에 세워 달라 했지. 나는 내 지시에 따라 자기 아이의 숨을 앗은 어미가 건넨 썩어 가는 고기를 먹었네. 여자 말이 저들이 껍질을 벗겨 간 늘어진 귀를 찾았다더군. 고기를 먹는데 갑자기 안개가 걷히고, 함께 있는 자들의 모습이 보였어. 모두 눈에 핏발이서 피와 죽음, 복수를 갈망하고 있었지.

여자는 음식은 손도 대지 않고 사람들의 칼을 받아 갈기 시작했어. 자기는 먹을 자격이 없다 여겼거든. 자기와 아기가 큰 죄를 지어 땅이 노해 이런 일이 벌어졌다 믿었네. 싸움이 시작되면 가장 앞장서 저들의 손에 죽어 자기 피를 땅에 제물로 바쳐 땅의 노여움을 풀고자 했지.

여자는 왜 이런 일이 생겼는지 까닭을 찾고자 했어. 아무것도 잘못하지 않았는데 이런 일이 생길 리가 없지 않은가. 그러니 자기와 아기가 중한 잘못을 저질렀다 생각할 수밖에.

나는 땅의 목소리를 듣는 자였지. 건너온 자들이 온 후 대체 뭘 잘못했기에 우릴 모두 죽이려는지 묻고 또 물었지만 땅은 침묵할 뿐이었네. 나는 땅을 원망했지. 그런데 그게 아니었어. 땅은 계속 말했는데 내가 듣지 않은 거야.

예전처럼 고요 속에 들어가 땅의 말에 귀를 기울였네. 멀리 늘어진 귀가 보이더군. 하나도 남지 않은 줄 알았는데……. 늘어진 귀가 앞장서기에 뒤를 따라갔네. 그자들이 금을 찾는다며 가죽을 벗기고, 뼈를 드러낸 땅으로 향하더군. 절대 가까이 가지 않던 곳인데 늘어진 귀가 멈추지 않아 따라갈 수밖에 없었어. 마침내 그곳에 도착했지. 왜 여기로 데려왔나 영문을 몰랐어. 어느새 늘어진 귀는 사라지고 홀로 남았더군.

거기서…… 새잎들이 돋은 모습을 보았네. 갓 뿌리를 내리기 시작한 나무도 있더군.

누구나 땅은 아무것도 잘못하지 않았음을 알아. 잘못할 수 없는 존재니까. 그런데도 엄청난 고초를 겪었지. 마찬가지로 여자와 아기도 아무 잘못 없네. 우리가 알 수 없는 다른 이유로 이런 일이 벌어졌어.

내가 무슨 짓을 한 건가? 날 믿고 따르는 이에게 자기 아이를 죽이라 명했어."

노파의 목소리는 본디 가래가 낀 듯 작고 거칠었다. 지금 노파는 힘 있는 사내처럼 말했다. 야힘은 눈 하나 깜빡이지 못했다. 숨도 쉴 수 없었다. 바람이 불 때만 거기 있나 싶던 공기가 육중하게 어깨를 짓눌렀다. 파헤쳐진 땅과 쓰러진 나무가 보이고 비통하게 울부짖는 사람들의 목소리가 들렸다. 죽음이 넘치는 가운데에 건너온 자들의 머리 위에서밖에 본 적 없는, 귀를 아래로 늘어뜨린 연분홍빛 짐승이 보였다. 언젠가 저 모자를 쓴 여인에게 잘 어울린다며 칭찬한 적이 있었다. 혀를 뽑아 버리고 싶을 만큼 부끄럽고 두려웠다.

짐승은 야힘에게 아무 짓도 하지 않았다. 다만 눈을 뜨고 보길 바랐을 뿐이었다. 보고 싶지 않았다. 알고 싶지 않았다.

"땅이…… 결코 회복될 수 없을 것 같은 손상을 이기고 다시 생명을 품을 수 있다면, 그렇다면 우리도 저들을 용서하고 저들과 화해해 앞으로 나아갈 수 있을까? 자기들이 얼마나 어리석은지, 무슨 짓을 저질렀는지 깨닫게 할 수 있을까?

우린 건너온 자들과 싸울 때 가장 용맹한 자를 앞세웠어. 저들은 약한 자들을 내보내 용맹한 자들을 지치게 하는 데 썼지. 여자가 하려던 게 그거였고, 내가 받아들인 게 그거였어. 저들의 방식을 우리 안에 들인 거야. 더 늦기 전에 멈춰야 해.

저들은 끝내 자기들이 뭘 잘못하고 있는지 깨닫지 못할지도 모르지. 영원히 삶과 죽음을 이해하지 못할지도 몰라. 그렇다고 우리까지 영혼을 잃어선 안 돼.

언젠가 저들이 왜 왔는지, 우리가 왜 이런 시련을 겪는지 땅이 들려줄 날을 기다리며, 노인들이 모두 떠나 우리 방식을 가르칠 이가 사라지고 아이들에게 증오만을 물려주기 전에 일을 바로잡아야 해."

노파가 눈을 뜨자 환영이 사라졌다. 더 이상 아무것도 보이지 않는데도 야힘은 몸을 떨며 울었다. 정신이 아득하고 자기가 어디 있는지 알 수가 없었다.

"돌아가시오."

야힘이 말했다.

"그자를 죽이고 섬으로 돌아가시오!"

야힘이 북받치는 감정을 억누르지 못해 외쳤다. 노파는 담담히 말했다.

"처음엔 그자가 자기 잘못을 깨닫고 뉘우치면 그때 마땅한 죽음으로 풀어 줄 생각이었어. 그런데 그자는 아무것도 반성하지 않았네. 차츰 의구심이 들더군. 과연 그자에게 정신이, 영혼이 존재하는가? 설마 결코 깨닫지 못하는가? 애초에 무너뜨릴 정신이 없단 말인가?

난 우리 사람들처럼 무작정 기다릴 수 없었어. 얼마 남지 않은 삶이 끝나기 전에 그자를 통해 알고 싶었네. 저들이 도대체 왜 이런 짓을 하는지, 그자들이 뉘우칠 수 있는 자들인지, 진정 텅 비어 아무것도 느끼거나 깨닫지 못하는 자들인지.

저들은 자기들도 서로 연결되었음을 몰라. 몇몇이 자기들의 욕망을 위해 사람들을 타락시켰지. 밑바닥에 있는 자들은 포기하고 체념하면서 그 몇몇의 욕망을 더욱 거세게 만들었어.

저들은 자기들이 살아온 방식대로 무작정 섬에 들어와 자기들이 우리 섬을 발견했으니 자기들 것이라 우겼네. 우린 사람을 죽이는 무기가 없네. 우린 글을 적지 않아. 우린 누군가에게 다른 이의 잘못을 판단해 어떤 벌을 줄지 결정할 권한을 준 적 없고, 그럴 필요도 없었네. 저들은 우리가 사람을 죽이는 무기가 없고, 글을 모르며, 재판관이 없어 짐승이라더군.

난 저들이 왜 그렇게 기록에 집착하는지 이해하지 못했지. 너무 늦게 알았어. 저들은 텅 비어 있고, 서로를 믿지 않아. 비었기에 기록으로 채우려 들고, 서로를 믿지 못해 재판관이 필요해.

우리 사람들은 증오와 어리석음을 같은 증오와 어리석음으로 되돌리는 건 답이 될 수 없다며 다른 길을 찾고 있어. 그런 길이 존재한다면 말이지. 도대체 세상 무엇이 저토록 거대한 악을 품을 수 있단 말인가?

영혼이 없는 자가 존재할 수 있다는 사실이, 영혼이 없는 심연을 마주한 게, 영혼이 없이 사는 존재가 얼마나 끔찍한지 본 게 날 망가뜨렸네. 보지 말아야 할 걸 봤어. 알지 말아야 할 걸 알았어. 한 번 본 건 지울 수 없네. 난 영원히 회복할 수 없을 게야.

우리 사람들은 다시 서로를 찾고 도와 하나가 되려 하고 있어. 난 못해. 난 더 이상 땅의 울부짖음을 들을 수 없어. 내 마음은 너무 많은 증오로 차 있어. 나는 저들과 화해 못 해. 우리 사람들도 알아."

야힘은 노파 앞에 무릎을 꿇었다.

"은인이 구한 목숨이요, 은인이 취하시오."

야힘은 이 진실을 품고 계속 살아갈 자신이 없었다. 아무것도 할 수 없는 자신이 무력했다. 이 노파의, 한 종족의 한을 푸는 데 조금이라도 도움이 될 수 있다면 기꺼이 그를 위한 제물이 되고 싶었다.

노파는 칼을 들어 야힘을 묶은 줄을 풀었다.

야힘은 어딘지 알 수 없는 곳을 보다 말을 이었다.

"노파에게 떠나기 전 사내와 이야기하게 해 달라 청했네. 노파는 들어주었지. 사내에게 왜 내게 거짓말을 했느냐 물었어. 사내는 이 지옥에서 도망가기 위해서였다고 하더군.

노파 말이 맞았네. 사내는 자기가 한 짓을 조금도 깨닫지 못했어. 매일 채찍질을 가하면 뭐한단 말인가? 그자에겐 그저 육신의 고통에 불과한데? 그자는 자기가 한 짓에 대해 아무런 후회도, 가책도 없었다네. 후회가 뭔지 모르니까. 가책이라는 걸 해 본 적이 없으니까.

그자는 그때까지도 자기가 군주만큼 부유해야 했는데, 군주가 자기 공을 가로챘다 원망할 따름이었어. 군주는 아무 탈 없이 잘 살거늘 자기만 노파에게 잡히다니 지지리도 운이 없다 탄식했네. 섬사람들을 짐승이라 규정한 자도 노예로 판 자도 모두 군주니, 노파가 여기 잡아 가둬야 하는 자는 군주지 자기가 아니지 않으냐며 자기가 도대체 뭘 어쨌다고 이러느냐고 울부짖더군.

내게 한 이야기도 그럴싸한 이야기를 지어낸 데 불과해. 그래, 그런 면에선 재주가 있는 자였지. 나조차 깜빡 속았으니. 아니, 내 자만이, 사람 보는 눈이 있다는 내 오만이 날 속였지.

고통도 가책도 그걸 느낄 만한 인성이 있을 때에만 가능할걸세. 고작해야 그런 자의 어리석은 욕망과 하찮은 앙심이 수천 년간 평화롭게 살아오던 세계를 망쳤네. 이해하겠나? 죽일 수도 죽이지 않을 수도 없는 마음을? 노파는 다른 섬사람들에겐 그 사내의 존재를 철저하게 비밀에 붙였다네. 그 지옥에 또 다른 누군가를 끌어들이길 바라지 않았어."

"그럼 그자는……."

"아마 내가 떠난 후 바로 죽였을 걸세. 또 달아날 위험을 무릅쓸 순 없었을 테니……."

"어떻게 죽였을까요?"

야힘이 어찌 알겠느냐는 듯 머리를 저었다. 그리고 벽에 등을 기댔다. 그 순간 야힘은 위대한 여행가가 아니라 그저 죽을 날을 기다리는 노인으로 보였다.

점심상을 가져온 아낙이 나 들으라는 듯 고생시킨다고 구시렁댔다. 나는 허겁지겁 밥을 먹었다.

"아침 안 자셨나?"

야힘이 물었다.

"못 일어났어요."

"아무도 안 깨웠나?"

"제가 일어나야죠."

야힘이 쓸쓸하게 웃었다. 그제야 사람들이 일부러 날 깨우지 않았음을 깨달았다. 내가 없으면 야힘도 쉬리라 생각한 것이다. 한편으로 야힘이 바로 알아챈 게, 아직 야힘이 정정한 듯해 반가웠다.

"착한 사람들이야, 그저 여행가를 모를 뿐. 여행기조차 쓰지 못하면 오히려 일찍 죽을 텐데……."

야힘이 떨리는 손으로 수저를 들었다.

"어떻게 그런 놈이 있을 수가 있죠? 제가 지금껏 살면서 만나 온 놈 중 제일 심해요!"

나는 침을 튀겨가며 그놈에 대한 욕설을 퍼부었다.

"그땐 나도 그렇게 생각했지……. 은혜를 원수로 갚는다더니 바로 그런 놈을 말하는구나, 하고 말이야."

"그런데요?"

야힘은 빈 상을 물리더니 이야기를 시작했다.

노파는 야힘에게 군주가 있는 도시를 돌아가는 길을 알려주었다. 야힘은 노파의 집을 떠난 후 단 하루도 편안히 잠을 이루지 못했다. 눈을 감으면 상처받은 땅이 몸부림치는 소리가 들렸다. 때로는 그들의 고통을 알면서도 내 일이 아니라고, 나혼자 뭘 어쩌겠느냐 달아나는 그를 원망하는 소리로 다가왔다. 어느 날은 도와 달라는 비명으로 느껴졌다. 그저 절망에 빠진 외침 같을 때도 있었다.

야힘은 제정신이 아닌 상태로 걸었다. 어떻게 다시 산을 넘어 그 많은 도시를 지났는지 조금도 기억나지 않았다. 여행가가 된 이래 처음으로 아무것도 기록하지 못했다. 그저 쫓기는 사람처럼 걷다 익숙한 말이 들려와서야 정신을 차렸다.

그리던 땅이 가까워 올수록 발걸음이 무거워졌다. 영주가 왜 도시 하나와 그를 바꿨는지, 왜 호위까지 붙여 그를 보냈는지 짐작한 탓이었다. 영주는 금을 바랐다.

"금은 없었잖아요. 그리고 섬은 군주가 단단히 지키고 있고……."

내가 끼어들었다. 야힘의 얼굴이 어두워졌다.

"왜, 왜 그러세요?"

나도 모르게 말을 더듬었다. 야힘이 속삭이듯 말했다.

"금이 있다네."

"금이 있다고요?"

나는 큰소리로 외쳤다가 지레 놀라 양손으로 입을 막고 바깥 기척을 살폈다.

야힘이 사내를 숨겨 두고 지리를 확인하려 나무 위에 올랐을 때였다. 도망 노예와 검은 자가 물을 길으러 가고 남은 흰자가 노파에게 금을 찾았노라 말했다.

그들은 도대체 금이 뭐기에 건너온 자들이 미쳐 날뛰는지 알고자 했다. 섬에서 살아남은 자들 중 일부가 금을 찾아 산을 뒤졌고, 결국 섬 뒤편을 타고 흐르던 강에서 괴금을 건졌다. 그들은 조를 짜 일대를 수색해 금광을 발견했다.

노파에게는 그 일을 들은 기척도 내지 않았고, 무덤까지 가져가려 했다. 하지만 도시가 가까워질수록 지킬 자신이 없어졌다. 영주는 그를 위해 이미 거액을 썼다. 차라리 듣지 못했으면 좋았을 걸, 모른다는 말로 쉽게 넘어가지 않을 것이다.

영주가 사는 도시가 멀지 않은 곳에서 한 여행가가 야힘을 알아봤다. 그는 호들갑스럽게 다가와 그동안 어딜 다녀왔느냐고, 죽었다는 소문이 파다했다며 팔을 잡아끌었다. 그제야 떠난 지 10년이 넘는 세월이 흘렀음을 알았다. 야힘은 애써 그를 뿌리쳤다.

"아, 진짜, 여행기 쓰기 전에 소문내거나 하지 않을 테니 대충이라도 이야기 좀 해 줘요. 진짜 황금 섬에 다녀왔어요? 우와, 완전 거지꼴이네. 깜빡 못 알아볼 뻔했어요. 돈도 떨어졌을 거 아니에요. 가요, 밥은 먹어야죠."

그는 야힘을 반강제로 끌고 가 술과 밥을 샀다. 허기진 배는 부끄러움도 모르고 음식을 받아들였다. 그래도 다녀온 곳에 대해서는 함구했다. 그는 툴툴대면서도 한 푼 없는 그를 위해 방을 잡아 주었다. 한 방에 있는 이들이 숨넘어가게 코를 골며 자는 중에 야힘은 뜬눈으로 아침을 맞이했다.

앞으로 어떻게 해야 하는가? 계속 이 근처에 있다간 그가 돌아왔다는 소문이 퍼질 것이다. 도망칠까? 어디로든 가서 숨어 살아야 하나? 여행가를 포기하고? 그럴 수 있을 것 같지 않았다. 그는 여행가였고, 여행가가 바로 그 자신이었다. 여행가가 아닌 다른 삶은 상상할 수 없었다. 그럼 여행기를 거짓으로 써야 하는가? 그는 평생 그가 직접 보고 겪은 일을 정직하게 서술해 왔다. 쓰면 어떻단 말인가? 그 산을 누가 넘는단 말인가? 야힘은 넘었다. 다른 이라고 못 넘을까? 검은 자들이 기어이 섬을 정복하는 데 성공한 건 한 사내 때문이 아니었다. 금을 향한 욕망이 이뤄 냈다. 언제고 어떻게든 얼마나 큰 희생을 치르든 간에 해냈을 것이다.

한숨도 이루지 못했는데 창밖이 밝아 왔다. 야힘은 옆에서 자는 여행가가 깨지 않도록 조심스레 여관을 나왔다. 골목을 벗어나기도 전에 누군가 그를 붙잡아 옆구리에 칼을 가져다 대었다.

"보다시피 가진 게 없네."

야힘이 말했다.

"조용히 따라오게."

야힘은 정체불명의 여자가 이끄는 대로 구불구불한 골목을 따라 걸었다. 여자는 구석진 곳에 있는 문을 열었다. 안에는 창문도 없이 작은 촛불 하나만 흐린 불을 밝혔다. 가구라고는 금방이라도 부서질 것 같은 탁자와 의자뿐이었다. 군주에게 잡혀 갇혔을 때의 악몽이 떠올랐다.

탁자 건너 의자에는 베일로 얼굴을 가린 부인이 앉아 있었고, 두건을 눌러쓴 젊은 여인이 옆에 서 있었다. 야힘을 데려온 자가 나가자 부인이 베일을 걷었다. 50줄에 이른 기품 있는 노부인으로 이런 곳에 있을 사람이 아니었다. 야힘은 영문을 몰라 눈치만 살폈다.

"그대가 엘야르히무인가?"

노부인이 물었다.

"네, 그렇습니다."

"내가 누군지 알겠는가?"

"아니요, 모르겠습니다."

야힘이 말했다. 젊은 여인이 두건을 벗었다. 어딘지 모르게 낯이 익었다.

"아가씨!"

야힘은 뒤늦게 알아보고 깊이 고개를 숙여 인사했다. 영주를 만날 때 옆에 있던 어린아이가 어느새 장성한 여인으로 자랐다. 그렇다면 노부인은 영주의 부인일 것이다.

"황금 섬에 다녀왔는가?"

노부인이 노파 못지않은 사람을 꿰뚫는 눈으로 그를 바라보며 물었다. 입이 바짝 마르고 천장이 빙빙 돌았다. 누가 칼을 겨눈 것도 아니거늘 감히 거짓을 고할 엄두가 나지 않았다.

"네, 마님."

"금이 있던가?"

무릎이 덜덜 떨렸다. 야힘은 죽을 때까지 비밀을 지키리라 다짐했다.

"네, 마님."

맹세는 한순간에 바람처럼 흩어졌다.

"황금 섬은 어떤 곳인가?"

야힘은 군주들이 금을 찾지 못하자 섬사람들을 노예로 전락시킨 일, 자기를 구해준 노파의 사연을 이야기했다. 온몸에서

식은땀이 흐르고 심장이 미친 듯이 뛰었다. 영주의 부인도, 딸도 한 번도 그의 이야기를 끊지 않았다.

"그자들을 가련하게 여기는군. 그 일이 옳지 않다고 생각해, 그러한가?"

영주의 부인이 물었다. 노파가 그러했듯이, 영주의 부인도 무얼 생각하는지 가늠하기 어려웠다. 그저 자기가 시험대에 올랐다는 사실만 알 수 있을 따름이었다.

"네."

야힘이 가까스로 대답했다. 뭘 바라는지 알 수 없으나 거짓은 통하지 않을 터였다. 영주 부인은 침묵했다. 야힘은 무언가 더 말해야 한다고 느꼈다.

"노파는 절 살렸습니다. 전 목숨을 빚졌습니다. 그 섬에 금이 있다는 사실이 알려진다면 그자들의 삶은 더 비참해질 겁니다. 더 비참해질 곳이 어딘지 모르겠습니다만 필시 그럴 겁니다. 그자들은 섬으로 돌아가 자기들이 살던 방식대로 계속 살아가길 바랄 뿐입니다."

"그들이 그렇게 살길 바라나?"

"제가 뭘 할 수 있겠습니까. 전 한낱 여행가일 따름입니다."

야힘은 말을 뱉고 나서야 사내와 같은 말을 했음을 깨달았다. 자기 존재가 비루해 숨을 쉴 수 없었다.

"자네 말대로 노파는 그대를 살렸네. 목숨 빚을 목숨으로 갚을 수 있는가?"

"네?"

영주 부인은 두 번 말하지 않았다. 영주의 딸이 한 발 앞으로 나섰다. 허리춤에 찬 칼이 눈에 들어왔다.

"무릎을 꿇게."

영주 부인이 말했다. 야힘은 무릎을 꿇고 목을 늘였다. 영주의 딸이 칼을 뽑는 소리가 들렸다. 차라리 잘된 일이었다. 바지자락이라도 붙들고 살려 달라 애걸하고 싶었다. 죽음만이 그가 약속을 지킬 수 있는 방법일 것이다. 목숨만 살려 주면 절대 그 누구에게도 발설하지 않겠노라 맹세할 수 있었다. 여행가로 살지 않아도 좋았다. 목숨만 부지하면 족했다. 노파는 그를 죽이지 않았다. 그가 금의 위치를 안다는 걸 알았어도 살렸을까? 노파는 그를 죽여야 했다.

영주의 딸이 옆으로 와 칼을 뽑았다.

일어나 도망치면 살 수 있을까? 듣고 싶어 들은 것도 아닌데 자기가 왜 죽어야 하는가? 노파의 가슴을 찢어 놓던 울음소리가 귓가에 울렸다. 그가 봐 온 노예들의 삶, 마이플에 취해 강제로 임신하고, 태어난 아기의 얼굴도 보지 못하고 모유를 뺏기던 여인들, 새 처형대를 시험한다는 이유로 혹은 그저 재미 삼아 죽임당한 노예들, 갓난아이라는 걸 알면서도 그에게 아이를 요리한 음식을 가져다줘야 했던 늙은 노예…….

그중 무엇이 끝내 목숨을 구걸하지 않게 했는지 알 수 없었다. 어쩌면 아무리 애원해도 소용없으리라 판단해 포기했는지도 몰랐다. 영주의 딸이 칼을 높이 올렸다. 야힘은 흐느끼며 죽음을 기다렸다.

칼은 그의 목 바로 옆에 꽂혀 날을 떨었다.

"일어나게."

영주의 부인이 말했다. 야힘은 두려움에 차 겨우 고개만 들었다.

"난 여행기를 좋아하지 않아. 영주들이 여행기를 읽느라 허송세월하는 것도 한심하고 그걸 위해 자네 같은 것들에게 돈과 시간을 낭비하는 건 더욱 마뜩지 않네. 그래도 여행기의 좋은 점이 하나는 있는 것 같군. 그런 악습이 우리 땅에 들어오지 못하도록 사전에 막을 수 있으니 말일세. 그자들은 사람을 가축 취급하는 전례를 만들어 스스로를 망쳤네. 그런 일은 절대 치유할 수 없는 기억으로 대대손손 남을 게야. 후손에게 감당할 수 없는 선조의 죄를 넘기는 걸세.

영주는 손꼽아 자네를 기다린다네. 그에게 아무것도 보지 못했다 말하게. 보아하니 거짓을 고하는 데 서툰 자 같군. 영주는 믿지 않을 테고, 자네에게 엄한 형벌을 가할 걸세. 그자가 금을 기대하며 자네에게 쓴 돈이 얼만지 자네 같은 자는 상상도 못 할 게야. 자네가 떠난 후 들어오지도 않은 금에 들떠 흥청망청 낭비했다네.

난 더 이상 내 남편의 짓거리를 봐줄 수가 없어. 우리 영지가 부유하게 살아가는 까닭은 선대 영주들이 성실하게 영지를 관리하고, 영지민들을 보살폈기 때문이야. 나는 내 딸도 그런 영주가 되길 바란다네."

영주의 부인은 잠시 말을 끊으며 또다시 탐색하듯 야힘을 훑었다.

"목숨은 살려 주지. 이후 자네의 삶 또한 보장하겠네. 계속 여행가로 살 수 있도록 후원하지. 늙어 더는 길을 나서지 못하게 되면 노후 또한 풍족하게 보내게 하겠네. 하나 자네가 결국 매를 이기지 못해 금에 대해 나불댄다면 차라리 지금 죽는 게 나았다 여길 대가를 치를 걸세. 자네 여행가들 덕에 우린 각지의 형벌에 대해 모르는 게 없거든.'

영주의 부인은 대답을 기다렸다. 야힘은 그러겠노라 약속했다.

"그래서 태형을 맞았고 영주의 부인과 딸이 나서서 살려 준 거군요."

내가 말했다. 야힘은 고개를 끄덕였다.

"얼마 후 부인은 영주에게 젊은 남자를 붙였어. 미모도 뛰어나지만 잠자리 기술이 보통이 아닌 자라더군. 영주가 새 애인에게 빠져 정신을 차리지 못하는 동안, 부인은 발 빠르게 움직였지. 몇 해 지나지 않아 영주는 별채로 보내 버리고, 딸을 영주 자리에 올렸어. 내게 한 약속도 지켰다네. 두 분 다 여행기에 관심이 없는데도 후하게 날 후원했지. 아가씨는 영주가 된 뒤부터 내가 여행기를 가져갈 때마다 날 직접 불렀다네. 어느 날 용기를 내어 여행기를 서가에 보내도 좋으냐 여쭀더니 눈살을 찌푸리셨지만 아량을 베풀어 허락했고, 약속대로 노후를 보내라며 고향 마을을 줬지. 참으로 고마운 분들이야."

"그런데……."

나는 주저하다 입을 열었다. 야힘이 다 안다는 듯 빙그레 웃었다.

"왜 자네에게 이런 이야기를 하는지 궁금하나?"

"네! 제가 누구에게든 이 이야기를 들려주기라도 하면 어찌

려고요? 그만큼 절 믿나요?"

야힘은 소리 없는 웃음을 지으며 말했다.

"매를 맞으며 내가 어떻게 입을 다물고 버텼는지 아나? 노파의 은혜를 갚기 위해서, 또다시 고역을 치를 그자들이 가여워서라고 말할 수 있다면 좋겠네만, 매가 그렇게 모질 수 없었어. 영주는 다시는 다리를 쓰지 못하게 하겠노라, 여행가는커녕 사람 구실도 못 하며 살게 만들리라 했지. 영주 부인의 말이 아니었다면 매를 이기지 못했을 게야. 차라리 죽는 게 나은 형벌이 어떤지 나는 알아. 나는, 그런 인간이네.

호의가 악으로 돌아올 수 있다는 걸, 그로 인해 어떤 일이 발생할 수 있는지 그 정도로 겪었으면서도 내가 당장 죽을 만한 잘못을 저지르지 않았다는 이유로 날 살려 보낸 노파가 놀라울 따름이야."

"절 믿지도 않으시면서 왜 이 이야기를 하신 거죠? 가는 길을 대충 돌려 말씀하셔서요?"

야힘이 수수께끼 같은 웃음을 지었다.

"내가 마지막 여행으로 어딜 다녀왔는지 아나?"

"너무 오래 소식이 없어서 다들 야힘이 죽었는 줄……."

나는 뒤늦게 깨닫고 무릎을 쳤다.

"황금 섬에 다시 다녀왔다네."

야힘이 말했다.

두 번째 갈 때는 단단히 준비를 하고 간 덕에 처음만큼 고생하지 않았다. 산을 넘는 길을 닦는 공사는 여전했으며 거기서 일하는 자들의 삶도 그대로였다. 다른 점이라면 저번에는 공사장 인부로 잡혀갔지만 이번에는 여행가로 군주의 저택에 초대받았다는 점이었다. 어느새 여행가에 대한 소문이 이곳까지 퍼졌다.

야힘은 사냥꾼들에게 잡혀 길을 만드는 일꾼으로 일할 때 배운 말로 군주와 이야기를 나누다 왜 길을 닦는지 물었다. 군주는 기다렸다는 듯 대답했다.

"산 너머에 발길에 차이는 자갈처럼 금이 굴러다니는 곳이 있다더군. 거기에 가기 위해 길을 만드는 걸세."

"하지만……."

군주는 이미 60이 넘었고, 거동이 불편해 침대에서 일어나지 못했다. 그는 야힘이 무슨 생각을 하는지 알아채고 껄껄 웃었다.

"그게 자네 같은 보통 사람과 내 차이라네. 자네들은 눈앞만 볼 뿐이야. 당연히 내 대에서는 무리겠지. 하지만 내 자식이나 손자 대로 가면 가능할 걸세. 이게 바로 먼 미래를 내다보고 하는 투자라네."

야힘은 군주의 저택을 떠나 첩첩 쌓인 산을 넘어 마침내 오래전 떠났던 곳에 도착했다. 그는 미리 준비한 염료로 온몸을 검게 칠하고 도시로 향했다.

가는 길에 그처럼 도시로 가는 사람들과 마주쳤다. 야힘은 들킬 새라 바짝 긴장해 고개를 숙이고 걸었다. 야힘의 눈은 그들만큼 파랗지 않았다. 다행히 그들도 나이가 들면 눈 색이 옅어져 아무도 야힘을 눈여겨보지 않았다. 늙어 머리도 허옇게

센지라 염색할 필요도 없었다. 야힘은 문득 군주에게 당신이나 우리나 늙으면 다 똑같지 않으냐 하면 뭐라 답할지 궁금했다.

야힘은 사람들 속에 섞여 걸었다. 사람들은 잔뜩 흥분해 처형을 구경하러 가고 있었다.

처형장은 바로 얼마 전 다녀온 양 같은 곳에 그대로 있었다. 다만 상석에 앉은 자만 달라졌을 뿐이었다. 처형을 기다리는 자는 줄잡아 100명은 되었다. 뜻밖에 대부분 검은 자로 흰 자는 2~30명이 전부였다. 나이는 다양해 10살도 채 되지 못한 어린아이들부터 60줄에 이른 늙은이들도 있었다.

새 군주가 일어나 이들이 군주를 대항해 반란을 일으켰노라 말했다. 주동자들이 먼저 끌려

나와 산 채로 어깨와 허벅지 관절을 반쯤 잘렸다. 주동자로 분류된 자 중에는 아직 어린아이도 있었으나 예외는 없었다. 관절이 잘린 자는 황소 네 마리에게 사지를 묶였다. 군인들이 황소를 채찍질했다. 황소 네 마리로도 산 사람의 팔다리를 뽑는 건 쉽지 않았다. 황소들은 힘을 주느라 시신경이 터져 피눈물을 흘렸고 전신에서 뜨거운 김이 일었다. 아이 차례가 왔다. 아이가 끌려가자 아이의 어미가 몸부림을 치며 저주를 퍼부었다. 구경꾼들은 대부분 만취해, 처형 때면 늘 그러듯 죄수들에게 조롱을 퍼부으며 웃고 떠들며 구경했다. 야힘은 옆에 선 자에게 슬쩍 말을 붙여 처형에 대해 물었다. 그자는 처형이 오늘로 3일째이자 마지막 날이라 했다. 그의 말이 아니더라도 처형이 길게 이어지고 있다는 건 짐작할 수 있었다. 교수대에는 채 거두지도 않은 시체가 매달렸고, 무덤은 차고 넘쳤으며,

한쪽에선 노예들이 새 무덤을 파고 있었다.

주동자들이 모두 죽자 남은 죄수들이 화형, 교수형 등 다양한 방법으로 처형되기 시작했다.

야힘 옆에 있던 자가 몸을 가누지 못하고 쓰러지더니 뭐가 웃긴지 혼자 낄낄대고 웃었다. 마이플에 중독된 자였다. 마이플이 보통 사람들에게까지 퍼졌다. 확신할 수는 없으나 군주도 몸놀림이 둔했다. 술을 마셨거나 마이플을 섭취했거나 둘 중 하나였다.

문득 처형장 분위기가 전과 다름을 느꼈다. 처형 장면이 주는 가학적인 즐거움에 취한 사람들 사이에서 자기 일처럼 고통에 젖어 지켜보는 이들이 있었다. 그들의 눈동자에 담긴 건 공포가 아닌 분노였다.

야힘은 더 이상 죽어 가는 자의 절망을 들을 수 없어 뒷걸음질 쳐 빠져나왔다. 자기가 여길 왜 다시 왔는지, 무얼 찾으러 왔는지 알 수 없었다. 사지가 뜯기는 자들의 울부짖음은 귀가 아닌 몸에 새겨져, 아무리 멀리 가도 따라왔다.

야힘이 발길 닿는 대로 걸어 들어간 골목에서 마흔 중년의 검은 여자가 그를 향해 다가왔다.

"엘야르히무."

여자가 말했다. 야힘은 돌처럼 굳어 섰다. 사지가 덜덜 떨렸다. 다시 노예로 끌려가는가? 처형대에 오르는가? 어쩌자고 여기를 다시 왔는가?

"이쪽으로……."

여자가 앞장섰다. 야힘은 얼결에 따라갔다. 투실투실 살이 오른 쥐들이 골목을 거닐었다. 이따금 창밖을 내다보는 사람들의 눈길이 흉흉했다. 여자는 아무렇지도 않은 듯 미로 같은 골목을 지나 차츰 인적이 없는 곳으로 갔다.

온통 쓰레기가 쌓인 빈터가 나타났다. 여자가 쓰레기 더미를 치우자 버려진 하수구가 시커먼 입을 벌렸다. 여자는 발치도 제대로 보이지 않는 하수구를 늘 오가는 길처럼 걸을 뿐, 한 번도 뒤돌아 야힘이 잘 따라오는지 확인하지 않았다. 야힘은 이대로 계속 따라가야 하는지, 여자가 자기 이름을 부른 건 맞는지, 여자가 어느 순간 뒤를 돌아 누군데 따라오느냐고 하는 건 아닐지 불안하고 오만 가지 생각이 머리를 휘저었다.

하수구를 나오니 도시 바깥이었다. 그들은 강을 따라 몇 시간을 걸었다. 어느덧 땅거미가 지고 해가 뉘엿뉘엿 기울어 지평선을 따라 이내가 깔렸다. 야힘은 더 참지 못하고 여자 옆에 가 섰다.

"뉘시오? 날 어디로 데려가는 거요?"

여자는 야힘의 말에 무슨 소리냐는 듯한 얼굴을 했다.

"저예요, 엘야르히무."

야힘은 어리둥절해 여자를 살폈다.

"제가 식사 시중을 들었잖아요."

야힘은 다시 여자를 살폈다. 늙은 노예를 대신했던 아이가 어느덧 중년 여인이 되어 있었다.

"날 어떻게 알아본 겐가?"

여자가 희고 고른 이를 드러내며 웃었다.

"엘야르히무, 정말 그대로군요. 저들이 하는 짓을 용납하지 못하고 반박하면서도 저들과 비슷하다는 점에서요. 기억하시죠? 전 섞인 자라는 것. 하지만 저들과 비슷하게 까맣고, 귓불도 두툼해요. 덕분에 저들은 제가 저들 중 하나라고 여겨요. 그래서 도시를 마음대로 드나들 수 있죠. 엘야르히무, 피부에 검은 칠을 해도 당신은 당신이에요. 왜 못 알아보겠어요?"

여자는 말을 마치고 다시 걸었다.

"어딜 가는 겐가?"

야힘이 따라가며 물었다. 여자는 대답하지 않았다. 어느덧 온 세상이 깜깜해져 발아래도 제대로 보기 힘든데도 여자는 어둠 속에서도 훤히 보는 눈을 가진 것처럼 거침없이 걸었다. 그렇게 또 얼마를 걸었는지 가늠이 되지 않을 무렵 인기척이 들렸다. 여자가 손을 흔들며 인사했다. 두셋이 달려와 늦어 걱정했노라 말했다. 그들과 함께 반 시간을 더 걷자 4, 50명이 사는 작은 마을이 나타났다. 마을에는 흰 자도, 검은 자도, 여자처럼 섞인 자도 있었다. 여자는 야힘을 자기 집으로 안내해 물과 먹을거리를 가져다주었다.

"여긴 어디지?"

야힘이 물었다.

"기다리는 자들이 머무는 곳이에요."

여자가 대답했다.

"무얼?"

여자는 빙그레 웃으며 그간 있던 일을 들려주었다.

야힘이 떠난 지 얼마 지나지 않아 군주가 유폐했던 고모가 탈출해 섬을 차지하려는 다른 군주와 손을 잡고 군주를 공격했다. 고모는 조카를 죽이고 스스로 군주 자리에 올랐으나 얼마 지나지 않아 자기가 끌어들인 다른 군주에게 배신당해 처형대에서 죽었다. 고모를 죽인 자는 자기 딸을 이 땅의 군주로 앉혔다.

위에서는 피바람이 불었으나 아래에 사는 사람들의 삶은 달라지지 않았다. 가난한 자들은 여전히 신발도 없이 다녔고, 새 군주는 하루가 멀다 하고 부랑자를 잡아 처형하고, 선원으로 끌고 갔다.

결국 견디지 못한 가마꾼, 짐꾼, 시장 여인, 부두 노동자, 선원으로 이루어진 검은 자들이 노예들과 손잡고 반란을 일으켰다. 그들은 군주의 저택에 불을 지르고 도시를 전복할 계획을 꾸몄다. 그러나 내부에 군주를 위해 일하는 자가 숨어 있었다. 일을 치르기 전날 군인들이 몰려 왔다. 그들은 거점으로 삼던 선술집이 있는 골목에 통, 천막, 좌판, 수레, 채 팔지 못한 상품과 가죽을 쌓아 진을 치고, 돌멩이를 던지고, 갈퀴를 휘두르며 일주일을 저항했으나 끝내 뚫려 모두 죽거나 사로잡혔다.

야힘이 낮에 본 처형당한 자들이 바로 그들이었다. 자기 얼굴에 칠한 검은색이 부끄러웠다.

새 군주는 역대 어떤 군주 부럽지 않을 만큼 포악하게 날뛰었다. 농지를 닥치는 대로 빼앗아 마이플을 심어 팔았고, 흰 자고 검은 자고 가리지 않고 젊은 여자를 잡아 '목장'에 끌고 갔다. 그가 이 지역을 원했던 바로 그 이유가 사라진 탓이었다.

"부유한 상인들, 군주와 그들의 일가친척을 제외하면 더 이상 자기 가족을 먹일 땅이 있는 자들이 없어요. 이 땅에 있는 자들이 다 노예가 되고, 모두 영혼을 들여다보는 풀에 자신을 잃고 나면, 자기들이 말하는 수익을 어디서 올릴지 궁금해요."

여자가 말했다.

"노예를 만든 자들이 노예네. 노예가 없이는 단 하루도 살 수 없는 노예에 종속된 노예야."

야힘이 말했다.

"잠깐만요, 잠깐요, 야힘! 그자가 이 지역을 원했던 이유가 사라졌다고 했나요? 그게 무슨 말이죠?"

나는 붓을 멈추고 야힘의 입만 뚫어지라 쳐다봤다. 야힘은 부러 뜸을 들였다.

"야힘! 엘야르히무!"

나는 어린아이처럼 야힘의 팔을 잡고 조르기라도 할 기세로 외쳤다.

"섬이 사라졌다네. 아니, 정확히 말하자면……."

"섬이 사라져요? 어떻게요? 그게 가능해요? 아니 바다에 있던 섬이 어쩌다……."

야힘은 손짓으로 답을 듣기도 전에 같은 질문을 다른 방식으로 던지는 날 막고 이야기를 계속했다.

새 군주가 다스리기 시작한 바로 그해 겨울, 전에 없던 규모로 해일이 밀려왔다. 여자는 태어날 때부터 그러했듯이 그날도 군주의 성에서 일하고 있었다. 여자는 창문으로 바닷물이 거대한 산처럼 일어나 다가오는 모습을 보았다. 해변에 있던 배가 모조리 박살 났으며, 해안에 있던 수백 척의 배와 집, 논밭이 물에 휩쓸렸고 수천이 목숨을 잃었다.

새 군주가 수습하느라 정신이 없는 동안 피해가 덜한 다른 지역의 군주가 섬을 차지하고자 배를 보냈다. 섬이 있던 곳에 도착한 선장은 기가 막혀 하늘만 바라보았다. 지진으로 바다 밑에 있던 지반이 일어나, 섬은 거대한 깔때기버섯처럼 까마득한 하늘 높이 솟아 있었다.

군주가 미처 날뛰는 만큼 지친 사람들도 저항하기 시작했다. 군주나 부유한 상인은 습격에 대비해 경비를 강화했다. 여자와 일부 사람들은 다른 길을 택했다. 그들은 도시를 빠져나가 마을을 이루며, 섬에 남은 자들이 언젠가 방법을 찾아 그들을 데리러 올 날을 기다렸다.

"우릴 이대로 놔둘 리 없어요."

여자가 말했다.

여자는 해일이 밀려온 혼란 중에 처음 야힘을 맡았던 늙은 노예를 비롯해 많은 노예를 데리고 달아났다. 늙은 노예는 섬에서 살던 방식을 기억하는 이 중 그때까지 살아 있던 유일한 사람이었다. 그들은 노인이 가르치는 대로 그들이 본디 살던 방식으로 돌아갔으며, 함께하고자 하는 이들은 검은 자든, 섞인 자든 누구도 마다하지 않았다. 여자는 노인이 몇 해 전 세상을 떠났다고 했다.

"언젠가 당신이 다시 오리라 말했어요."

여자가 말했다.

"여긴 성에서 너무 가까워 위험해요. 우린 내일 떠납니다. 떠나기 전에 당신을 데리러 도시에 갔어요."

"내가 오늘 올 줄 어떻게 알고?"

여자가 웃었다.

"설명해 주게."

"금이 왜 그렇게 중요한지 설명할 수 있다면, 저도 해드리죠."

야힘은 말문이 막혔다. 여자와 야힘은 다른 방식으로 세상을 보았고, 서로를 완전히 이해시키는 건 불가능했다. 야힘은 주저하다 노파에 대해 물었다.

"전 만난 적 없어요. 그 집도 해일에 휩쓸렸다 들은 게 다예요. 마지막으로 그분을 만났던 사람 말이 돌아갈 날이 얼마 남지 않은 듯 보였다 했어요. 해일이 오기 전에 돌아갔을 거예요."

"이곳에 오는 길에 금이 있다는 섬을 노리고 산을 넘을 길을 닦는 자들을 만났네. 정말, 다시는 섬에 올 수 없는가?"

야힘이 다짐이라도 받듯 물었다.

"사람이 하늘을 날기 전에는 접근할 수 없을 거예요. 그래도 섬은 우릴 잊지 않을 겁니다. 반드시 우릴 데리러 올 방법을 찾을 거예요."

여자가 대답했다.

글씨가 삐뚤빼뚤하거나 말거나 속도를 올려 글을 마무리 짓고 궁금한 걸 물으려 고개를 드니 야힘은 그새 잠들어 있었다. 나도 방으로 돌아가기 무섭게 골아떨어졌다. 듣고 적는 것만으로도 진이 빠진 터였다. 직접 다녀온 야힘은 어땠을지 상상조차 할 수 없었다.

처마에 맺힌 고드름 끝에서 물방울이 떨어졌다. 날이 풀리고 떠날 시간이 오고 있었다. 야힘은 갈리를 곁에 두고 그간 못다 한 여행기를 받아 적게 했다. 다행이었다. 황금 섬 이야기를 들은 후 다른 여행기를 받아 적을 자신이 없었다. 나중에야 야힘이 이미 알고 갈리를 시켰음을 깨달았다. 야힘도 누나처럼 말하지 않아도 나보다 먼저 알았다. 문득 누나가 여행가가 되었다면 어떤 여행기를 썼을지 궁금해졌다.

마을을 떠나기 전날 야힘의 조카 손자며느리가 날 데리고 산에 올랐다. 길도 없는 곳을 한참 끌고 가더니 멈춰 서서 의기양양하게 말했다.

"여기요."

주홍빛 철쭉 군락이 작은 언덕을 가득 메웠다. 철쭉은 보통 분홍색이나 붉은색이었다. 이런 짙은 주홍색 철쭉은 한 번도 본 적이 없었다.

"이만하면 영주에게 보일 만하지? 내 갈리 아비도 여기 데려왔지."

영주가 감탄할 풍경으로는 작았다. 하지만 이곳에 와서 결혼을 앞두고 안 그래도 마음이 싱숭생숭한데 남편이 될 자가 친구와 정을 통했다는 걸 알고 서럽게 우는 젊은 여인의 모습을 상상할 수 있었다. 첫 여행을 떠나 영주의 마음에 들 여행기를 쓸 수 있을지 때로는 불안하고, 때로는 이제 곧 진짜 여행가가 된다는 생각에 들뜬 젊은 여행가의 모습이 보였다. 그 순간 둘이 무엇을 나누었는지 알 수 있었다.

나는 이곳에 데려다주어 고맙다 인사하고 돌아가 짐을 꾸렸다.

"가?"

갈리가 물었다. 나는 고개를 끄덕였다.

"또 와?"

"글쎄……."

"안 올 거구나. 여행기 판다고 사기 친 뒷감당은 나한테 넘기고 자긴 튀겠다?"

갈리가 뾰로통하게 말했다.

"언제고 꼭 다시 올게."

"진짜지?"

갈리가 새끼손가락을 내밀었다. 마주 걸고 야힘의 방으로 갔다. 아낙들이 달라붙어 팔다리 운동을 시키고 있었다. 야힘이 간신히 그들을 내치고 나와 마주 앉았다. 그가 떨리는 손으로 봉투를 한 장 꺼냈다.

"날 후원한 영주께 쓴 편지네. 이걸 가져가면 자넬 후원할 게야."

야힘은 더 이상 붓을 쥐지 못했다. 내가 온 무렵 미리 써둔 게 틀림없었다. 고맙다는 말만으로는 너무 작았다. 그렇다고 아무 말도 하지 않고 덥석 집을 용기도 없었다.

야힘이 잔잔하게 웃으며 야윈 손을 내밀었다. 손이 닿자 말할 수 없을 만큼 마음이 가벼워졌다. 내 마음을 나보다 먼저 아는 이에게 길게 말을 늘일 필요가 없었다. 우린 여행가답게 짧게 인사를 마쳤다.

정작 인사가 길어진 건 집을 나선 다음이었다. 어른, 아이 할 것 없이 움직일 수 있는 사람들은 다 나오고, 개들까지 뛰쳐나와 요란을 떠는 통에 한 걸음 떼기도 힘들었다. 간신히 인사를 마치고 한가득 싸 준 먹을거리며 이부자리 등속을 짊어지고 길을 걸었다.

마침내 떠나게 된 길은 가벼웠으며 또한 무거웠다. 어디로 갈 것인가? 야힘을 후원한 영주 눈에 내 천박한 여행기가 눈에 찰까? 아니 그이는 애초에 여행기에 관심이 없다. 야힘 여행기는 후원하는 이에 대한 최소한의 도리로 읽었을 뿐 내 여행기는 대충 훑는 시늉이나 하고 바로 서가에 보낼 것이다. 그러니 어떤 내용을 쓰든 어딜 가든 후원가 걱정 없이 떠돌아다닐 수 있었다. 그게 내가 바라는 여행가인가?

내 품에는 날 후원했던 상인이 다른 상인에게 쓴 추천서도 들어 있었다. 아마 그 역시 날 후원했던 상인처럼 음탕한 이야기가 가득한 여행기를 원할 것이다. 다른 이야기는 지루하다고 쳐다보지도 않겠지. 그리고 언젠가 또 정을 통하는 부분만 남은 채 조각나리라. 그게 내가 쓰고픈 여행기인가?

누구도 닿지 못한 먼 곳으로 가볼까? 야힘은 돈이 없어도 걸었다. 수없이 죽을 고비를 넘기며 오롯이 자기 힘으로 여행했다. 나는 그런 여행을 바라는 것인가, 그런 여행기를 읽으며 받은 느낌을 직접 겪고 싶은 것인가?

야힘의 여행기는 정제되어 있었다. 당사자만이 느낀 지루하고 고통스러운 순간은 압축하거나 생략했다. 내가 그 순간들을 하나하나 겪으며 나아갈 수 있을까? 과정을 밟을 용기는 없이 결과만을 바라는 건 아닌가?

불현듯 부끄러움이 나를 잠식했다. 나는 피부가 하얀 자들이 겪은 일, 섬이 하늘로 치솟는 어마어마한 지진 후에 섬에서 과연 몇이나 살아남았을지, 잘 살아가는지, 섬에 돌아갈 길이 없는 하얀 자들은 앞으로 어떻게 될지는 전혀 생각하지 않았다. 그들의 삶보다 한 여행가가 그걸 지켜보고 함께 겪어 적은 일에만 의미를 부여했다.

저만치 앞서가던 그림자가 발끝에 오도록 물 한 모금 마시지 않고 갈 곳 없이 걸었다. 해가 서산에 걸릴 무렵 작은 실개울 옆에 주저앉아 발을 담갔다. 봄은 왔어도 물은 아직 뼛속까지 얼어붙을 듯 차가웠다. 나는 깨끗이 손을 씻고, 노인이 내게 남긴 편지를 꺼냈다.

내내 용기가 나지 않아 열지 못했다. 내가 번듯한 여행가가 되지 못했다 나무라면 어쩌나. 상인의 노리개로 지냈다는 걸 알고 날 상인에게 보낸 스스로를 책망했을까. 설마 그리 가르쳤는데도 다 귓등으로 흘려듣고 함부로 행동했다 화를 내려나. 아니다. 야단이나 치려 편지를 남기진 않았을 거다. 혹 '첫발은 내디뎠구나.' 같은 나는 무슨 소린지 종잡을 수 없는, 스스로 생각하라는 말을 잔뜩 적어 뒀으면 어쩌지.

카누인은 이미 이 세상 사람이 아닌데도 나는 그가 남긴 말을 이해하지 못해 그를 실망시킬까 두려웠다.

읽고 싶지 않았다. 언제고 읽어야 했다. 용기를 내고자 몇 번이고 심호흡을 했다. 나는 어디로 가야 할지 갈피를 잡지 못하는 지금, 내내 마음에 걸려 있던 일을 하나라도 줄이고픈 마음으로 편지를 열었다.

다른 이와 너를 비교하지 말아라. 위대해지거나 길이 남을 여행기를 써야 한다며 네 발걸음을 무겁게 하지도 마라. 영주의 정원에서 정원사가 공들여 가꾸는 데이지도, 돌보는 이 없어도 알아 피고 지는 채송화도 모두 한 송이 꽃이다.

사람이 늙듯 산도 언젠가 깎이고, 강물도 흐름을 바꾼다. 여행가는 그 찰나를 종이에 담는 자일 뿐. 어떻게 써도 풀꽃 하나보다 초라할지니.

바람결에 흩날리는 풀씨처럼, 강을 따라 떠도는 낙엽처럼 그리 걸어라.

눈물이 떨어져 종이를 적셨다. 해가 지고 사위가 어두컴컴해져 내 손도 제대로 보이지 않을 때까지 어린아이처럼 소리 내어 울며, 손 감각으로 보따리를 뒤져 야힘의 조카 손자며느리가 싸 준 주먹밥을 찾아 씹고 찬물을 떠 마셨다. 배가 차자 바닥을 더듬어 마른자리를 찾아 누웠다. 일찍 일어나 길을 떠나려면 잘 먹고 푹 자야 했다.

《바람결에 흩날리고 강을 따라 떠도는》은 '여행가 연작'의 세 번째 글이자 첫 번째 장편이다.

연작 첫 글은 단편 〈문신〉으로 황금가지 '한국 환상문학 단편선'에 수록했다. 두 번째 단편은 〈여행가〉로 웹진 《거울》을 통해 발표했다.

여행가 연작은 말 그대로 '영주나 부유한 상인의 후원을 받아 각지를 떠도는 직업적인 여행가'가 등장하는 소설이다. 각 이야기는 독립적으로 쓰였기에 앞선 이야기를 읽지 않아도 아무 지장이 없다. 《바람결에…》의 경우 등장인물도 겹치지 않는다.

'여행가 연작'은 두 가지 설정과 원칙에 기대어 간다.

1) 이야기 속 세계에는 여행가, 여행가를 후원하는 영주와 부유한 상인, 글을 모르는 보통 사람이 있다.

2) 이야기 속에서 이름이 나온 인물은 어떤 식으로든 역사에 이름이 남은 사람이고, 이름이 나오지 않은 자는 무명으로 사라진 사람이다.

설정은 일부러 느슨하게 짰다. 복잡한 설정이 필요한 글이 아닌 데다 독립된 연작들의 세계관이 자칫 충돌하는 일을 방지하고 싶었기 때문이다.

낯선 곳을 떠도는 여행가들의 이야기를 다루다 보니 여러 나라의 역사와 문화를 공부하지 않을 수 없었다. 《바람결에…》는 노예무역, 아스텍과 마야문명의 흥망에 대한 자료를 찾다 말 그대로 바람처럼 착상을 얻어 쓰기 시작했다. 초고를 마치기까지 두 달 걸렸으니 글도 빨리 나온 편이었다. 이따금 꺼내 다듬으며 기회를 기다리던 중 '다음 7인의 작가전' 제안을 받았고, 초반을 연재한 뒤 책으로 출간하게 되었다.

연재할 때부터 읽으며 응원해 주신 독자, 뒷이야기가 궁금하다며 언제 나오는지 묻고 기다린 가족과 지인, 이 책을 만나는 여러분에게 감사드린다.

바람결에 흩날리고 강을 따라 떠도는

1판 1쇄   2019년 1월 7일

지은이   박애진

교정   나은비

디자인   최예슬

편집   최예슬

펴낸이   손정욱

펴낸곳   도서출판 답

출판등록   2015년 2월 25일 제 312-2015-000063호

주 소   서울시 용산구 효창원로 93길 14 8층

전 화   02 324 8220

팩 스   02 3141 4934

이 도서의 국립중앙도서관 출판예정도서목록(CIP)은 서지정보유통지원시스템 홈페이지(http://seoji.nl.go.kr)와 국가자료종합목록시스템(http://www.nl.go.kr/kolisnet)에서 이용하실 수 있습니다.

ISBN 979-11-87229-21-6   03810

* 책값은 뒤표지에 있습니다.